吸劍歌
이정현 新무협 판타지 소설

파검가 2

이정현 新무협 판타지소설

초판 1쇄 찍은 날 § 2005년 10월 20일
초판 1쇄 펴낸 날 § 2005년 10월 31일

지은이 § 이정현
펴낸이 § 서경석

편집장 § 문혜영
편집책임 § 최하나
편집 § 장상수 · 서지현

펴낸곳 § 도서출판 청어람
등록번호 § 제1081-1-89호
등록일자 § 1999. 5. 31
어람번호 § 제2-0725호

주소 § 경기도 부천시 원미구 심곡1동 350-1 남성B/D 3F (우) 420-011
전화 § 032-656-4452 팩스 § 032-656-4453
http://www.chungeoram.com
E-mail § eoram99@chollian.net

ⓒ 이정현, 2005

ISBN 89-5831-785-X 04810
ISBN 89-5831-783-3 (SET)

이매망량의 시작
2
Fantastic Oriental Heroes
성현 新무협 판타지 소설
도서출판 청어람

목차

第一章

그녀를 위하여

　　절연세운기는 정말 특이한 무공이었다. 검법도 아니요, 권법도 아니고 창법도 아니다. 특별히 정해진 무기가 없는 무공으로, 필요한 것은 오로지 정확한 힘과 내공의 분배와 기교였다. 그렇기에 끝 자에 '기' 자가 들어가는 것이기도 하다. 다른 검법들도 마찬가지였지만 절연세운기는 나에게 절망을 가르쳐 준 어려운 무공이었고, 익히는 데 팔 년이란 시간이 걸렸다. 무엇이든 자를 수 있는 내공의 운용법, 모든 자세에서 가능한 무기의 휘두름, 예측하기 힘든 움직임. 모든 것이 내게는 생소했다. 과연 이것이 살수행에서 필요한 것들일까 하는 의문이 들 정도였다.

한 시진이 더 지나자 현어운은 아련함으로 가득 차 있는 벽 뒤의
세계로 들어갈 수가 있었다. 결국 그 벽을 허문 것이다. 그리고 그의
눈에 보이는 세계는 놀라웠다.

주변의 모든 것이 정지한 듯 느렸다. 내가 움직이지 않으면 답답할
정도로 천천히 움직이는 세상. 영원히 정지해 버릴 것만 같은 불안감
을 덜어내기 위해 나 자신이 움직여야만 할 것 같았다.

날아다닐 듯 몸이 가볍고 나 자신이 이 세상에 동화되어 버린 듯 자
유롭다. 한없는 자유로움이 너무나 아름다워 그의 가슴은 환희에 가득
차 있었다.

'이건 대체 뭐지?

한편으로는 이 새로운 세계에 대한 두려움이 불현듯 밀려왔다. 그리
고 그 불안감과 함께 그의 자유로움을 구속하려는 무언가가 어두운 음

영을 그리며 다가왔지만 그것이 도무지 무엇인지 알 수 없었다.

한편 현어운이 새로운 세계로 들어간 듯한 느낌을 받고 무아지경에 빠져 있을 때 밖에서 누가 보았다면 경악할 만한 일이 벌어지고 있었다. 그가 예전에 나무를 벨 때처럼 그의 몸이 이 세상에서 완전히 사라져 버린 것이다. 그의 몸 주위에 있던 아지랑이도 온데간데없이 사라졌으며, 오직 그가 그 자리에 앉아 있었음을 나타내듯 약간의 온기만이 남아 있을 뿐이었다.

무공의 고수가 이곳에서 그 장면을 확실히 보았다 하더라도 그의 기척을 전혀 느끼지 못할 정도로 완벽한 은신이었다. 아니, 은신의 정도가 아니라 그는 완전히 이 세상에서 사라진 것만 같았다.

'내가 누구지?'

그는 두려움 속에서도 불현듯 이런 생각이 떠올랐다.

'응?'

다가오던 어두운 음영은 무슨 이유에서인지 꺼지듯 사라져 버렸고 그에게는 다시 자유로움과 환희만이 남게 되었다.

'내가 왜 이런 것이지? 어디로든 갈 수 있고, 무엇이든 할 수 있을 것만 같아.'

그는 나무 위로 올라갔다. 단 한 번의 도약으로 육 장 높이의 나무 꼭대기에 오를 수 있었다. 그리고는 다시 바닥으로 내려왔다. 무게가 없는 양 그의 몸은 너무나 가벼워 착지도 부드러웠다. 이번에는 십 장 떨어진 앞으로 가려고 했다.

'아니!'

생각을 한 순간 그는 이미 그곳에 있는 상태였다.

'대체……?!'

어이없는 현상에 그가 당황해할 때 그는 갑자기 머리가 깨질 것만
같은 지독한 고통을 느꼈다.
'아아아아악!!'
자리에 주저앉아 고통을 감내해 내었다. 이런 고통 따위는 친구와
빈 매를 잃은 고통에 비하면 아무것도 아니라 생각하며 아픔을 감내해
나갔다. 잊혀가던 마음의 고통이 되살아나는 대신 머리의 고통은 조금
씩 사라지고 있었다. 육체의 고통을 마음의 고통을 얻음으로써 이겨낸
것이다. 그의 눈에 또다시 눈물이 맺혔다.
'난… 난… 난 누구지? 난……!'
ー넌 알고 있다! 지금 너는 귀신이다! 이 세상과 저 세상의 경계에
서 있는 귀신이 되어 있다!
'난 이매망량… 지금의 내가 이매망량……?'
자신이 누구였던 것은 기억하고 있었지만 지금의 상태가 진정한 그
것임은 꿈에도 몰랐다. 안개 저편에 묻어 있던 기억이 너무나 우연한
기회에 이렇게 잠시 되살아난 것이다.
ー이매망량의 기억은 저 깊은 안개 너머로 묻어라…….
'이매망량…….'
그의 몸이 다시 세상에 나타났다. 그가 앉아 있던 자리에서 십 장은
떨어져 있는 장소에 나타난 그는 그 자리에 엎어져 정신을 잃고 말았
다. 까마득한 무의식의 저편으로 침잠해 간다.

그가 일어난 것은 이틀 만의 일이었다. 계절이 추위로 넘어가는 때
라 정신을 차렸을 땐 온몸이 차갑고 머리가 어질어질했다.
"으윽……!"

머리가 깨질 듯 아팠다. 시간이 얼마나 흘렀는지 전혀 감이 오지 않을 정도로 혼란스러웠다.

일단 몸에 한기가 침입한 듯 아팠기에 도끼와 음식 보자기를 챙겨 집으로 돌아왔다. 정신없는 와중에도 그는 집 안에 있는 약을 뒤져 섬수신의가 예전에 미리 준비해 둔 감모용 약을 달이기 시작했다. 감모에도 여러 종류가 있어 처음에는 외우기 힘들었지만, 오 년의 시간 동안 그것마저 외우지 못했다면 정말 바보 소리를 들어야 했으리라. 온몸이 차갑고 떨리며 자고 싶었지만, 약을 지어 먹고 자겠다는 일념 하나로 버티며 간신히 약을 달인 그는 뜨거운 것을 참고 억지로 몇 모금씩 들이켜 마신 뒤 쓰러지듯 자리에 누웠다.

"으음……."

얼마간 비몽사몽 아픔에 신음 소리를 내었을까?

—이매망량의 기억은 짙은 안개 저편으로……!

—잊기 싫어! 잊기 싫어! 으아아아!

돌연 환청이 그의 귀를 괴롭히기 시작했다.

—현 가가… 사랑해요!

—난 위선자야! 허울 좋은 명분 아래 살인과 전쟁을 즐기는 위선자!

"으으으……!"

그녀의 아픔이 절실하게 느껴지는 말이 맴돌자 마음이 찢어질 듯 아파왔다.

"아니오! 아니란 말이오……!"

그는 잔뜩 찌푸린 얼굴로 헛소리를 했다. 꿈인지 실제인지 모를 정신 상태는 이렇듯 그에게 고통을 안겨주었다.

—이매망량이 되어 한없는 자유를 누려라! 이매망량은 살인을 위한

인간의 도구가 아니라 그 자체가 궁극적인 목표임을……!

"……."

그의 정신이 결국 편암함을 위해 잠으로 빠져들었다.

"……."

현어운은 밖으로 나와 하늘을 바라보고 있었다. 약을 먹기를 잘했는지 일어난 후로는 몸과 마음이 한결같이 개운했다. 하지만 오 년 전의 옛일 중 잃어버린 이매망량의 기억의 극히 일부가 기억났기에 그의 표정은 어둡기 그지없었다.

"도무지 기억나지 않는다. 정말 그런 것이었나? 그 세계로 들어가는 것이 이매망량이었나?"

어떻게 들어가는지는 여전히 기억이 나지 않았다. 모든 기억을 지우기 위해 초선득에게서 신비한 술법을 배웠고, 그것을 스스로에게 걸었지만 불완전한 술법이라 시간이 지나면서 기억이 조금씩 돌아오고 있었다. 그리고 충격을 받은 요 근래 들어서는 오 년 전의 전부라 할 수도 있는 이매망량이란 것에 대한 기억의 파편이 튀어나오고 있었다.

그렇다고는 해도 여전히 이매망량에 대한 대부분은 기억이 나지 않았고, 덕분에 우연히 이루었던 그것이 과연 이매망량인지 확신할 수도 없었다. 그리고 워낙 무의식적으로 이루어졌던 것인지라 어떻게 이룰 수 있었는지도 기억이 나질 않았다. 아마 기억을 봉인하던 술법이 작용했을 것이라 그는 생각했다.

그의 얼굴이 어두운 또 다른 이유로는 바로 단리채빈의 꿈 때문이었다. 잊어가고 있던 그 슬픔들이 그 한 번의 꿈으로 다시 되살아났다.

섬수신의의 말대로 눈물도 다시 나기 시작했다.

"빈 매……."

그녀의 이름을 부르는 것만으로도 그의 눈에서 눈물이 흘렀다. 그만큼 그녀를 사랑했다는 증거이리라.

자신의 사랑이 결실을 채 이루기도 전에 그녀는 전설의 선녀인 양 하늘로 날아가 버렸고, 지난 한 달간 나무꾼인 자신은 그 모든 것을 잊기 위해 미친 듯이 나무를 했다. 그렇게 조금씩 잊어가려는 찰나, 한 번의 꿈으로 다시 되살아났으니 마음이 여린 현어운에게는 참으로 안쓰러운 일이 아닐 수 없었다.

그는 소매로 눈을 훔친 뒤 장작대에 꽂혀 있는 도끼를 보고 입술을 깨물었다. 잊자, 잊어야 한다. 그렇지 않으면 나 스스로가 폐인이 되어 죽을 것이다. 그건 결코 그녀가 원하는 것이 아니리라.

그렇게 생각하며 그는 도끼를 움켜쥐고 음식을 준비한 뒤 명탕산으로 향했다. 반 시진 동안 잰걸음으로 걸었지만 예전과는 달리 호흡 하나 흐트러지지 않았다. 초섬유성수를 삼일체로 무식하게 수련하다 보니 절로 체력이 늘어난 것이다.

초섬유성수의 구결대로 내공을 운용하는 것은 며칠간 자제하고 나무만 베기로 했다. 초섬유성수를 배제한 채 예전처럼 나무를 벤다. 나무를 한 번 한 번 찍을 때마다 다시 온갖 슬픔과 잡념들이 잊혀진다. 단순하다는 것은 이렇듯 좋을 때가 있는 것이다.

그러던 어느 순간 현어운의 몸이 다시 예전처럼 이 세상에서 사라졌다.

"앗!"

황당한 현상에 현어운은 깜짝 놀라며 소리쳤고, 그의 몸은 다시 나타났다.

"이건 대체……?"

현어운은 여태껏 자신이 도끼질을 할 때마다 몸이 사라진다는 것을 전혀 모르고 있었다. 그러다 오늘에서야 자신의 변화를 눈치챈 것이다.

"내 몸이 전처럼 천지의 기운을 받아들인 것도 아닌데 왜 사라지지?"

그는 잠시 도끼를 내려놓고 생각해 보았다. 천지의 기운을 받아들이다 보니 자신도 모르게 이매망량이 된 것 같았다. 그 이후로 도끼질을 할 때마다 이렇게 몸이 사라지는 현상이 발생했다. 그렇다면 도끼질이 이매망량과 관계가 있는 것인가?

"아니잖아!"

다시 생각해 보자. 그래!

"이매망량이 한 번 된 이후 도끼질을 하니까 몸이 사라지는 것인가……."

그는 다시 한 번 도끼질을 하기 시작했다. 한 번, 두 번, 세 번……. 도끼질이 멈추지 않고 계속되었다. 그러나 나무가 비명을 지르며 넘어질 때까지 아무런 변화가 없었다.

"뭐야? 그럼 몸이 사라지는 것과 도끼질을 하는 일련의 과정 중 무엇이 관련있는 것이지?"

아무리 생각해도 도무지 답이 나오질 않았다. 역시 뭔가를 떠올리기만 하면 모든 것이 풀릴 것만 같은데 답답하게 막혀 있는 기분이다.

현어운은 이내 고개를 저으며 편하게 생각하기로 했다. 일단 도끼질로 나무나 베어 시름을 잊자는 생각에 평소처럼 도끼질을 하려 했다.

"평소처럼……?"

드디어 차이점을 발견했다. 평소처럼 할 때는 근심 걱정을 버리기 위해 모든 것을 잊는다. 모든 것을 잊는다는 것, 즉 무념은 평범한 사람이든 수련을 오래한 무림인이든 결코 쉬운 일이 아니다. 그런데 현어운은 이전에 이런 경험이 있었다는 듯 나무를 벨 때 어렵지 않게 무념의 상태에 쉽게 빠질 수 있었다.

"그… 무아지경이라 불러야 하나? 아무튼 이것이 이매망량과 관계가 있나?"

결론은 역시 확신할 수 없다였다. 그저 현상을 발견했고, 그 현상을 이용하는 것이 다일 뿐이다.

결국 저녁이 될 때까지 몸이 사라졌다 나타났다를 반복한 그였다.

집으로 돌아와 저녁을 먹고 자리에 앉아 쉬는 현어운의 표정은 밝지 못했다.

―이매망량의 기억은 짙은 안개 너머로…….

조금씩 이매망량에 대한 기억이 살아나고 있었다.

"기억이 모두 되돌아온다면… 난 어떻게 해야 하지?"

이매망량을 기억해 내 예전의 자신으로 돌아간다는 것이 두려웠다. 차라리 단편적인 기억으로 살아가는 것이 더욱 낫다고 생각하는 그였다.

하지만 이미 몇 년 전부터 자신이 무엇을 했었는지, 어떤 일이 있었는지 등 자신의 전반적인 사항에 대한 기억은 모두 살아난 상태였다. 애써 모른 척 살아왔을 뿐이다. 그리고 이번의 충격 때문인지 아니면 초섬유성수를 수련했기 때문인지 이매망량에 대한 단편적인 기억을 떠올리게 되었고, 실제로 이매망량이라 생각되는 것을 몸소 이루기도 했다.

이런 식으로 가다가 어쩌면 자신은 다시 옛날의 모습으로 완벽하게 돌아가게 될 것만 같았다. 그것은 그들이 원하는 모습이 결코 아니었다. 자신은 여섯 명의 목숨을 대신하여 살아가는 몸이기 때문에 그들을 대신해 누구보다 행복하게 살아야 할 의무가 있었다. 그것이 자신이 평범하게 살아가야 하는 이유였다. 만약 무공을 익힌다면, 자신은 이전 같은 행복을 얻을 수 없을 것이다.

"난… 행복해야 해."

두 눈을 감았다. 옛날의 다섯 동료와 초선득을 생각한다면 행복해지기 위해서 차라리 모두 잊고 새롭게 살아가는 것이 나을 것이다. 하지만 그렇게 하자면 자신이 사랑한 단리채빈, 군동, 호보, 섬수신의 등 모두를 잊어야 하기에 결코 그럴 수는 없었다. 이런 저런 생각에 빠진 그의 모습은 전에 없이 슬프고 심각했다.

"……."

밤이 깊어가고 고뇌도 깊어간다.

—현 가가, 전쟁이란 것을 알아요?

—전쟁은 정말 나쁜 것인데… 우리 인간의 역사, 작게는 무림의 역사에서도조차 전쟁은 필요악이에요. 그것이 너무 싫어요.

—어운, 날 죽여줘! 너무 고통스러워!

—장풍을 꼭 익혀주게.

—내가 너희들을 먹여 살리냐? 일 좀 해라, 제발! 아예 나보고 하인하라고 그러지?

‘가지 마! 제발… 내 곁에 있어줘!’

―현 가가, 현 가가! 난… 난 위선자예요. 그렇죠? 사람들에게 평화
를 주겠다고 해놓고서는 더 많은 사람들을 죽이며 고통스럽게 했어요.
그러고는 이렇게 도망쳐서… 나 스스로의 안위를 구했어요. 위선자이
죠, 나?

‘아냐! 절대로… 절대로!’

―난 그들에게 평화를 안겨줄 능력이 없었던 것인데… 스스로의 허
영심에 그걸 보지 못하고 그동안 자만하며 살아왔던 거예요!

‘빈 매……!’

―죽음으로써 그들과 당신을 기만한 죄를…….

“안 돼애애애!!”

현어운은 절실한 비명을 지르며 상체를 벌떡 일으켰다.

“허억! 허억! 허억! 씨발!”

그는 거칠게 욕설을 내뱉으며 덮었던 이불을 아무렇게나 차버리고
밖으로 뛰어나왔다.

이제 해가 막 뜨려는 새벽, 그 태양을 바라보는 현어운의 두 눈에는 눈
물이 맺혀 있었다. 이를 꽉 물고 전신을 떠는 그의 모습이 애처로웠다.

“빈 매, 빈 매, 빈 매! 왜 죽었소! 으흐흐흑!”

결국 주저앉아 오열하고 말았다. 위로해 줄 사람도 없이 철저히 혼
자라는 서러움이 떨고 있는 그의 양 어깨에 무게를 더하고 있었다.

한참을 그렇게 울다 인생을 포기한 사람처럼 힘없이 자리에서 일어
난 현어운은 도끼만 든 채 명탕산을 향해 뛰어갔다.

“헉! 헉! 헉!”

심장이 터질 듯 괴로웠지만 마음의 고통에 비할 바가 아니다. 이대

로 죽어버렸으면 좋겠다고 생각하며 그는 초섬유성수를 이용해 미친 듯이 나무를 찍었다. 찍고, 찍고, 또 찍는다. 순식간에 나무가 쓰러지자 이번에는 다른 나무로 가서 찍었다. 힘 조절을 하지 않아 팔이 부들부들 떨리고 속에서 피가 쏟아져 나올 것 같았지만 그래도 그는 계속 도끼를 휘둘렀다.

"으아아아—!"

그동안 잊고 있던 것이 실제로 잊은 것이 아니라 쌓아두고만 있었던 것인 듯, 친인들의 죽음에 대한 슬픔이 그의 정신을 미칠 듯이 고통스럽게 했다.

"우욱!"

초섬유성수를 무리하게 사용해서였을까. 결국 현어운은 피를 토하더니 앞으로 맥없이 쓰러져 버렸다.

'이대로… 죽어라……'

"아아아악—!"

현어운은 차가운 흙바닥에 누워 있다 비명을 지르며 상체를 벌떡 일으켰다. 또다시 악몽을 꾼 것이다.

"으으!"

눈물이 맺힌 시뻘건 눈은 그의 정신적인 고통이 얼마나 심한지를 보여주었다. 차라리 그녀가 죽었을 당시에 실컷 슬퍼했다면 이 지경은 아니었으리라. 억지로 슬픔을 지우고 억누르다 이렇게 어느 순간 폭발해 버렸으니 그 고통이 그를 조금씩 갉아먹고 있는 것이다.

"죽지 않았어……."

피를 토했지만 속이 아픈 것도 없었다. 어찌 된 영문인지는 모르지만 내상을 입었음에도 잠든 사이 다 나은 것 같았다.

주변은 어두컴컴했지만 익숙한 장소였기 때문에 두려움 같은 것은 들지 않았다.

"……."

현어운은 집에 갈지 아니면 이곳에 남을지 고민하다 결국 가부좌를 하고 앉았다. 잠이 들면 또다시 악몽을 꿀까 봐 초섬유성수의 구결을 수련하려 한 것이다.

'네 개의 기로 나누어 전신에 망처럼 퍼지게 하되 천지의 기운을 실체화시킨 두 기로 망처럼 퍼지는 기를 지탱해 주어야 한다.'

억지로 생각을 집중하여 호흡을 고르게 한 뒤 구결 중 자신이 해야 할 것을 떠올렸다.

'우선 천지의 기운이 몸 안으로 들어올 때 실체화하는 것이다. 오직 내가 할 것은 의념의 집중이다.'

그는 조금이라도 집중이 흐트러지면 고통이 다시 찾아올까 봐 두려워 필사적으로 의념에 집중했다. 그의 바람이 이루어졌는지 다행스럽게도 곧 천지의 기운을 받아들이는 상태가 되었다. 백회혈과 용천혈이 열리고 그곳을 통해 하늘의 기운과 땅의 기운이 들어온다. 인간의 몸인지라 받아들일 수 있는 것은 미약하지만, 그는 포기하지 않고 그것이 실체화되기를 간절히 바랐다.

그 기운을 자신이 움직여 보려 했지만 당연히 되지 않았다. 인간의 의념을 거부하는 듯 그 기운들은 그저 몸 안으로 들어왔다가 조악한 인간의 몸에 실망해 나가기를 반복했다.

하지만 지금의 현어운은 집요했다. 천지의 기운을 자신의 의지대로 할 수 있도록 계속하여 의식을 집중하고 또 집중했다. 되지 않으면 잠시 풀었다가 다시 집중하는 식으로 기운에 압박을 가했다.

그는 계속하여 의념을 집중했다. 마치 예전에도 이렇게 오랫동안 집중해야 할 일을 해보았던 것처럼 도무지 집중을 풀 생각을 하지 않았다.

얼마의 시간이 흘렀을까. 순간 엄청난 양의 천지의 기운이 몸 안으로 들어오기 시작했다. 예전의 두 배가량은 되는 양이 들어오자 현어운은 심한 압박감을 느꼈고, 몸이 가볍게 떨려왔지만 그와 동시에 백회혈과 용천혈로 들어온 기운들이 조금씩 그의 의념에 반응하기 시작했다. 마치 그의 의념을 기다리고 있었다는 듯 엄청난 양이 흘러들어 오더니 이제는 그의 의념에 따라 작은 원을 그리며 뭉치기 시작했다.

겉으로도, 현어운 스스로도 볼 수 없지만 그것은 조금씩 실체화되고 있었다. 필사적으로 행한 고도의 집중력 탓인지, 아니면 현어운에게 아무도 모르는 자질이 숨겨져 있었던 것인지 실로 놀라운 기적을 일으킨 것이다.

현어운의 수련은 끊이지 않고 계속되었다. 천지의 기운을 자신의 의념대로 조금씩 조절할 수 있게 되었고, 조금씩 실체화되고 있음을 느끼긴 했으나 충분하지 않음을 본능적으로 느꼈다. 그는 계속 의념을 보내어 실체화시키는 데 전력을 다했다.

천지의 기운이 들어오면 조금씩, 먼지처럼 아주 조금씩 작은 원을 그리며 회전한다. 하지만 대부분은 그냥 밖으로 나가고 또 다른 기운이 들어오기가 수백, 수천, 수만 번이었다. 그렇게 셀 수도 없을 만큼의 반복을 통해 천지의 기운을 실체화시키는 데 일주일이란 시간이 흘러갔다.

먹지도, 자지도, 또한 조금의 미동도 없는 채 일주일이 흘렀으니 가히 놀라운 집중이요, 수련이었다. 간혹 불가의 고승들이 고행의 일종으로 그런 수련을 하곤 하는데, 현어운이 바로 지금 그런 수련을 하게 된 셈이었다.

일주일이 흐르자 현어운의 몸에서 드디어 충분한 천지의 기운이 모였음을 알려주었다. 그와 동시에 본능적으로 단전에서 내공이 일어났다. 본능이란 말을 사용하였다고는 하나 내공 또한 의념의 집중으로 일어나는 일. 덕분에 한계를 벗어난 집중으로 그의 안색은 파리한 상태가 되어 있었다.

내공이 일어나고 네 개로 나누어진다. 네 개의 기는 전신으로 망처럼 퍼진다. 일기립 사기섬체여망.

그리고 충분히 실체화된 천지의 기운이 놀랍게도 몸 전체로 퍼지며 스러져 가는 기운들을 알아서 일으킨다. 힘내라 독려하며 전신으로 퍼져 가는 것이다. 이윽고 전신에 골고루 퍼진 기는 다시 되돌아와 단전으로 향한다. 천지의 기운이 시킨 것도 아닌데 알아서 망처럼 퍼진 기운과 함께 융합하여 들어오는 놀라운 현상이 일어났다. 천지의 기운이 실체화되어 단전으로 모인다고 상상하여 보라! 그것은 호흡을 통해 내공을 축기하는 것과는 전혀 다른 성질의 것이었다. 즉, 이는 자연의 기운을 직접 이용하는 신의 기적인 것이다.

단전으로 돌아오자 기운들은 작은 구처럼 끊임없이 회전하였는데, 실타래처럼 뭉쳐진 구는 모두 여섯 개의 줄기를 이루고 있었다. 사기이기 십이지류 포체여섬. 이제 여섯 개의 기운을 열두 개의 기운으로 나눈 다음 섬광처럼 몸 전체로 퍼뜨려야 하는 것이다.

하지만 그의 집중력과 몸은 거기가 한계였다. 아무리 집중을 하고 원하여도 열두 개의 기운으로 도무지 나누어지질 않는 것이었다. 사실 익힌 지 반년도 되지 않은 그가 이 정도까지의 성취를 이룬 것도 가히 기적에 가까웠다.

운기토납법을 시작하자마자 내공을 느꼈고, 천기입백 지기입용 또한 단번에 해냈기 때문에 그가 이런 기적을 보일 수 있었던 것일지도 모른다.

집중이 한계에 다다르자 결국 천지의 기운이 밖으로 순식간에 빠져나갔고 내공도 가라앉았다. 두 눈을 뜨니 마치 하늘처럼 깨끗하고 맑은 빛이 반짝였지만 곧 사라졌고, 창백한 현어운의 얼굴이 더욱 창백해지는가 싶더니 앞으로 쓰러져 버렸다.

'몸이… 상쾌해……. 언젠가 이런… 비슷한 경험을…….'

하지만 곧 의식이 끊겨 버린다.

—난 위선자예요! 그들과 당신을 기만한 난 위선자!

—당신을 사랑할 자격조차 없어요…….

—빈 매! 빈 매! 안 돼!

"아아아악!"

현어운은 비명을 지르며 잠에서 깨어났다. 잠시 후 정신을 차리자마자 그는 또다시 서러운 눈물을 한동안 쏟아내고 말았다.

한참을 울고 나서야 마음이 진정된 그는 자신의 상태가 심상치 않음을 느낄 수 있었다. 아무리 자신이 죽은 그들을 생각하는 마음이 간절하다지만, 유독 잠만 잤다 하면 악몽을 꾸고 일어나 눈물을 흘리는 것은 이상할 수밖에 없었다.

'어떤 계기가 필요하다……. 마음의 병은 이를 치료할 수 있는 계기가 필요하다고 들었어.'

사실 그는 그 계기가 무엇인지를 알고 있었지만 쉽게 결정할 수가 없었다.

일주일을 넘게 밥을 먹지 못했지만 그의 몸은 전에 없이 상쾌했다. 아마 초섬유성수의 내공 운용을 어느 정도 성공하여 몸에 내기가 충만하기 때문이리라. 정작 당사자인 자신은 며칠이 지났는지도 모르고 있었지만.

일단 집으로 향한 현어운은 몸을 씻고 영양을 보충해 준 다음 잠을 자지 않고 수련을 하기로 했다. 도무지 잠을 잘 자신이 없었던 것이다. 이제는 슬픔보다 자고 나면 울어야 하는 고통이 더 두려울 지경이다. 그렇기에 마음의 결정을 내리기 전까지는 잠을 자지 않고 수련에 집중하기로 했다.

현어운은 마음을 가라앉히고 자리에 앉아 가부좌를 한 다음 의념을 집중하기 시작했다.

'이번에는 사일체를 이루어보자. 사일체를 이룬다면 그때서야 무공이라 부를 수 있다고 했으니까.'

하지만 일주일 이상 밖에서 지내며 제대로 먹지 못해서일까? 눈을 감자마자 피곤이 물밀듯 밀려왔다. 자면 안 된다고 스스로를 질책하지만 잠만큼 무서운 본능이 또 어디 있겠는가? 게다가 잠이 오니 집중도 되지 않아 수련의 의미도 없을 듯했다.

'이번 한 번만 더 자보자. 꿈을 꾸지 않을 수도 있잖아?'

그는 그렇게 생각하며 곧바로 코를 골며 자기 시작했다.

"안 돼애애애!"

그의 바람은 결국 바람으로 끝나 버렸다. 또다시 지독한 악몽을 꾼 것이다.

악몽도 계속 꾸다 보면 익숙해질까 싶었지만 결코 그렇지가 않은가 보다. 꾸면 꿀수록 새롭고, 두렵고, 더 더욱 슬펐다. 가슴이 단장의 아품으로 절로 목이 메어와 눈물이 물처럼 쏟아졌다. 더욱 슬픈 건 정말 단리채빈이 죽었는지 실감조차 나지 않는다는 것이었다.

그날은 정녕 악몽의 날이었음이 분명했다. 친구가 죽고, 친구의 아버지가 죽고, 또 다른 친구는 실종되었다. 오 년간 티격태격하며 정을 기른 노인은 말도 없이 실종되었다. 결혼할 정인도 죽었다. 이 모든 것이 동시에 일어났으니 그는 대체 무엇을 먼저 슬퍼해야 할지도 모르겠고, 마음 한편에서는 정말 일어난 일인지 회의마저 들었다.

울면서 밖으로 걸어나가는 모습이 어찌 보면 우습고 또 어찌 보면 애처롭다. 호보와 전웅이 묻힌 무덤으로 간 그는 이내 자신이 처한 상황이 모두 현실임을 다시 확인할 수 있었다. 이렇듯 현실은 냉정하다.

그들의 무덤 옆에는 또 다른 무덤이 하나 더 있었는데, 그것은 바로 그의 아내 단리채빈의 묘였다. 시신을 찾지는 못했으나 그녀의 넋이라도 달래기 위해 묘를 만든 것이다.

하도 울어서 진이 빠진 듯 몸에 힘이 없어 잠시 무덤 앞에 주저앉은 그는 두 눈에 맺힌 눈물을 닦을 생각도 하지 않고 멍하게 그녀의 비석을 바라보았다.

단리채빈지묘(段里綵彬之墓).

대체 그녀는 오 년간의 전쟁에서 무엇을 느낀 것일까? 자신과는 너무나 다른 삶을 살아온 그녀이다. 그런 그녀의 심정을 모두 이해한다는 것은 불가능이리라. 하지만 자신의 꿈에 나타나는 그녀는 언제나 전쟁에서 사람을 죽인 것에 괴로워했고, 스스로를 위선자라 부르며 끊임없이 자책했다.

그녀는 그렇게 아팠으면서도 전쟁을 치르고 살인을 해왔던 것이다. 그럼에도 자신들에게는 그렇게도 태연한 모습만 보여준 그녀였다. 전형적인 외유내강의 인물이었다.

'그녀는 나와 있을 때에도 마음으로는 그렇게 괴로워하고 있었을까? 그렇게 아름답고 평온한 얼굴로……?'

전쟁이 끔찍하다는 것은 그도 알고 있었지만 직접 전쟁을 겪은 이만큼 절실히 느끼지는 못하리라. 비슷한 것을 경험한 적도 있기는 하지만 그녀처럼 처참하고 잔인한 광경을 직접적으로 겪어보지 못했기에 그녀가 가졌던 마음을 완전히 이해하진 못하는 것이다.

'그녀는… 그렇게 죄책감을 안은 채 죽어서 한을 가지고 있는 것이리라. 그래서 이렇게 꿈으로 자꾸 나타나는 것이고.'

자신이 그녀를 위해 해줄 수 있는 것은 무엇일까? 사실 그는 알고 있었으나 아직 확실히 결정을 하지 못하고 있는 상태였다.

'두렵다. 결정을 내리기가 두렵다.'

그 역시 전쟁의 소용돌이에 빠지게 될 것이다. 많은 사람들을 만나야 하고 그들에게 수없이 이리저리 휘둘릴 것이다. 자신은 이 거대한 세상 안에 한없이 약한 피식자일 뿐이니까. 그것이 두렵기에 자신은 이곳 연곤현에서 영원히 행복하게 살고 싶었지만 결코 그럴 수 없음을 그는 알고 있었다.

다시 일주일이 흘렀다. 그는 사일체를 이루기 위해 그간 무던히 노력했지만 삼일체와는 그 어려움의 차이가 하늘과 땅만큼인 데다 내공이 미약해 제대로 될 리가 없었다. 기를 느끼고 자연과의 합일을 이룰 수는 있지만 본신지력이 미약한 데다 구결에 대한 이해가 부족하여 한계가 있을 수밖에 없다.

더구나 아무리 집중한다 하여도 마음은 결정을 내려야 할지 말아야할지에 대한 고민으로 예전만큼의 집중력이 생기질 않았다. 그나마 이룬 것이 삼일체의 초섬유성수로, 세 그루의 나무를 베어 다듬을 수 있을 정도의 체력 증가였다.

"사일체를 이루려면 아직 멀었구나."

그러나 이매망량을 비롯한 무공에 대한 기억이 거의 없는 그가 이 정도까지 초섬유성수를 익힌 것만 해도 대단한 일임이 분명했다. 물론 이매망량과 무공의 기억이 떠올라 과거의 자신으로 돌아간다면 초섬유성수가 굳이 필요없어도 될 정도로 모든 것이 잘 풀리겠지만, 그는 오히려 지금의 상태를 다행으로 여기고 있었다.

"난 그들을 대신해 행복하게 살아야 하는데… 그때로 돌아간다면 난 행복할 수가 없을지도 모른다."

과거를 기억하고 있는 것만으로도 이미 충분히 힘든 상태였다. 그것을 애써 지운 채 살아오며 익숙해졌다 싶었는데, 친인들의 죽음과 실종으로 다시 그것이 그의 마음을 갉아먹고 있었다.

그는 한숨을 쉬고는 자리에 앉아 잡념을 잊기 위해 운기토납법을 시행했다. 단전에 내기가 일어나고, 호흡을 통해 따뜻하고 가벼운 기운이 차곡차곡 쌓인다. 물론 대부분은 호기를 통해 빠져나가지만 그건 어느 내공심법에서나 똑같은 것이었다.

있다면 단지 효율성의 차이일 뿐이다. 운기토납법은 구결 같은 거창한 것은 없지만 가장 쉽고 안전했다. 대신에 여타 내공심법과는 달리 내공을 빠르게 증진시키지도 않았으며, 내공을 일으켜 운용하는 데 알맞지가 않았다.

초섬유성수의 내공 운용으로 집중력이 높아진 상태라 미천한 성취에도 두 시진이란 긴 시간을 내내 앉아 있었다.

운기토납법을 마치고 일어난 그는 나무를 베고 다듬었다. 세상의 근심을 잊던 자세로 나무를 찍기 시작했다. 찍히는 나무도, 찍는 현어운도 모두가 하나다. 이 순간만큼은 슬픔도, 심지어는 그렇게 원하던 행복조차 잊을 수 있었다. 다른 누구보다 무아지경과 자연과의 합일에 쉽게 이를 수 있다는 것이 이상하기는 했지만 그는 그렇게 또다시 그곳으로 향하고 있었다.

자신 스스로도 알지 못하는 사이 그의 몸은 이 세상에서 완벽하게 사라지고 저편과 이편의 경계에서 나무를 베었다. 이제는 놀랍지도 않았다.

나무를 벤다고 생각하는 순간 어느새 나무는 뒤로 넘어가고 있었다. 그리고 나무의 잔가지를 치고 곁가지를 자르고 기둥을 가를 때 마음먹은 대로 너무나 쉽게 갈라졌다. 세상이 느려지고, 온몸에 자유로움이 가득해 저 하늘로 날아가고 싶었다.

'이제는 이것에 익숙하다.'

한없는 자유로움을 느낀다는 것이 바로 익숙해졌다는 증거이리라. 아마 예전의 자신도 이런 감정을 느꼈을지도 모른다. 그걸 생각하면 가슴이 두근거린다.

'만약 이것이 이매망량이라면… 완벽하지가 않은 것이다. 다른 생각을 하면 바로 풀려 버리니까.'

그의 생각이 틀리지 않았음을 증명하듯 그의 몸이 다시 원래의 세상으로 돌아왔고 이내 온몸에서 힘이 빠져 버렸다. 전에도 그랬지만 이매망량으로 되고 난 후 원래대로 되돌아오면 숨이 차고 다리에 힘이 빠져 한동안 움직이지 못할 정도였다.

숨을 헐떡이며 어느새 장작용으로 잘라져 있는 나무를 바라보다 그는 문득 주변을 살폈다. 이곳이 벌목장인 것처럼 주변의 나무는 모조리 쓰러져 있으며 장작용과 목재가 사방에 흩어져 있었다. 습기에 썩어가는 것도 있었으며, 독버섯이 자라고 있는 나무도 있었다. 지금까지 그가 해왔던 수련으로 만들어진 장작들이었다.

이들은 이곳에서 변화가 없는 듯이 있었지만 저렇게 변화해 가고 있었다.

"세월은 흐르고… 나는 나대로 변하겠지, 저 나무들처럼."

그렇게 된다면 자신도 언젠가는 이 슬픔들을 잊고 그냥 그렇게 살아가고 있을 것이다.

"그렇게 되면 내가 그녀를 위해 한 것이 아무것도 없게 되잖아? 말로만 사랑한다 해놓고… 매일 웃어주고 잠자리만 같이하면 그게 사랑인 건가? 감정의 교류만이 다는 아니다. 나는… 나 같은 놈을 사랑해 주었던 그녀를 위해 할 수 있는 모든 것을 해야 해."

그는 꿈속에서 괴로워하는 그녀를 생각하자 다시 눈물이 났다. 그리고 사지가 잘린 채 눈물을 흘리는 호보도 연이어 떠오른다.

"빈 매… 호보야… 군동아… 잊지 않을게."

다음날 현어운은 몸을 정갈히 씻고 적당한 양의 아침 식사를 하였다. 머리 두 개만한 크기의 짐 속에는 옷가지와 몇 가지 약이 들어 있었다. 상처를 봉합하는 집도용 기구도 있었는데, 이는 섬수신의의 의술을 보면서 몰래 훔쳐 익힌 기술을 언젠가는 쓸 날이 있을 것이라는 생각에서였다.

물론 위험한 생각이긴 했다. 사실 섬수신의가 사라지고 나서 몇몇 환자들은 돌려 보내기가 미안해서 직접 약을 지어줬는데, 나름대로 효력이 있었다. 이에 자신감을 가진 그는 이제는 중원 전체에서도 익힌 자가 몇 없는 상처 봉합술을 하겠답시고 도구를 챙긴 것이다. 아마 익힌 자가 몇 없다는 이런 중원의 실정을 알았다면, 그의 성격에 언감생심 생각도 하지 않았으리라.

그는 단리채빈의 무덤으로 가 그 앞에서 두 번 절을 한 뒤 무릎을 꿇었다.

"빈 매, 나는 빈 매가 위선자가 아니었음을 스스로 느끼기 위해 떠난다오. 전쟁에서는 그 누구도 한없이 약할 수밖에 없음을 나 자신이 체득하여 그대에게 말해 주겠소. 그때는 웃으면서 마음 편히 떠날 수 있지 않겠소?"

그는 무릎걸음으로 그녀의 봉분으로 다가가 손으로 여러 번 쓰다듬었다.

"지금 내가 그대에게 위선자가 아니며 죄책감 따윈 가질 필요 없다고 말해 봤자 빈말만 될 것이오. 하지만 내가 느끼고 보고 온 후에 하는 말은 진정한 위로와 힘이 되지 않겠소? 이게 내가 빈 매를 위해 해 줄 수 있는 전부인 것 같소. 밖으로 나가는 나는… 어수룩한 바보이지만 목숨을 걸었소. 내가 줄 수 있는 게 겨우 목숨뿐이라 미안하오."

현어운은 지금 무림으로 나가 전쟁을 겪으려는 생각을 하고 있었다. 현어운과 같이 무공도 거의 모르고, 남을 속이는 것도 잘하지 못하는 자가 무림에 나간다는 건 죽으러 가는 것이나 마찬가지였다.

그도 과거의 기억과 호보에게 들어서 아는 무림이란 냉혹하고 차갑기 그지없어 자신이 설 자리가 없음을 알고 있었다. 하지만 이대로 있어봤자 죽은 그녀와 친구들에게, 심지어는 자신에게도 잘못된 것이라 생각했다. 그리하여 그녀를 위해 그는 목숨을 걸고 전쟁을 몸소 체험하려는 것이다.

과연 그의 결심이 한순간의 충동적인 감정인지, 오래 지속될 것인지는 알 수 없는 일이지만 지금 그의 심정만큼은 진심이었고, 대단한 용기를 낸 것이었다.

자리에서 일어난 그는 섬수원 앞마당 쪽으로 걸어 나왔다. 그곳에는 그가 항상 쓰던 도끼가 있었다.

잠시 망설이던 그는 도끼를 쥐었다. 묵직하지만 항상 함께해 온 도구였기에 그에게는 아주 알맞았다.

흰 천을 가져와 날 부분을 말고 다른 천은 허리에 맨 다음 도끼를 허리에 가로로 걸어 쉽게 흔들리거나 떨어지지 않게 묶었다. 언젠가는 쓸 것이고, 전쟁에서는 이것으로 사람도 죽일 것이라는 생각을 하면 다시 두려워졌지만 피하고 싶지는 않았다. 모두가 단리채빈을 위해서였다.

과거의 그는 뛰어난 살수였지만 무림의 경험은 없었다. 오랜 시간 길러졌고 단 한 번의 살수행이 있었으며, 그것을 성공적으로 끝냈던 것으로 그는 기억하고 있었다. 그 성공은 비록 다른 다섯의 목숨을 앗아 갔지만.

그런데 이상하게도 청부의 상대가 대체 누구인지, 어떻게 죽였는지 도무지 알 수 없었다. 그리고 자신과 그를 토사구팽하려 한 단체도 누구인지 기억나지 않았다. 아마 이매망량의 무공과 함께 모두 잊혀진 것이리라.

이렇게 무공과 관련한 대부분의 기억을 잃은 그에게 무림이란 도읍지로 첫 여행을 떠나는 촌뜨기처럼 생소할 수밖에 없었다.

"어? 자루가……?"

한번 멋들어지게 자세를 잡아보려 하던 현어운은 자루가 왼쪽으로 향한 것을 알고는 당황하며 다시 고쳐 매었다. 그제야 오른쪽으로 자루가 향하자 그는 자루를 잡고 오연히 하늘을 바라본다.

"난 현어운이라 한다! 아니지……."

그는 잠시 생각하다 이내 고개를 끄덕이며 미소 지었다.

"귀영무혼살 현어운이라 하오! 그대는?"

"천추제왕검! 이름은 없다오!"

"마음에 드는 별호군! 비무를 신청하오!"

"좋소!"

"혹시 그대는 나이를 기억하고 있소?"

"잊은 지 오래요."

"안타깝군. 난 나이를 절대 잊지 않는다오. 나이는 자신이 살아온 인생의 흔적을 기억할 수 있는 매개체이니까 말이오. 나이를 기억했다면 우리는 호적수를 떠나 좋은 친구가 되었을 것이오."

"나이라……. 왠지 동감이 가는군."

혼자 그렇게 일인 이역의 황당한 이야기를 만들며 잠시 자신의 세계에 빠지던 현어운은 피식 웃으며 자루에서 손을 놓았다.

"스물넷. 몇 개월 후면 스물다섯. 결혼을 며칠 남기지 않은 채 정인을 잃은 현어운이 무림으로 간다. 기다려라, 무림아."

갈 때는 가볍게 가는 것이 좋으리라. 그것이 그의 성격에도 맞았다. 섬수원만이 그의 등을 배웅하고 있었다.

第二章
운명의 실타래는 다시 돌아가니

　우습게도 우리가 익히는 검법들은 살수를 위한 무공이 아니었다. 즉, 살수검이 아닌 것이다. 우리는 살수로 키워지는데 왜 살수검을 익히지 않았을까? 그건 모두 이매망량 때문이다. 이매망량이 될 수 있다는 것 하나만로도 이미 살수로서는 완벽한 것이며, 살수검이 필요없다. 어느 누가 귀신이 된 우리를 볼 수 있겠으며 느낄 수 있겠는가? 살수검보다 더욱 완벽한 검을 익혀 더 더욱 강해지도록 하는 것이 초선득의 목적이었다.

연곤현을 나와 별일없이 일주일 만에 낙양에 도착한 현어운은 거대한 성안의 활기찬 모습에 정신이 혼미할 지경이었다. 촌놈인 그가 언제 여행을 했겠으며, 더구나 이런 대도(大都)에 언제 와보았겠는가? 연곤현과는 비교하지 못할 만큼 많은 사람들, 그리고 수많은 점포와 객잔, 무엇인지 이름도 모를 가게들이 널려 있는 낙양의 시진이었다.

으리으리한 집도 심심찮게 보이고, 번쩍이는 가마 행렬도 간간이 보였다. 괜히 중원의 칠대고도 중 하나가 아니요, 십삼 개의 왕조가 도읍으로 정한 곳이 아니었다.

그만큼 볼 사람도, 볼 것도 많은 곳이 하남성 낙양이었다. 그러니 촌사내인 현어운에게는 생소하고 신기한 곳일 수밖에 없었다.

입을 살짝 벌린 채 촌뜨기 행세를 하며 돌아다니는 현어운의 차림새 역시 영락없는 촌놈이었다. 후줄근한 옷차림에 떠돌이의 짐 하나, 거기에 어울리지 않는 도끼 한 자루가 허리에 매어 있으니 아무리 잘 봐 주어도 나무꾼에 다름 아니었다.

"꿀꺽……."

그는 자신의 옆을 지나간 요염한 차림의 여인을 돌아다보며 자신도 모르게 침을 삼켰다. 하지만 이내 자신의 머리를 강하게 내려치며 갈 길을 재촉했다. 점심때인지라 객잔을 찾고 있었는데, 도무지 그 많은 객잔 중에 갈 만한 곳이 없었다. 아무리 섬수신의가 남긴 돈이 있다지만 함부로 쓰기 싫었기 때문에 으리으리한 객잔은 들어갈 마음이 없었다.

한참을 걷다가 조금은 한산한 거리로 들어선 그는 그제야 자신이 들어갈 만한 객잔을 발견했다. 월평객잔이란 조금 평범한 외형의 객잔을 향해 걸어가던 현어운은 순간 자신의 몸에 누군가가 부딪치는 걸 느꼈다.

"어?!"

"아이쿠! 죄송합니다."

많아봐야 열대여섯 살쯤 되어 보이는 앳되고 순해 보이는 인상의 소년이었다. 현어운은 고개를 저으며 괜찮다고 말한 후 월평객잔으로 들어가 식사를 주문했다. 선불이기에 품에서 돈을 꺼내려던 현어운은 품 안에 아무것도 없자 이내 창백한 안색이 되고 말았다.

'도, 도, 돈이?!'

그와 동시에 점소이의 표정이 일그러져 갔다. 추레한 행색에 현어운의 표정에서 돈이 없음을 알아챈 것이다.

비록 허리에 도끼가 있다지만 워낙 만만하게 생긴 현어운이었기에 곧바로 멱살을 잡으려던 점소이는 갑자기 객잔의 문이 거칠게 열리는 소리에 고개를 돌릴 수밖에 없었다.

"……?!"

문이 열리며 들어온 사람은 키가 칠 척이 조금 안 되어 보이는 장신의 사내였는데, 놀라운 건 그의 우락부락한 한 손에 현어운과 방금 전에 부딪쳤던 앳된 소년이 들려 있다는 것이었다.

"아! 저기 있군!"

거한의 목소리는 덩치만큼이나 우렁찼고 그의 덩치에 어울리게 다른 손에는 현어운의 세 배는 됨 직한 거대하고 위압적인 도끼가 마치 장난감처럼 들려 있었다. 그런 사내가 현어운을 보고 씨익 웃으며 다가오니 그의 표정은 사색이 될 수밖에 없었다.

현어운의 맞은편에 턱하니 앉은 장한이 자신의 손에 의해 내팽개쳐진 소년의 목에 무지막지하게 큰 도끼를 가져다 대며 말했다.

"이보쇼, 형장. 이놈이 아까 밖에서 형장과 부딪칠 때 품에서 슬쩍하는 걸 보았지 뭐요. 그래서 이렇게 데리고 왔수다. 으하하하하!"

"아!"

그제야 현어운은 자신의 품에 돈주머니가 없는 이유를 알게 되었다. 정말 낙양은 눈 뜨고도 코 베인다는 말이 사실인 모양이었다.

"이놈! 어서 돈을 냉큼 드리지 못할까?!"

"여, 여, 여기 있습니다요!"

도끼의 서슬 퍼런 날에 오줌을 지리기 직전이던 소년은 급히 품에서 돈주머니를 꺼내 현어운에게 건네었다.

"아, 고, 고맙소이다."

"……."

"형장, 혹시 저놈에게 감사의 인사를 한 건 아니겠지?"

"그럴 리가 있소! 전 그쪽 대협에게 감사의 인사를 한 것이라오. 하하하!"

현어운이 애써 태연한 척 웃으며 부정했지만 장한의 입가가 실룩이는 것을 보니 아무래도 믿지 않는 모양이었다.

"어쨌든… 자, 그럼 죄를 지었으니 처단을 해야겠지? 이노옴, 돈을 훔치다 어르신에게 걸렸으니 이만 세상을 하직하거라!"

사내는 사람들이 많은 객잔 안에서 서슴없이 거대한 도끼를 치켜들었다.

"으아악!"

도끼가 살기를 품은 채 내려올 때 현어운이 급히 자리에서 일어나 나무 기둥 같은 장한의 팔을 두 손으로 간신히 막았다.

"아이고, 대협! 진정하십시오! 아무리 소매치기가 나쁜 일이지만 다 먹고살려고 하는 일인데 목숨까지 취할 필요가 있겠습니까? 제발 진정하시구려!"

"어흐흐흐흑, 죄, 죄송합니다! 다시는 소매치기 안 할 테니까 목숨만은 살려주세요! 어어엉!"

소매치기 소년이 오히려 선인이고 장한이 악인이 되는 묘한 상황이었다.

'이거 봐라?'

장한은 이 상황보다 현어운이 자신의 거센 도끼질을 막았다는 것에 더 관심을 가지고 있었다. 자신이 비록 내공을 담지는 않았지만 천생의 힘 또한 대단하여 현어운처럼 평범하디평범한 사람이 막을 수 있는 것이 아니었다. 그런데도 현어운은 그의 힘으로 자신의 도끼질을 막은 것이다.

“흐흠! 형장은 마음도 좋구려. 좋소이다. 이놈! 다음에 나한테 걸리
면 그때는 두 조각 내주겠다! 알겠느냐?”

“네, 네, 알겠습니다요!”

소년은 정신없이 머리를 조아린 후 날 듯이 객잔 밖으로 도망쳐 버
렸다.

“대협, 정말 고맙습니다.”

두 가지의 의미가 포함된 말이리라.

“흐흠, 아니오. 어려운 일에 처하면 돕는 게 인지상정이지!”

“아, 저는 현어운이라고 합니다. 다시 한 번 고맙습니다. 이렇게 도
움을 받았으니 식사라도 한 끼 대접하고 싶습니다.”

“그렇게 하시겠소? 으하하하! 이거 형장은 마음씨뿐만 아니라 배포
도 좋구려! 아, 나는 작두일부(斫頭一斧) 모태강(矛太强)이라 하오. 이거
여기서 이럴 게 아니라 나갑시다. 내가 좋은 곳을 알고 있으니 거기서
이야기를 나누는 게 어떻소?”

“네? 아, 알겠습니다.”

현어운은 이곳에서 음식을 사겠다는 말이었는데, 모태강은 그게 아
닌 모양이었다. 어쩔 수 없이 이끌려 밖으로 나온 현어운은 모태강을
따라 번화가로 들어서고 있었다. 어디로 갈지 불안한 마음에 땀을 흘
릴 때 모태강이 현어운의 허리에 매달려 있는 도끼를 보고 눈을 반짝
이며 말한다.

“이보쇼, 형장. 도끼를 보아하니 부법(斧法)을 쓰는 듯한데, 어째 무
공을 익힌 흔적은 없어 보이는구려?”

“아, 무공을 익힌 지 얼마 되지 않아서 그렇습니다.”

“흐흐, 도끼를 선택한 것은 아주 잘한 일이오! 남자라면 모름지기 힘

이지! 내 별호를 보면 알겠지만, 무릇 도끼를 쓰는 자라면 한 번의 도끼질에 사람 머리를 순식간에 쪼개 버려야 도끼를 좀 쓴다 할 수 있지 않겠소? 으하하하하! 형장도 보기와는 다르게 힘에 매력을 느끼는 사람인 것 같구려. 이거 마음에 드오!"

현어운은 그의 별호를 상기하고는 안색이 파리해졌다. 멋대로 같은 부류로 취급하는 것은 둘째치고 도끼로 사람 머리를 쪼개어 죽인다는 말을 너무 쉽게 하니 은근히 무서웠던 것이다. 자신은 도끼로 수년간 나무만 벤 사람이다. 어찌 사람을 그렇게 쉽게 죽일 수 있겠는가?

현어운의 안색을 파리하게 할 만한 그의 무용담을 들으며 현어운은 그를 따라 금박객잔이란 고급스런 이름을 가진 건물 안으로 들어갔다. 겉모습만 보아도 대단히 비싸 보이는 객잔이었다.

"자자! 여기 음식과 술이 정말 죽여주지! 남자라면 화끈하게 여기서 한턱 쏘는 것이야! 으하하하!"

현어운의 생각은 전혀 하지 않고 고급 객잔으로 들어간 모태강은 한 병에 은자 한 냥이나 하는 회춘주(回春酒) 두 병과 한 접시에 은자 두 냥이나 하는 고급 오리구이를 세 접시나 시켰다. 정말 남자답게 통이 크다.

"……."

"으하하하! 형장, 형장의 배포가 장난이 아니구려! 사내는 모름지기 그런 맛이 있어야지! 암!"

'내 배포가 큰 게 아니라 당신 배포가 큰 거지!'

그는 마음이 아팠지만 돈이 크게 신경 쓰는 성격이 아니었기에 그저 자신이 돈이 제법 많이 있다는 것에 안도할 뿐이었다. 그리고 자의는 아니었지만 이런 고급스런 객잔에 한 번 오는 것도 나쁘지는 않다고 편하게 생각했다.

금박객잔 이층은 모태강의 웃음소리와 말소리에 압도당해 있었는데, 그 소란에도 아무도 뭐라 그러는 자가 없었다. 아무래도 한두 번 온 게 아닌 모양이다.

"그런데 현 제, 도끼로 극에 오른 고수에 대해 알고 있나? 아무래도 무림에 처음 나온 것 같아서……."

"그게 누구입니까, 모 형?"

어느새 동생과 형으로 호칭이 바뀌어 있었다. 서로 그렇게 하기로 말한 것도 아닌데 너무나 자연스러워 우스울 지경이었다.

"정말 초보이구먼? 도끼로 극에 오른 고수는 바로 혈전마(血戰魔)지! 사백 년 전 무림을 피바다로 만든 힘의 상징이자 잔인함의 상징인 혈전마! 그가 바로 나의 목표지!"

꿈이라면 커도 보통 큰 꿈이 아니었다. 고금에서 가장 강한 무인으로 뽑으라면 주저없이 나올 수 있는 무인 중 하나인 혈전마. 그는 태극자와 무황이 직접 언급했을 정도로 강한 무공을 지닌 자였다. 사문, 무공 모두가 알려져 있지 않았지만 단 하나, 그가 부법의 고수였다는 것과 일대 다수의 전투에 있어서 엄청난 능력을 발휘했다는 건 확실히 알려져 있었다. 그의 부법에 무수한 고수들이 으스러졌고, 유명한 검의 고수들도 그의 도끼에 박살이 났다.

더구나 그의 잔혹한 성격은 한 살 먹은 아이도 울음을 뚝 그칠 정도였다. 십 년이 지나자 혈전마의 손에 헤아릴 수 없이 많은 사람들이 고혼이 되었고, 무림은 거의 무너지기 직전까지 갈 정도였다. 만약 그가 갑작스럽게 실종되지 않았더라면 지금의 무림은 없었을지도 모른다는 평이 나돌 정도로 엄청난 무공을 지녔고, 무수한 살인을 자행하던 사백 년 전의 무황이라 할 수 있었다.

그런 고수를 목표로 삼고 있으니 큰 꿈임은 분명했다. 하지만 이에 대해 잘 모르는 현어운은 그저 고개를 끄덕이며 놀란 척할 뿐이었다.

"현 제는 어디로 가고 있었는가?"

"저는 무림제왕성으로 가고 있었습니다."

"음? 낭인무사대(浪人武士隊)에 들기 위함인가?"

"네? 그게 뭡니까?"

"응? 그걸 모르다니? 그럼 무림제왕성에 왜 가는 건가?"

"그야 무사에 지원하기 위해서죠."

"정말 무림 초보이구먼? 무엇보다 현 제는 말투와 화법부터 무림인 답지가 않아. 그러고서야 무림인들에게 이용당하기 십상이지. 하지만……."

"……!"

"무림의 괴협(怪俠), 이 모태강이 있으니까 걱정 말게! 몇 달간 방탕하게 지내다 안 되겠다 생각하여 조만간 나도 무림제왕성의 낭인무사대를 지원할 생각이었네. 이 한 몸 바쳐서 무림의 평화에 일조하기 위해 마음먹고 있었는데, 현 제로 인해 그 시기가 앞당겨졌군. 잘됐어. 하하하!"

'낭인무사대?'

당연히 알 리가 없었다. 하지만 생각보다 쉽게 무림제왕성에 편입될 수 있을 것 같아 다행이라 여겼다.

낭인무사대는 사실 무림제왕성뿐만 아니라 금탁과 신록회에서도 일부 채용하고 있는 편제였다. 자성의 세력을 최대한 아끼면서 전투에서 승리를 가져올 수 있는 방법이 바로 낭인들을 이용하는 것이다.

실제로 어떤 세력에도 속하지 않은 이들은 아무리 무황이라도 쉽게 통제할 수 없는 자들이었다. 하나 무황의 시대 초반에는 반 세력이 없었기 때문에 낭인들의 필요성이 없어 방치된 상태였는데, 신록희의 등장으로 인한 빈번한 전쟁으로 그들의 필요성이 절실하게 되었다. 때문에 낭인들을 돈으로 주고 사 전쟁을 시키면서 자세력의 힘을 최대한 아끼는 방법을 채택했다.

물론 수많은 낭인들이 죽어나겠지만 그들은 그래도 돈을 위해, 자신의 무공을 위해 끊임없이 자신이 마음에 드는 세력으로 가 싸웠다. 돈도 후하게 쳐줄뿐더러 실전만큼 무인에게 무공의 실력을 높일 기회가 없었기 때문이다.

과연 돈으로 사람의 목숨을 공개적으로 사 전쟁에 투입시키는 제도로 전쟁을 지속적으로 이어갈 수 있을까 회의하는 사람도 많았지만, 지금에 와서는 아주 일반적인 현상이 되었을 정도로 잘 돌아가고 있었다.

이것이 성공적으로 되고 나서 전쟁은 더욱 장기화되고 대규모화되었으며, 치열한 양상을 띠게 된 것도 후에 일어난 현상 중의 하나였다.

어쨌거나 그 사실을 모르는 현어운은 그저 아무 생각 없이 가장 유명한 무림제왕성에 가 전쟁에 참여하려 한 것이다.

한참 낭인무사대에 대해 이야기하는 도중 객잔 일층에서 이층으로 올라오는 사람들이 있었다. 하나같이 고급스러운 무복을 입은 이남일녀의 세 사람은 주변을 돌아보다 침을 튀겨가며 큰 소리로 말하는 모태강의 모습에 눈살을 찌푸렸지만 이내 외면하고 빈자리로 갔다.

시간이 흐를수록 모태강의 이야기는 열을 띠었고, 덩달아 주변의 시선이 점점 좋지 않아졌기 때문에 현어운으로서는 난감해할 수밖에 없었다.

"씨펄! 그래서 내가 그놈한테 '이 대가리를 반으로 갈라 소금에 절일 시캬! 네놈이 그런 짓을 해놓고도 멀쩡할 줄 알았냐!' 하면서 도끼로 한순간에 머리를 찍어버렸지! 크하하하! 그런데 그놈이 한 수 하는지 검으로 도끼를 팅겨 버리려 하더군. 홍! 내가 가만히 있었겠나? 힘을 더 주어서 검과 머리를 통째로 갈라 버렸지! 으하하하하!"

현어운에게 듣기만 해도 소름이 끼치는 이야기를 통쾌하게 이야기하고 있으니, 현어운으로서는 죽을 맛이었다. 누가 본다면 희대의 마인 앞에서 힘없는 청년 하나가 술을 따르며 어쩔 수 없이 이야기를 듣고 있는 모습이었다.

"홍! 별볼일없는 낭인 주제에 예의도 모르고 날뛰다니 우습구나!"

여인의 싸늘한 목소리가 이층을 울렸다. 내공을 일으켰는지 작은 목소리였지만 이층에 있는 모두가 들을 수 있었고, 사람들은 은연중 그녀의 말에 공감하는 분위기였다.

모태강은 누가 그런 말을 했는지 고개를 돌려 확인하자마자 표정이 살짝 굳어버렸지만 곧 얼굴을 펴며 말했다.

"으하하하! 이거 죄송하오. 술이 한잔 들어가면 목소리를 조절하지 못해서……. 조용히 할 테니 한번 용서해 주시구려!"

여인은 방금 선에 올라온 이남일녀 중 한 명이었는데, 누가 보아도 눈이 휘둥그레질 정도로 아름다운 얼굴을 하고 있었다. 모태강의 말에 여인은 그저 가볍게 비웃으며 시선을 돌렸고, 두 사내 중 하나가 모태강에게 말했다.

"우리가 누구인지는 아나 보지? 알아서 잘 기는군. 앞으로 조심해라."

“…….”

그의 말에도 모태강은 아무렇지도 않다는 듯 가볍게 웃으며 고개를 저을 뿐이었다. 그러고는 현어운에게 술을 따라주었다.

“자자, 마시게, 현 제.”

“아, 알겠습니다.”

분명 거친 산적 같은 외향으로 보면 그대로 자리에서 박차고 일어나 저들에게 도끼를 무자비하게 휘두를 것 같았지만, 그렇게 하지 않자 의외의 모습에 놀란 현어운은 얼떨결에 술을 받아 마셨다.

술을 마시면서 그래도 이제 그 잔인한 이야기가 끝나겠지 하고 안도하던 그는 이내 아연실색할 수밖에 없었다. 모태강이 목소리를 낮추어 또 다른 이야기로 넘어갔기 때문이다.

“몇 달 전에는 하남오견(河南五犬)이란 놈이 한 아녀자를 희롱하고 있었는데, 그 모습이 정말 못 봐주겠더군. 그래도 이름은 개지만 실력은 제법 되는 놈이었거든.”

“…….”

그래도 가만히 그의 이야기를 듣다 보면 대부분 죽어도 쌀 놈들만 죽였는지라 속마음이 결코 나쁜 자는 아닌 것 같았다. 비록 목소리가 크고 남을 신경 쓰지 않으며 사람을 잔인하게 죽이지만, 결코 막되 먹지 않고 호방한 성격이라 판단한 것이다.

“……?!”

순간 현어운은 모태강의 얼굴에 호보의 얼굴이 겹치자 깜짝 놀라며 마시던 술을 그대로 뱉어내고 말았다.

“푸합!”

뱉은 술은 음식에뿐만 아니라 모태강의 얼굴과 옷에도 튀었다.

“크억! 왜, 왜 그러나, 현 제?”

“가, 갑자기 사레가 들려서… 아이고, 이거 어떡합니까?”

현어운은 자신의 실수를 깨닫고 어쩔 줄을 몰라 했다.

“괜찮네. 이런 일 가지고 그렇게 호들갑 떨면 남자가 아니야. 남자란 모름지기 힘과 대범함이지. 암! 으하하하…….”

마지막에 크게 웃다가 이남일녀의 눈치를 봐서인지 목소리를 줄이는 그였다. 현어운도 눈칫밥 좀 먹은 사람이었기에 그들이 누구인지 궁금했지만 물어보는 건 미루기로 했다.

모태강은 음식물을 대충 닦은 뒤 다시 술을 따르고 현어운에게도 주려 했지만 술이 없었다.

“어?”

“기다리십시오, 모 형. 점소이!”

지나가던 점소이가 후닥닥 다가오자 그는 회춘주 한 병과 닦을 수건을 시켰다. 점소이가 가자 모태강은 현어운의 배포가 정말 크다고 치하하면서도 한마디 하는 걸 잊지 않았다.

“현 제, 현 제의 말투는 너무 공손해. 점소이에게까지 공손하게 말하면 무림인이라 할 수 없어. 무림인이라면, 게다가 남자라면 말투가 위협적일 때는 위협적이고 오만한 때는 오만할 줄 알아야 무시당하지를 않아.”

그의 말에 그저 기분 좋게 웃는 현어운이었다.

“하! 현 제는 정말 시골 청년의 표상이군. 이거, 안 되겠네. 무림 초보에게는 많은 경험이 필요한 법이지. 앞으로 내가 많이 가르쳐 주겠네.”

술과 안주를 통한 많은 이야기가 흐르고, 경유야 어떻든 두 사람은 제법 가까워져 있었다. 물론 현어운이 총 은자 열 냥을 씀으로써 이루어진 친한 관계인데다 모태강이 일방적이었지만 현어운도 그리 싫지는 않았다. 무엇보다 호보의 얼굴이 겹친 것이 마음에 깊이 남았기 때문이리라.

아직 이른 시간임에도 두 사람은 서로 얼굴이 발개진 채 방으로 들어갔다. 무림에 나와서 처음 알게 된 사람이 독특한 성격을 지니고 있긴 하지만 나쁘지 않다 생각하며 현어운은 잠에 빠져들었다.

다음날, 두 사람은 지체없이 무림제왕성이 있는 산서성 태원(太原)으로 향했다. 회춘주라는 비싸고 몸에 좋은 술을 마셔서인지 숙취 하나 없이 일어난 현어운은 자신이 낙양으로 오기 전까지도 꾸었던 악몽을 꾸지 않았음에 신기해했다. 하도 오랜만에 잠을 잘 자서 피부도 좋아진 듯하고 몸에 힘도 불끈 솟는 것 같았다.

'술? 취한 채 자면 꿈을 꾸지 않는가?'

평소에 술을 잘 마지니 않는 그로서는 이번과 같은 경우가 처음인지라 새로운 느낌이었다.

"흠……."

"무슨 생각을 그리 하는 건가?"

"아, 모 형. 어제 봤던 그 세 사람은 누구입니까?"

"그 쓰레기들? 무림제왕성의 인물들이지. 무림제왕성에 대해 잘 모르는 듯하니 내가 이야기해 주겠네."

무림제왕성은 제왕부를 비롯하여 백명부(白明府)와 흑맥부(黑脈府)가 있었다. 백명부는 백도의 문파들을 위주로 만든 기관이고, 흑맥부는 마도의 문파들을 위주로 만든 기관으로 무림의 전반적인 모든 사항을 맡았다. 간단히 말하면 백도의 무림은 백명부가, 마도의 무림은 흑맥부가 맡았으며, 그 위에 제왕부가 있다고 볼 수 있는 것이다.

백명부와 흑맥부에는 각기 두 개의 전력 부대를 가지고 있는데 백명부는 창기대(蒼氣隊)와 정천대(正天隊), 흑맥부는 폭혈마마대(爆血魔魔隊)와 마검대(魔劍隊)라는 이름을 하고 있다. 그들 네 사람은 바로 폭혈마마대의 무사들로, 폭혈마마대에서도 대주와 부대주 다음으로 영향력이 있고 강한 인물들이라 했다.

무림제왕성에 대한 이야기를 하며 걸음을 옮기던 그들은 관도에서 벗어난 평원 쪽에서 누군가가 이곳으로 오는 것을 보았다.

"쳇, 어제 본 그들이군. 말조심하게. 무공이 고강할뿐더러 성격도 오만하고 나쁘니까."

"네."

얼마 지나지 않아 그들도 관도로 들어와 현어운과 모태강에게서 오 장 정도 앞서 걷는 형국이 되었다. 그들도 두 사람을 기억하고 있었는지 잠시 비릿한 웃음을 지었지만 그 이상은 아무 말도 하지 않았다. 그들의 직위상 일개 낭인일 뿐인 두 사람과 상대하는 것이 쓸데없는 짓이라 생각하는 모양이었다.

아무 일 없는 지루한 걸음이 반 시진 동안 계속되었다. 대화도 없이 그저 걸음만 옮겼기 때문에 따분했는지 하품을 쩍쩍 해대는 현어운이었다.

"이런, 현 제, 무림인이라면 모름지기 성과 멀리 떨어진 관도에서는 조심해야 하네. 긴장감을 가지고 표정을 곧게 하여 나는 만만하지 않은 자라는 걸 혹여나 숨어 있을 적들에게 보여주어 경각심을 가지게 해야 해. 그렇지 않으면 만만하게 보여 곧바로 간섭을 당하지."

그때 우연인지 운명인지는 모르지만 멀리 네 명의 사내가 건들거리며 이쪽으로 오고 있었다. 거리가 가까워지자 그들의 표정으로 보아 무언가 건수를 노리는 것이 분명했다. 그들은 먼저 폭혈마마대의 세 남녀를 보고는, 정확히는 여인을 보고는 눈을 반짝였지만 이내 그들이 입고 있는 옷을 보고 대경하며 어색하게 걸음을 옮겨 지나쳤다. 이들이 폭혈마마대 소속의 무사들임을 알아차린 탓이었다.

하지만 현어운의 어수룩한 모습을 보고는 이내 사악한 미소를 지었다. 비록 옆에 거한의 사내 모태강이 있다고는 하지만, 차림새가 낭인인데다 현어운을 제외하면 일 대 사이니 해볼 만하다 생각한 것이다.

"이봐, 거기 시골 청년이랑 산적!"

"……."

현어운은 어떻게 해야 할지 몰라 당황한 눈빛으로 모태강을 바라보았다. 모태강은 그저 담담한 눈빛으로, 아니, 정확히는 지루한 눈빛으로 그들에게 무슨 일이냐는 듯 쳐다보고 있었다.

"오호, 이 산적새끼 눈빛 봐라? 하하! 아무튼 우리 섬서사기(陝西四奇)께서 섬서가 작다 하고 활동하다 이번에 낙양으로 가는 중인데, 마침 여비가 떨어졌구나! 섬서사기는 결코 은혜를 잊지 않으니 있는 돈을 빌려주면 좋겠다!"

말은 빌려달라는 것이었지만 말투와 얼굴은 영락없는 협박이었다. 현어운은 어떻게 할까 생각하다 모태강이 아무 말이 없자 품속에서 돈을 꺼내려 했다. 일단 평화적으로 해결하는 것이 가장 우선순위라 생각했고, 또 돈을 주지 않으면 어디 한 군데 부러지는 것으로 끝낼 자들 같지 않아 보였기 때문이다.

그가 품을 뒤지자 지루함 일색이던 모태강의 눈빛이 황당함으로 물들었다. 이건 무림인이라기보다는 그냥 평범한 시골 청년과 다름없지 않은가? 순수함이 보기 좋긴 했지만 정말 이건 아니었다.

모태강은 헛기침을 하며 현어운의 어깨를 잡아 뒤로 당긴 후 자신이 앞으로 나섰다.

"섬서사흉(陝西四凶)이겠지, 이 썩을 놈들아! 이놈드을, 감히 하남이부(河南二斧) 어르신들께 돈을 갈취하려 해? 이 작두일부 모태강님이 네놈들을 가만두지 않겠다!"

모태강이 현어운의 몸보다 조금 작은 거대한 도끼를 장난감처럼 이리저리 붕붕 휘두르며 앞으로 나서자 섬서사흉은 순식간에 사색이 되어 뒤로 물러났다. 하남이부와 작두일부란 괴상한 별호는 처음 들어보지만, 우선 이곳 하남성에서 멀리 떨어져 있는 섬서에서만 활동하던 자신들의 본래 별호를 알고 있을 뿐만 아니라 무지막지한 크기의 도끼를 저렇게 가볍게 휘두르니 절로 경각심이 든 것이다.

하지만 그들의 막가는 흉성이 어디로 가는 건 아니었다. 그들 중 막내가 나름대로 강렬하게 도를 끄집어내며 소리쳤다.

"형님들! 우리는 네 명이오! 저따위 산적 자식이 도끼를 휘둘러 봤자지! 설마 부기(斧氣)를 쓰겠소? 오로지 힘으로만 무식하게 휘두르는 무공으로 우리를 이길 수는 없소!"

그의 말에 나머지 세 명이 각자 살기를 드러내며 무기를 뽑자 장내는 일촉즉발의 상황이 되었다.

"쳐라!"

대형의 명령에 네 사람은 동시에 사방으로 퍼지며 모태강을 향해 공격해 들어갔다. 섬서에서 나쁜 짓만 하며 사람을 많이 죽여봤는지 공격의 일수 일수마다 짙은 살기가 서려 있었다.

　하지만 사람을 죽여본 것과 담대함에 대해선 둘째가라면 서러워할 모태강이다. 천생 신력에 더해 세상을 떠돌아다니며 길러온 실력이 있어 그는 결코 두려워하지 않으며 사방으로 도끼를 붕붕 휘둘렀다. 일정한 초식은 없지만 의외로 군더더기 하나 없이 깔끔했다.

　챙! 채채챙! 쨍!

　엄청난 힘과 도끼의 묵직함에 부딪친 무기들이 저마다 비명을 지르며 순식간에 부서졌다. 단 한 번의 부딪침으로 부서졌으니, 도끼의 날카로움과 모태강의 힘이 얼마나 대단한지를 보여주는 모습이었다.

　"허억!"

　"이 썩을 놈들아! 네놈들 품속에 있는 돈이란 돈은 다 꺼내놓고 꺼지거라! 그렇지 않으면 내 별호가 왜 작두일부인지 보여주겠다!"

　오히려 입장이 바뀌었다. 그가 으르렁거리며 거대한 도끼를 휘두르자 무기가 부서져 버린 그들은 주춤주춤 뒤로 물러날 수밖에 없었다. 그러다 섬서사흉 중 발이 가장 빠른 둘째가 돌연 번개같이 몸을 날려 모태강의 옆을 지나갔다. 모태강은 그의 꿈을 눈치채고 급히 막으려 했지만, 이미 둘째는 현어운의 목을 감싸며 부서진 검날로 위협을 가하고 있었다.

　"이놈!"

　모태강은 눈에 불을 켜며 현어운을 향해 다가갔지만 둘째는 사악한 미소를 짓더니 뒤로 물러나며 말했다.

　"한 번만 더 걸음을 옮기면 이놈의 목을 베어버리겠다!"

　"저, 저, 저기요. 돈을 드릴 테니… 으윽!"

　"주둥이 다물어라! 한 번 더 시끄럽게 굴면 어떻게 될지 나도 모르니!"

현어운은 사내의 검에 팔이 베이자 더 이상 말도 꺼내지 못했다. 그저 어떻게 해야 하나 생각하며 그가 제발 자신의 목을 베지 않길 바랄 뿐이었다.

그런데 이상하게도 두렵지가 않았다. 무공도 제대로 모르는 그라면 충분히 두려워해야 하건만, 이 순간 자신은 절대 죽지 않을 것이라는 생각이 은연중 들었다. 평온함이 마음의 근본에서 흐르고 있었던 것이다.

'예전의 내가 나도 모르는 사이 항상 존재했던 것일까?

"흠……."

인질이 생기자 모태강은 순간 많은 생각을 했다. 어차피 본 지 하루밖에 되지 않은 남인데 죽은들 어떠하랴. 자신이 죽는 것보다는 낫지 않은가? 어차피 현어운을 보면 무림에서 오래 살아남을 성격이 아니니 지금 죽으나 그때 죽으나 똑같지 않은가?

'괴협 작두일부 모태강이 그런 생각을! 내 신조에 절대 맞지 않다!'

그는 두 눈을 부릅뜨며 자신의 마음을 부정했다. 그 부릅뜬 눈이 얼마나 무시무시했던지 슬금슬금 다가오던 세 사람이 다시 뒤로 물러날 정도였다.

"이, 이놈!"

둘째가 모태강의 표정에 당황하며 뒤로 물러날 때 현어운은 마음을 차분히 하며 초섬유성수를 떠올렸다. 이번에는 단순히 뺨을 때리는 것이 아니었기 때문에 신중을 기하려 함이다.

"다가오다니! 이 산적 같은 놈아, 이 촌뜨기를 죽이겠……?!"

"……!"

둘째뿐만 아니라 모태강과 다른 세 사람도 두 눈을 크게 부릅뜬 상태였다. 분명히 둘째의 손에 있던 검이 어느새 현어운의 손에 있는 때문이었다. 현어운 자신도 이렇게 쉽게 성공할 줄은 몰랐는지 어리둥절한 표정으로 손에 쥔 검을 보고 있었다. 꿈인지 생신인지 정신없어 할 때 먼저 냉정을 되찾은 것은 모태강이었다.

"크앗!"

도끼를 번쩍 들고 달려오는 기세는 그야말로 분노한 대마두 같았다. 그 모습에 현어운이 쥐고 있던 검을 자신도 모르게 앞으로 내밀 정도였다. 그의 뒤에 있던 둘째 역시 두려움에 벌벌 떨며 뒤로 주춤주춤 물러나고 있었다.

"비켓!"

퍽!

"쿠억!"

현어운은 모태강이 공중으로 솟아오르며 내지른 발에 맞아 옆으로 뒹굴었고, 모태강의 몸과 도끼는 솟아올랐다 내려오며 둘째의 전신에 음영을 그렸다. 거대한 도끼가 빛을 반짝이며 그의 머리를 둘로 가르려는 순간이었다.

"으으……!"

둘째는 도끼가 자신의 머리 한 치 앞에서 멈추자 눈을 뒤집으며 그 자리에서 쓰러져 버렸다.

"흐흐, 내가 네놈들에게 볼일이 없었다면 바로 쪼갰을 것이다!"

"사, 살려주십쇼, 대협!"

세 명은 모태강의 말을 듣고 무릎을 꿇으며 애걸하기 시작했다.

"그럼 있는 돈 다 꺼내라!"

그의 말에 세 사람은 즉시 품에서 돈을 꺼내 바닥에 놓는다.

"자, 이제는 옷을 벗는다. 다 벗어서 돈이 한 푼이라도 나오면 구리 돈 한 푼에 도끼를 머리에 한 치씩 넣을 테다!"

끔찍한 말에 세 사람은 창백한 표정으로 급히 숨겨둔 돈을 다 꺼내었다. 숨겨둔 돈이 원래 꺼낸 돈만큼이나 많았다.

"됐다. 그럼 보자……."

모태강은 기절한 둘째의 품을 여기저기 뒤져 돈을 꺼낸 뒤 은자 한 냥만 두고 자신의 품에 넣었다.

"이제 가보거라. 다음에 내 눈에 띄면 이렇게 끝나지는 않을 것이다. 알겠냐?"

그의 우렁찬 소리에 세 사람은 두려워하며 둘째를 데리고 그들의 시야에서 곧 사라져 버렸다.

"으하하하! 이거 오늘 수입이 꽤 짭짤하군. 현 제, 아까 그 수법이 아주 대단했네! 대체 얼마나 빨리했기에 아무도 눈치채지 못했지? 난 순간 그놈이 현 제에게 검을 건네준 것으로 착각했다네!"

바닥에 있는 은전 스무 냥을 손에 쥐는 모습을 보면 영락없는 산적의 모습이었다.

"하하하! 그러게 말입니다."

자신도 성공할 줄은 몰랐기에 그렇게 화답할 뿐이었다.

"자, 여기 있네."

모태강이 돌연 은자 열 냥을 건네준다.

"네? 이, 이걸 왜……?"

"그냥 받아두게! 자, 이제 가자고. 그나저나 그 쓰레기 같은 놈들이랑 같이 가지 않아도 되어서 다행이군."

모태강은 시원스럽게 웃으며 앞으로 걸어갔다. 모태강은 한순간이

나마 현어운을 버릴 생각을 한 것을 자책하며 미안한 마음에 돈의 반을 준 것이었다. 돈을 준 것은 좀 이상한 방법이긴 하지만, 그것도 모태강 나름대로의 사과의 표시였다. 영문을 모르는 현어운은 그저 어제 자기가 쓴 돈을 이렇게 갚은 것인가 하며 지레짐작할 뿐이었다.

'의외로 이런 면도 있었네? 그런데 얼굴이 얼얼하네…….'

그의 발에 차인 얼굴을 손으로 살짝 문지르며 현어운은 그의 뒤를 따라갔다.

산서성 태원에 위치한 무림제왕성은 그 역사가 백 년이 채 되지 않았지만, 명실 공히 무림 최고의 문파였으며 무황이 생존한 몇 년 전까지만 하여도 무림은 무림제왕성만의 것이었다 할 정도로 무시무시한 영향력을 가졌었다.

물론 지금은 금탁과 신록희 때문에 옛날만큼의 영향력은 없겠지만, 그래도 여전히 최고의 세력이자 천하제일인이 살아 숨 쉬고 있는 곳임은 누구도 부정할 수 없었다.

천하제일세력인만큼 성의 크기 또한 상상을 불허했다. 무림제왕성은 성 내부와 성 외부로 나뉘는데, 성 내부는 성의 실세력이 웅크리고 있는 잠룡의 대지였으며 성 외부에는 엄청난 수의 낭인무사대가 거주하고 있었다.

게다가 성 외부에서 일 다경 정도 걸어나가면 일반 서민들이 사는 곳이 나온다. 그곳에는 객점, 주루, 매음굴, 각종 상인들이 생계를 위해 하루하루를 보내고 있었다.

성 내부와 성 외부의 경계는 성문이었으며, 성 외부와 마을의 경계 역시 성문이었다. 성 외부는 낭인들이 저마다의 생활을 영유하며 낭인무사대로 들어오려는 자들을 받아들인다. 최종 허가는 명천성에서 내리지만 실질적인 허가는 낭인무사대주였다. 낭인무사대주 혈랑(血狼) 우고태(宇高太)는 동급에서 시작하여 십여 년 만에 낭인무사대주에 오른 입지전적인 인물로, 무공 또한 백명부주와 흑맥부주에 못지않은 뛰어난 실력을 지니고 있었다.

옛날로 치면 백명부주는 정도무림의 대표자일 것이고 흑맥부주는 마도무림의 대표자이며, 낭인무사대주는 정사 중간의 대표자라 할 수 있을 것이다. 물론 지금에 와서 그러한 구분은 크게 의미가 없지만.

성 외부로 들어가는 입구라고도 할 수 있는 마을로 들어서는 두 사내가 있었다. 둘 모두 도끼를 차고 있다는 점에서는 똑같았지만 덩치는 극명하게 차이가 났고, 덩치에 맞게 도끼의 크기도 달라 어찌 보면 희극적이기까지 한 모습이었다.

"모 형, 배가 고픈데 어디 들어가서 식사라도 하는 게 어떻습니까?"

"아니네. 이제 다 왔으니 입성 신청만이라도 해놓고 식사를 하는 게 좋겠네."

두 사람은 계속 걸음을 옮겨 마을을 벗어나 성 외부로 들어가는 성문에 도달했다. 무림제왕성 외부로 들어가는 문은 총 일곱 개가 있고, 각 문마다 네 명씩의 경계무사가 있었다. 두 사람이 도착한 곳에는 이십여 명에 달하는 낭인무사들이 그들처럼 입성 신청을 위해 모여 있었는데, 대부분 거칠고 투박한 느낌이 드는 분위기를 내고 있었다.

줄을 서서 기다린 지 얼마 되지 않아 두 사람의 순서가 되자 경계무사 한 사람이 말한다.

"입성 신청을 위함인가?"

"그렇소."

“별호와 이름은?”

“작두일부 모태강.”

그의 괴상한 별호에 속으로 피식 웃으며 무사는 이름을 적고 곧 현어운을 바라보다 의아해 고개를 갸우뚱거렸다.

“입성 신청자인가?”

“그렇습니다.”

“무공을 할 줄 아는가? 아무리 본 성이 낭인들의 목숨을 돈으로 산다지만 무공을 모르는 자는 웬만해선 받아주지 않네.”

너무 평범해서 무공을 전혀 익힌 모습이 아니기에 무사가 저어하여 말한 것이다.

“하, 할 줄 압니다.”

“음, 무공의 사용 여부에 대해서는 내가 관여할 것이 아니니까. 어차피 들어가서 약간의 심사를 거칠 것이니 두 사람 모두 들어가게. 문 안을 들어가면 바로 나오는 건물 안이네.”

사무적으로 말한 무사는 두 사람을 안으로 들여보냈다. 점심때라 그런지 두 사람이 마지막이었다.

안으로 들어온 두 사람은 곧바로 보이는 왼쪽의 건물 안으로 향했다. 그들이 들어가니 막 네 사람의 신청자가 다른 문으로 나가는 것이 보였다.

“두 사람뿐인가?”

안에 있는 한 문사 차림의 사내가 묻는다. 모태강이 그렇다고 대답하자 고개를 끄덕이며 두 사람에게 자리에 앉으라 권하였다. 그리고는 모태강을 바라보며 말했다.

“여기 신청 및 신상서는 부르는 대로 내가 적을 테니까 말해 주게.

여기서는 신청서와 신상서를 적음과 동시에 무공의 사용 여부와 정도에 대한 일차적 판단을 하네. 물론 이차는 나가서 한 다음 급을 나눌 것이네."

"알겠소."

실제로 신청서는 다 같은 양식이었기에 두 사람이 할 것은 신상과 무공의 사용 여부에 대한 것이었다.

"강서 양압 출신, 작두일부 모탱강이오. 괴협이라 불러도 좋소. 하하하하!"

"흠, 무공은 도끼를 쓰는가?"

"보시다시피. 도끼로 사람 머리를 한순간에 쪼개는 게 나의 특기요."

스산한 표정으로 말했지만 문사 차림의 사내는 이런 저런 경험을 많이 했는지 표정의 변화가 전혀 없었다.

"나이는?"

"나이는……."

모태강은 갑자기 어색한 표정으로 우물쭈물하다 잠시 뒷간에 다녀온다 말하고는 나가 버렸다. 무슨 사정이 있을 것이라 생각한 사내는 현어운에게로 시선을 돌렸다.

"출신, 별호와 이름, 나이, 무공의 종류를 말해 주시오."

"하남 연곤 출신이고 스물넷. 현어운이라 합니다. 별호는 없습니다."

"초출인가? 음, 상관없지. 무공은? 아무리 봐도 무공을 익힌 것 같지가 않은데?"

"저, 저도 도끼를 좀 씁니다. 오 년 정도 했습죠."

"그런가?"

사내는 의심된다는 표정으로 바라보았지만 어차피 거짓말이라면 이차 판정에서 떨어질 것이기 때문에 상관없었다.

"자, 여기 신청서가 있으니 가지고 저 문으로 나가게. 이차 판정을 받은 뒤에 곧바로 급이 결정되고 조와 숙소를 배정받을걸세."

"일행이 있는데……."

"아, 그 사람도 곧 보낼 테니 먼저 나가 있게나."

"네."

현어운이 나가자 곧바로 모태강이 들어왔다.

"어서 나이를 말하고 일행을 따라가게."

"스물하나."

"……."

"표정이 왜 그러오?"

"속이는 거야 큰 관계가 없지만 너무하지 않나? 아무리 봐도 나와 비슷한 연배 같은데……."

사내의 나이는 서른넷이었다.

"크흐흠! 스물한 살 맞으니 그렇게 적으시오!"

"흠, 알겠네."

탐탁지는 않지만 본인이 그렇게 원하니 나이를 스물하나로 적고 신청서를 건네자 모태강은 황급히 밖으로 나가 버렸다.

"……."

"그러니까 장정 세 사람은 안아야 될 정도의 나무를 다섯 호흡도 되기 전에 순식간에 벨 수 있다고?"

“네.”

“여기는 그런 나무가 없으니 다른 걸 보여주게.”

이차 판정관인 유막호가 한심하다는 듯한 표정으로 현어운에게 말했다. 현어운은 잠시 생각을 하다 주변에 있는 나무로 가 팔뚝만한 가지를 도끼로 베어 가져왔다.

“잘 보세요.”

“…….”

현어운은 바닥에 나뭇가지를 놓은 다음 도끼를 가만히 들어올렸다. 그렇게 계속 가만히 있자 유막호가 어이없는 표정을 지으며 말한다.

“뭐 하는 건가? 뭐라도 해보게.”

“했는데요?”

“뭘?!”

슬슬 짜증이 나는 유막호였다. 아무리 어중이떠중이가 모여드는 낭인무사대라지만 이 정도면 좀 심했다.

“나무를 반으로 갈랐습니다.”

“뭐? 으하하하하하!”

오랜만에 자신을 웃기는 자가 나타났음에 유막호는 실컷 웃었다. 이 정도면 그 웃기다고 유명한 개방의 태상장로도 한 수 접어야 하리라.

“됐네. 자네 팔을 보니 제법 수련한 것 같으니 합격일세. 동의급(銅衣級)이고, 숙소 배정은 저기를 나가 대기실에서 기다리면 곧 받을 수 있을 것이네.”

“…….”

유막호는 키득키득거리며 현어운의 입성 신청서에 동의 판정을 내린 뒤 그에게 건네주었다. 어색한 표정으로 신청서를 받을 때쯤 모태강이 부름을 받고 어슬렁거리며 나타났다. 현어운이 가고 모태강도 몇 가지 시범을 보인 뒤 은의급 배정을 받았다. 은의급이라면 황실의 전쟁으로 치자면 십부장에 해당하는 것이었다.

모태강이 대기실로 들어가자 여전히 웃음을 지울 수 없었던 유막호는 나뭇가지를 바라보다 곧 주워 멀리 던져 버렸다.

"크크크큭! 정말 오랜만에 웃어보는군! 얼마나 웃긴 놈인지 나중에 한번 지켜봐야겠어!"

사람이 더 이상 없다는 말을 들은 그는 오찬을 위해 나가 버렸다. 그러나 멀리 던진 나뭇가지가 땅에 부딪치며 정확히 반으로 갈라진 것을 그는 보지 못했다.

第三章

　　이매망량에는 한계가 있음이 분명하다. 고수라면 친구들의 움직임을 느낄 수 있다. 물론 어중간한 실력으로는 절대 느끼지 못할 것이지만. 초선득이 말하길, 나의 이매망량은 실로 완벽하여 이쪽 세계와 저쪽 세계의 경계에서 완전한 일체를 이룬다고 하였다.

벌써 십 일이 흘렀다. 마침 새로운 조를 편성하고 있었기 때문에 은의급 판정을 받은 모태강은 새로운 십인조의 조장이 되었고, 그 새로운 십인조에 현어운이 속하게 되어 두 사람은 전쟁에서도 같은 길을 걷게 된 셈이었다.

낭인무사대의 백, 금, 은, 동의급은 당연히 옷의 색깔에 따라 구분된다. 그렇다고 옷 색깔 자체가 그러한 것은 아니고, 옷의 견장 색깔로 등급을 구분하는 것이다. 은의급이 황궁의 전시 체계를 따르자면 십부장이니 백의급은 천부장이라 할 수 있었다. 물론 낭인무사대주는 백의급 낭인무사들을 통솔하는 자이니만큼 그저 낭인들의 장이라고 해서 우습게 볼 만한 직책은 아니었다.

동의급의 같은 조원은 한 방에서 같이 생활한다. 그리고 은의급 다섯 명이 같은 숙소에서 생활을 한다. 동의와 은의가 다른 곳에서 생활

하지만 하루 대부분의 일과는 조원과 조장이 같이 생활했다.

"야, 현어운! 똑바로 안 해?"

연무장에는 낭인무사대원들이 모여 그들만의 수련을 하고 있었다. 어떤 조는 개인 수련을 하기도 했고, 어떤 조는 전쟁에서 좀 더 용이하게 살아남기 위해 진을 구축해 합동 수련을 하기도 했다. 모태강이 조장으로 신설된 조는 모태강의 명령에 의해, 정확히는 모태강의 상급자인 금의급 고수의 명에 의해 진을 구축하는 수련을 하고 있었다. 처음 생긴 조는 그들의 단결력을 위해 흔히 진을 수련하곤 했다.

진식 훈련은 현어운으로서는 다른 조원들과 마찬가지로 처음 해보는 것이었지만, 무공을 거의 익히지 못한 그로서는 다른 무사들보다 많이 허둥댈 수밖에 없었다.

현재 오 일째 하고 있는 수련이건만 현어운은 아직도 진을 이룬 수련에 익숙하지가 않았다. 더구나 무공도 제대로 할 줄 아는 게 없으니 조원들의 눈총을 살 만했다.

지금 소리를 지른 사람은 조장 모태강이 없을 때 그의 자리를 대신하는 대기조장인 파마검(破魔劍) 대산철이었다. 허약하게만 보이는 현어운이 자신의 조가 되자 전투에서 분명 방해가 될 존재라며 처음부터 마음에 들지 않아했는데, 십 일간 현어운의 무공 능력을 보니 더욱 탐탁지 않을 수밖에 없었다.

"그만!"

멀리서 지켜보던 모태강이 외치며 그들에게 다가왔다. 찡그린 표정이 대산철과 비슷한 심정인 듯하다.

"현 제, 요 십 일간 제법 좋아졌지만 아직 부족해. 우리 조는 이 주 후에 하남성으로 간다. 그때는 언제 전투가 벌어질지 알 수 없기 때문에 하루라도 빨리 진에 익숙해져 너의 역할을 알맞게 수행해야 해. 힘들어도 꾹 참게. 다들 반 다경간 휴식!"

모태강은 휴식을 알린 후 어디론가 가버렸다. 그때를 기다렸다는 듯이 대산철이 현어운에게 다가와 다짜고짜 멱살을 쥐어 잡았다.

"어이, 현어운. 내가 전에도 말했지? 못할 것 같으면 아예 빠지라고! 십 일이나 지났는데 아직 이 모양이니 네놈이 빠지는 게 우리 조의 목숨을 살리는 것이다! 알겠나?"

"죄, 죄송합니다."

"사과만 하면 다야? 빠지라고 했잖아! 다른 놈들만큼만 해도 내가 아무 소리 안 하겠다! 무공 수련을 한 지 얼마 된 것 같지도 않은 너의 움직임을 보면 내 목숨이 어떻게 될까 두렵다! 제발 낭인무사대를 나가라! 응?!"

은근히 협박이 섞여 있는 말투였다. 대산철의 말에 다른 자들도 아무런 제지를 하지 않았다. 그도 그럴 것이, 대산철의 말대로 현어운이 진의 형성시 제 역할을 다 하지 못하면, 그들이 훈련하는 진의 특성상 그만큼 진의 위력이 감소되기 때문이었다. 언제 늘지 모르는 현어운의 실력을 기다리기보다는 그가 나가고 새로운 사람이 들어오는 것이 차라리 나았다.

"죄송합니다. 그럴 수는 없어요."

"이게 진짜?!"

"됐어! 그만 해."

강철검 오막우가 현어운을 때리려던 대산철을 말렸다.

"몇 번째야? 하루에 한 번씩 그 말을 해도 안 나가겠다 그러잖아. 그럼 그만큼 절박한 이유가 있을 것이고, 그런 의지면 충분히 한몫을 할 테니까 이제 그만 해."

"쳇!"

대산철은 자신과 비슷한 실력을 가진 오막우가 그렇게 말하자 잡았던 멱살을 풀고 자리로 돌아가 버렸다. 현어운이 침울한 표정으로 자리에 앉으려 하자 오막우가 그의 어깨를 잡았다.

"현어운, 네가 이곳에 남아 수련하고 전투에 나가려는 건 알겠지만 너의 실력이 우리의 생존에 위협이 되어서는 안 된다. 하남성 지부로 갈 때까지 실력을 올려놔."

"네……."

현어운은 고개를 끄덕였지만 그때까지 진을 구축했을 때 자신의 임무를 충분히 담당할 능력을 기를 수 있을지 자신할 수는 없었다.

이 주란 시간은 빨리 지나갔다. 그간 현어운이 한 것이라고는 오로지 열 명의 조원과 진을 이루는 데 익숙해지는 수련뿐이었다. 하루의 일과라는 것이 수련, 식사, 잠, 이것이 다였고 이 주 내내 반복해 왔다. 일주일 동안 현어운은 여전히 진에 익숙해지지 못해 진의 흐름을 깨기 일쑤였다.

그러나 이 주째가 되어서부터는 어느 정도 움직임이 활발해지고 체력도 예전보다 오래 견디기 시작했다. 게다가 자신감도 조금 붙었는지 그가 휘두르는 도끼에는 예전 같지 않은 힘이 실려 있었고, 간혹 모두가 놀랄 정도로 빠른 휘두름을 보여주기도 했다.

원래 현어운의 체력이 이들 못잖게 강했지만 그동안 처음 접해보는 진이라는 것에 제대로 적응하지 못했기 때문에 남들보다 실력과 체력 면에서 약해 보였던 것이다.

그리하여 떠나는 오늘에서야 모태강이 이끄는 조원들 간의 호흡이 어느 정도 실전에서 써먹을 수 있는 경지에까지 이르렀다. 물론 여전히 현어운의 실력이 그들에게 탐탁지 않은 것은 사실이었지만, 묵묵히 열심히 하는 모습과 모나지 않은 성격은 결국 다른 조원들이 그를 인정하도록 만들어주었다.

현어운이 속한 조를 포함해 총 이십 개의 조, 즉 이백 명의 동의급 낭인무사대원과 스무 명의 은의급 낭인무사대원, 두 명의 금의급 낭인무사대원이 하남성 지부를 향해 떠나는 날이었다.

이백스물두 명의 낭인무사대는 병력 이동을 알리는 보고를 끝내고 곧 성문을 나섰다. 얼마 가지 않아 마을을 거쳐 관도로 나오자 왠지 시원 섭섭한 마음이 들었다. 현어운은 거의 한 달간 이곳에서 진을 훈련하고 체력 단련을 했다. 연곤현에서 초섬유성수를 수련하면서 체력이 상당히 올랐다고 생각했지만, 진을 훈련하면서 무공이든 진이든 익숙해진다는 것이 얼마나 중요한지를 느끼게 된 훈련이었다.

어찌 되었든 격렬한 훈련으로 예전보다 체력도 많이 증진되었고, 시전해 보지는 않았지만 삼일체를 이룬 초섬유성수도 예전보다 더 오래 사용할 수 있을 것만 같았다.

"분명 맞다니까. 이번에 금탁과 전투를 할 가능성이 높대. 그래서 이렇게 이백 명에 달하는 수를 하남성으로 보내는 것이고."

"뭐야? 그럼 가자마자 금탁과 한판 붙어야 된다는 얘기잖아?"

여기저기서 동의급 무사들이 이야기하는 걸 들어보면 심상치 않았다. 현어운이 자신의 옆에서 걷는 모태강을 돌아보자 모태강은 씨익 웃으며 말한다.

"드디어 전쟁이군, 현 제! 그간 익힌 진과 자네의 일신에 가지고 있는 재간을 잘 섞어 활용한다면 누가 당할 수 있겠나! 나의 부법과 현제의 부법이라면, 크하하하하! 아마 일부당천(一斧當千) 이부당만(二斧當萬)일 게야!"

누가 들으면 미친 소리로 치부했음이 분명한 헛소리였다. 그런데 원래 성격이 그러한 것을 아는지라 조원들은 태연하게 넘어갔지만 근처에 있던 다른 조원들은 그렇지가 않은 모양이었다.

"어이, 은의급 조장이 한 수 하는 거야 당연하지만, 동의급 무사까지 그렇다는 건 믿기 어려운데? 생긴 건 시골 촌뜨기인데 숨긴 실력은 그게 아닌 모양이지?"

그 말에 현어운이 뭐라 대답할지 잠시 고민할 때 모태강이 두 눈을 부릅뜨며 말한다.

"내 말이 그렇다면 그런 것이지 무슨 의심이 그렇게 많은가? 현 제의 손재간은 나도 알아보지 못할 정도로 빠르네!"

"흥! 그런 걸로는 소매치기가 제격이지!"

"으하하하!"

비아냥거리는 말에 다른 조의 무사들이 폭소를 터뜨렸지만 현어운과 같은 조원들은 결코 웃지 않았다. 자신의 조원을 비웃는다는 건 자신들을 비웃는 것이라 생각할 정도로 한 달간 쌓인 유대감이 남달랐던 것이다.

"이……!"

하나 모태강이 손을 내저으며 조원들을 막는다.

"내부 간에 싸움을 일으키면 엄벌임을 잊지 말게! 낭인무사대의 실력은 전쟁에서 보여주는 것이지 입으로 보여주는 게 아니야!"

모태강의 말에 웃고 있던 조원들의 웃음이 사그라졌다. 그의 말이 충분히 와 닿았기 때문이다.

'역시 평범한 사람은 아니었구나. 나중에 큰일을 해낼 사람이다.'

현어운은 그간 보고 느낀 모태강의 모습을 보면서 그렇게 판단을 내렸다. 엉뚱한 구석은 많지만 결코 평범한 인생으로 끝날 사람은 아닌 것 같았다.

'무공도 뛰어난 편이고, 보기와는 달리 생각도 깊고 성격도 신중하다. 우리 조원들이 괜히 칭찬하는 게 아니었어.'

그가 초반에 보았던 그런 엉뚱한 모습들도 자주 보여주었지만, 조원들이 칭찬을 할 정도로 모태강은 무공 실력뿐만 아니라 다른 모습에서도 뛰어남을 보였다.

"어운, 그거 알아? 요즘 낭인무사대에서 제일 유명한 자가 누구인지?"

"글쎄요. 그보단 우리 모두 이번에 새로 들어와 훈련하느라 정보를 얻을 시간도 없었을 텐데 어떻게 알았어요?"

대산철이 예전과는 다르게 친근한 투로 그에게 말했다. 그간 현어운이 자신들에게 뒤처지지 않기 위해 보이던 노력에서 강한 인상을 받았고, 성격이 유약한 듯하면서도 필요할 때는 누구보다 강한 현어운의 모습을 결국 그도 인정한 것이다.

"그게 다 이 형님의 실력이지! 유명한 사람은 요 석 달간 순식간에 동의급에서 백의급으로 오른 입지전적인 자야! 그것도 남자가 아니라 여자!"

"대단하군요! 석 달 만에 그렇게 오르기가 쉽지 않을 텐데요?"

대산철의 이야기는 현어운뿐만 아니라 같은 조원들에게도 흥미를 당기게 한 모양이었다.

“대체 그녀가 누군데? 여기에 있어?”

“아니. 그녀는 호북 지부에서 일어난 신록회와 금탁과의 세 번 싸움을 통해 놀라운 무공을 선보였다는군. 그래서 순식간에 백의급으로 올라갔지. 백의급 낭인무사는 모두 스무 명도 안 된다고 하지 않던가? 그 정도 실력이면 내성의 정천대와 마검대의 누구에게도 지지 않을 실력이라고. 곧 내성으로 들어가 두 곳 중에 한 곳으로 들어갈 예정이라는 말도 있던데?”

“대체 누구야?”

“이름은 잘 알려져 있지 않고 별호는 투장괴녀(鬪掌怪女)라는군.”

“어헛? 별호가 진짜 이상하구먼.”

“그렇지? 박투술하고 장법이 그녀의 주특기라는구먼. 특히 장력이 일품이라더군. 우리도 주특기 하나쯤은 살려서 빨리 급을 올려야 할 텐데 말이야. 전장의 이슬로 허무하게 사라지지 않으려면.”

대산철의 마지막 말은 그들에게 강하게 와 닿았다. 실력이 없으면 소모품처럼 그저 의미없이 죽어갈 뿐이다. 이렇듯 무림의 전쟁은 냉혹하지만 무림에 발을 디딘 이상 피할 수 없는 운명이기도 했다. 무림에 들어온 이상 최고를 향해 달려야 하고, 그 와중에 죽거나 살거나 둘 중 하나인 치열한 경쟁을 벌일 수밖에 없었다.

‘호보……!’

그는 호보가 군동객잔에서 술을 마시면 언제나 부르던 파검가의 내용을 잠시 떠올리며, 왜 무림인이 그런 노래를 부르는지 아주 조금은 이해가 갔다. 하지만 자신이 무림 생활을 겨우 한 달가량 했음을 떠올리고는 피식 웃으며 이내 고개를 젓고 말았다.

‘겨우 무림 생활울 한 달 한 주제에…….’

하남성 지부는 연곤현에서 북쪽으로 오 일 정도 떨어진 곳에 있는 황정(黃丁)에 위치해 있다. 무림제왕성에서 출발한 지 이 주 만에 황정의 지부에 도착한 낭인무사대는 도착을 알리는 보고와 함께 숙소 배정을 받았다.

현어운은 자신의 짐을 풀면서 황정 지부에 이는 묘한 분위기를 느낄 수 있었다. 아니, 분위기가 아니라 어떤 냄새 같은 걸 맡았다.

'피 냄새가……? 아주 멀리서 나는 것 같아.'

하지만 혼자만 느낀 것이었는지 다른 사람들은 아무렇지도 않은 모습이었다.

"자! 오늘은 휴식 시간을 준다고 했으니 나가서 술이나 마실까?"

"그거 좋지! 밖으로 나가도 된다는 허락이 떨어졌으니 어서 가자!"

"어운, 너도?"

"아, 죄송합니다. 피곤해서……."

"짜식, 얼굴 보니까 정말 피곤해 보인다. 쉬어, 그럼!"

곧 아홉 명의 조원 모두가 밖으로 나가자 현어운 혼자 숙소에 남게 되었다.

"후, 이상하게 여기는 내가 있을 곳이 아닌 듯한 느낌이니……."

분명 이상한 느낌이었다. 어느 곳에 있어도 그런 느낌을 가진 적이 없었는데, 이곳에 오니까 그런 느낌이 불현듯 드는 것이다. 마치 이곳에 있으면 안 된다는 듯 거부감마저 느껴졌다.

"처음 와서 적응되지 않아서 그런 것이겠지."

현어운은 방 안에만 있기 따분하여 일각 후 밖으로 나왔다. 피곤한 것도 있었지만 피 냄새를 맡은 직후부터 누군가와 웃고 떠들고 싶은 마음이 싹 가셨던 것이다. 지리나 익힐 겸 밖으로 나온 그는 이곳저곳을 돌아다니다 황정 지부 후문의 경계무사가 있는 곳까지 오게 되었다.

"어이, 거기! 누군가?"

경계무사의 외침에 현어운은 곧바로 신분패를 보여주었다.

"오호라, 오늘 새로 왔구먼? 오늘이 실컷 놀 수 있는 마지막 기회이니 푹 쉬거나 마음껏 놀게!"

"고맙습니다."

"쯧, 삼 일 전의 일 때문에 지금 지부가 말이 아니네. 본성과 하남 대양 지부에 전서구를 보냈지만 과연 지원이 올지는……."

"무슨 일이 일어났습니까?"

"그래, 오늘 새로 온 자네들에게는 아마 내일 알려줄 거야. 삼 일 전에 금탁이 이곳을 공격했네."

"……."

현어운은 무사의 말에 그저 고개를 끄덕일 뿐이었지만, 그가 태연히 받아들이는 것과는 달리 금탁이 지부를 직접 공격했다는 것은 결코 심상치 않은 일이었다. 여태껏 금탁이나 신록희가 지부를 직접 공격한 적은 단 한 번도 없었기 때문이다.

그 말은 금탁과 생존이냐 멸이냐의 본격적인 싸움이 시작될 수 있다는 의미이기도 했으며, 또다시 그들이 쳐들어올 수 있다는 의미이기도 했다.

"아, 자네, 무림에도 초보구먼? 내 말에 안 놀라는 거 보니까."

"아? 예에… 하하!"

"한동안은 고생 좀 할 걸세. 그들이 다시 쳐들어올 수 있거든. 지금은 삼 일째라서 아주 조금 풀어진 것은 사실이지만, 예전보다 경계가 훨씬 강화되어 경계를 서는 장소도 늘어났고 순찰도 많아졌네. 아무튼 조심하게. 내일부터 자네도 경계조에 투입될 것이니 오늘은 푹 쉬게 나.”

“고맙습니다.”

현어운은 금탁이 다시 공격할 수 있다는 말에 편치 않은 마음이 한 쪽 구석에 자리잡음을 느꼈다. 조금 전에 맡았던 피 냄새가 괜히 신경 쓰였다.

여기저기를 돌아다녀도 보이는 것이라고는 건물과 경계무사, 순찰 무사들뿐인지라 곧 싫증을 느낀 그는 숙소로 돌아가는 중이었다.

그때 그의 앞쪽에 자신이 있는 곳으로 일남일녀가 오고 있는 것을 볼 수 있었다.

“그만 따라와요. 정말 짜증나 죽겠어!”

“하하, 따라가는 것쯤은 상관없지 않소? 소저께서 이해해 주시오.”

선남선녀의 전형을 보여주듯 이십대 초반의 사내는 준수했고, 동년 배의 여인은 화려한 아름다움을 자랑했다. 현어운은 그녀가 아까 보고 할 때 보았던 황정 지부장 철곤격천(鐵棍擊天) 반대한(盤大漢)의 딸 반 서연(盤徐衍)임을 알아보았다.

‘남자가 그녀를 쫓아다니는 건가?’

누가 봐도 그렇게 생각할 만했다.

“한 공자, 한 공자가 아무리 이곳과 무림제왕성에 자금을 대는 십대 상단 중 하나의 소주인이라 해도 제가 싫은 건 싫은 거예요! 전 무림인 이 아니면 싫으니까 제발 따라다니지 말아요! 상대하기 귀찮으니까!”

그녀는 매몰차게 말하며 다시 걸음을 옮겼다.

"이거참, 꼭 무림인일 필요가 있소? 소저만을 위해주는 사람이라면 충분하지 않소? 그렇게 무림인과 비무림인을 나누니 이 한 모는 정말 가슴이 아프구려."

사내는 정말 고통스러워하는 표정을 지으며 그녀의 감정에 호소하고 있었지만 그다지 먹히는 것 같지는 않았다.

"아, 당신! 이리로 와봐요!"

약간 떨어진 곳에서 그들을 멍하니 바라보던 현어운은 그녀가 갑자기 자신을 부르자 의아한 표정으로 다가갔다.

"부르셨습니까?"

"차림새를 보니 오늘 새로 온 동의급 무사군요?"

"네."

"내일 전할 말이지만 삼 일 전에 금탁에서 이곳을 공격했어요. 그렇기 때문에 아무리 대낮이고 지부 안이라지만 결코 안전하다고는 할 수 없지요. 그러니까 지금 한 공자를 어서 숙소로 안내해 드리세요. 당신의 숙소 근처이니 찾기는 쉬울 거예요."

"아, 알겠습니다."

"반 소저, 난 아직 갈 마음이 없으니까 이런 명령을 내려도 난 듣지 않을 것이오. 하하, 난 지금 반 소저랑 함께 있으며 친해지고 싶은 마음뿐이라오!"

'씨펄! 느끼한 게 절로 한 대 패고 싶잖아?'

순간 욱하며 자신도 모르게 그런 생각을 하다 자신에게 눈치를 주는 반서연을 보고 현어운은 사내에게 다가가 말했다. 그런데 양손을 모으고 허리를 숙이며 대하는 자세가 시종의 모습과 같아 보였다.

"하, 한 공자님, 저를 따라오시지요. 숙소로 안내해 드리겠습니다."

"……."

"……."

　두 사람의 표정이 엇갈린다. 반서연은 뭐 이런 자가 다 있느냐는 듯한 표정이고, 사내는 비릿한 미소를 지으며 현어운의 위아래로 바라보았다. 아무리 경계무사라 하더라도 사내와 현어운은 주종 관계가 아니었다. 게다가 반서연이 그에게 원한 것은 억지로라도 데려가라는 의미가 함축되어 있었는데, 현어운은 마치 윗사람을 대하는 하인인 양 공손하고 어떻게 보면 비굴하기까지 했으니, 두 사람이 그런 반응을 보인 것은 당연한 것이었다.

　이를 모르는 현어운은 잠시 이상한 분위기를 느꼈지만 다시 말했다.

　"그럼 제가 앞장서겠으니 저를 따라오십시오."

　그가 앞서 걷자 곧바로 사내의 비웃음 소리가 들려왔다.

　"흐흥, 별의별 놈을 다 봤지만 무림제왕성의 낭인무사대에 이런 놈이 있는 건 처음이군. 어디서 천한 생활 좀 하다 왔나 보지?"

　"……?"

　현어운은 그가 왜 갑자기 자신에게 그런 비아냥을 날리는지 영문을 몰라 반서연을 어색하게 바라볼 뿐이었다. 화도 났지만 그녀의 손님인 듯했기에, 그리고 여태껏 살아오던 방식대로 힘있고 오만한 윗사람에게 그저 고분고분하게 대할 뿐이었다.

　"뭐야? 뭐 이런 남자가 다 있어? 요즘 무림제왕성에서는 이런 무사도 뽑는 거야? 정말……."

　반서연은 짜증 반 포기 반의 표정으로 현어운에게 가보라는 손짓을 해 보이고는 자신이 갈 곳으로 걸음을 옮겼다. 따라오든지 말든지 마음대로 하라는 그녀의 모습을 보고 사내는 현어운을 향해 씨익 웃으며 그 뒤를 따라갔다.

'사내가 여자를 잡으려면 집요함과… 잔인함이지.'

그렇게 생각하는 사내의 눈가에 섬뜩한 무언가가 스쳐 지나간다. 지금껏 보여준 느끼한 모습과는 너무나 대조적인 눈빛이었다.

"시펄, 예상은 했지만 벌써부터 이렇게 치이다니 서럽구먼! 에휴!"

현어운은 다 자신이 못나서 그렇다 생각하며 서둘러 숙소도 돌아갔다. 이런 일이야 인생에서 비일비재하기에 그다지 마음에 담아둘 만한 일은 아니라 생각하며.

"아니, 이러지 않으셔도 되건만……!"

황정 지부장 철곤격천 반대한은 전형적인 무인이면서도 융통성이 제법 있었다. 실력도 실력 나름이거니와 지부장 자리에까지 오른 수완이 있으니, 그 융통성이 어느 정도인지는 굳이 말하지 않아도 되리라.

육 척의 키에 적당히 잡혀 있는 근육과 나이답지 않은 몸은 그가 평소에도 열심히 수련해 왔음을 보여준다. 오십에 들어서려는 나이임에도 아직은 건장한 모습에서 그의 식지 않은 열정을 엿볼 수 있으리라.

삼 일 전 지부를 직접 공격당해 간신히 방어에 성공한 뒤 놀란 마음에 급히 하남 대양 지부와 본성에 전서구를 보냈으나 거리가 있는만큼 어떻게 될지는 알 수 없었다. 이런 소식을 들었는지 근처에 있던 양망 상단주(陽邙商團主)가 직접 이곳으로 왔고, 그것으로도 부족해 큰 거금을 건네주었다.

"아닙니다. 지금의 일은 결코 심상치 않은 일이지요. 제가 도울 방법이 이것밖에 없음에 오히려 안타깝습니다. 이 돈으로 전 무사들에게 술과 고기를 내려 사기를 고취시키십시오. 그렇게 한다면 한동안은 힘든 일도 마다하지 않을 것이고 불만도 크게 줄어들 것입니다."

"알겠습니다. 그렇지 않아도 낭인들이 대부분인지라 충성도가 본성의 무사들에 비해 떨어지기에 이런 일이 발생하면 그들을 진정시키기가 참으로 힘듭니다. 단주께서 이렇게 도움을 주시니 이번 위기는 쉬이 넘길 듯합니다."

"하하, 당연히 해야 할 일이지요. 그보다는 제 아들놈이 서둘러 이곳으로 와야 한다 해서 이렇게 부랴부랴 온 것입니다. 원래 그런 일은 이렇게 빨리 알아차리지는 못하는데, 아들놈이 우연히 그 정보를 얻었던 모양입니다."

"허허허! 한 공자, 고맙네. 한 공자 덕분에 상단에서 이렇게 빨리 온 것이었구려. 덕분에 얼마간의 걱정을 덜게 되었으니 말이오."

"아닙니다. 운이 좋았을 뿐입니다."

한 공자라 불리는 사내는 반서연을 쫓아다니던 그자였다. 양망상단의 소단주인 한명운, 그는 그때 보이던 경박하고 오만한 모습과는 달리 지금은 예의있고 자신감이 넘쳐흐르는 모습이라 전혀 다른 사람으로 느껴질 정도였다.

세 사람은 얼마간 더 담소를 나눈 후 자리를 파했고, 양망상단의 부자는 곧 숙소로 돌아가 자리를 같이했다.

"이제 미끼를 던졌으니 곧 기회가 올 게다."

"아버님의 말씀대로입니다. 충분한 돈을 넘겼으니 반대한이 얼마간 슬쩍한다고 해도 대부분의 무사들에게 술과 고기가 돌아갈 것입니다."

"그들에게 연락을 하여라. 곧 그때가 올 것이니 이번에는 확실하게 처리하라고."

"네."

“무림제왕성 본성과는 달리 지부들은 너무 오랜 시간이 흐르면서 나태함에 빠졌음이 확실하다. 물론 비밀 지부는 다르겠지. 그러나 하남성의 반은 곧 우리에게 넘어올 것이고, 얼마 있지 않아 하남성 자체가 금탁의 세력이 될 것이다. 그렇게 조금씩 나아간다. 그리고 그 건에 대한 일은?”

“확실하게 진행되고 있습니다. 아무도 그 사실을 아는 자가 없으며, 일을 하는 자들도 모두 믿을 만합니다. 필요로 하는 것은 오직 시간과 재료일 뿐입니다.”

“그 일에 금탁의 모든 것을 걸었다. 내 너를 믿어 특별히 그 일을 맡겼으니 한 치의 착오도 있어서는 안 된다. 알겠느냐?”

“네. 그 일에 소자의 목숨을 걸었으니 반드시 성사시키겠습니다. 지켜봐 주십시오.”

“무림제왕성이 알아서는 절대로 안 된다. 어떤 소문이라도 흘러 나가게 되는 날에는 시간이 문제일 뿐 그들은 무슨 수를 써서라도 찾을 것이고, 그렇게 된다면 금탁과 무림제왕성의 힘 겨룸은 어찌 될지 아무도 알 수 없게 된다.”

“네.”

가볍게 고개를 숙이는 한명운의 입가에 섬뜩한 미소가 걸린다. 무림제왕성을 향한 스스로의 자신감과 증오의 모습이었다.

다음날, 현어운은 자신이 이제부터 해야 할 일에 대해 숙지한 후 두 시진가량 실제로 경계 서는 일을 마치고 숙소로 돌아왔다. 숙소로 돌아오니 분위기가 어제와는 달리 어수선한 느낌이자 현어운과 같이 나갔던 세 사람은 영문을 몰라 어리둥절해하였다.

"무슨 일이지?"

"글쎄요?"

세 사람은 곧 흩어져 각자의 숙소로 돌아갔고, 현어운은 안으로 들어가자마자 강하게 풍겨오는 술 냄새에 잠시 눈살을 찌푸렸다.

"웬 술입니까?"

경계를 서러 나간 두 사람을 제외한 일곱 사람은 술과 고기를 가운데 두고 기분 좋게 마시는 중이었다. 오늘 생활 전반에 대한 교육을 받을 때 숙소 내에서는 술을 해서는 안 된다고 들었는데, 바로 그 규칙을 깨는 일이 벌어졌으니 놀랄 만도 했다.

"며칠 전에 금탁의 습격이 있었댔잖아. 그래서 앞으로 한동안 고생할 거라면서 양망상단에서 준 것이라고 하더군."

"어이어이, 대기조장! 조장은 다음 경계조인데 이렇게 마셔도 되는 거야? 딸꾹! 위에서 알면 가만 안 둘걸?"

"쳇, 말만 그렇지 안 마시는 놈이 어디 있겠나? 위에 놈들도 그런 거 다 알고 주는 거야. 적당히 마시고 기분 좋게 경계 서는 거지."

"어운, 너도 앉아서 한잔해라. 우리 먹고 마시라고 높으신 분들이 술과 고기를 줬는데 안 먹을 수는 없지."

"아, 전 피곤해서 일단 잠 좀 자겠습니다."

"야야, 어운! 그런 게 어디 있어? 딱 한 잔만 하고 자라! 한 잔만 하면 내가 아무 말 안 하고 보내줄게!"

"크카카카! 그거 맞는 말이다! 우리가 근 한 달간 고생한 것에 비혜 조금 부족한 대가이지만 실컷 즐기자구! 어운! 너도 고생했으니 좀 마셔둬!"

급기야 직접 현어운을 끌고 와 술잔을 건네고 따라준다. 어쩔 수 없이 한 잔을 들이킨 현어운은 어떤 불길한 예감에 잠시 얼굴을 찌푸렸다.

'뭐지?!'

"이상한 냄새 안 나요?"

"어디? 술에서? 고기에서? 쉬었나?"

대산철이 기분 좋은 얼굴로 중얼거리자 현어운은 고개를 젓는다.

"아, 아닙니다. 잘못 맡았나 보죠."

어제 맡았던 비릿한 피 냄새가 분명했다. 그런데 어제보다 더 가까워져 있는 것이 내심 꺼림칙했지만 현어운은 깊게 생각하지 않고 자리에서 일어나려 했다.

"에이, 에이! 한 잔은 너무 섭섭하니까 한 잔만 더 해, 응? 더 하라구!"

다른 사내가 협박조로 붙잡자 차마 뿌리치지 못하고 현어운은 결국 세 잔을 연거푸 들이키고서야 침상에 누울 수 있었다.

"후우……."

살짝 어지러운 것이 기분이 나쁘지는 않았다. 그간 너무나 정신없이 보내다 보니 악몽을 꾸는 일이 예전보다 줄어든 상태였다. 물론 꿈을 꾸는 날에는 정신없이 일어나 아무도 보지 않는 곳에서 실컷 울고 나서는 아무 일 없었다는 듯 행동했기에 그가 그런 생활을 하는지 아무도 몰랐다.

'후, 그래도 이렇게 술을 마셨으니 오늘은 악몽을 꾸지 않겠지? 이제 악몽은 그만 꾸었으면 좋겠는데…….'

"아버지, 저렇게 방만한데 괜찮나요? 분위기가 이렇다 보면 아무래도……."

“아니다. 괜찮다, 서연아. 우리는 무림제왕성의 하남성 황정 지부이다. 지부 중에서도 손꼽힐 정도로 강한 곳이기도 하지. 그동안 고생만 했으니 이런 것도 베풀어야 그들도 좋아할 것 아니냐? 양망상단에서도 그걸 원하고 나도 그걸 원한다.”

“네.”

그녀는 자신보다 경험이 풍부한 아버지의 말을 듣고 자신의 심려를 지워 버렸다. 전략적으로는 지금 같은 상황에서 이러는 것이 좋지는 않지만 현실과 서책의 이론은 엄연히 다른 법이다. 그리고 금탁이라고 자신들이 무엇을 하는지 모두 알라는 법도 없다.

“네가 걱정하는 것이 무엇인지는 안다. 하지만 지부의 진짜 전력은 항상 그렇듯 존재하니까 걱정하지 않아도 된다.”

“아버지 말씀을 들으니까 제가 괜한 걱정을 했었네요.”

어두운 빛을 받으며 아름다운 미소를 짓는 자신의 딸이 죽은 아내와 닮았음에 감사하며 반대한은 껄껄 웃었다.

“곧 한 대인과 한 공자가 온다 했으니 같이 정담이나 나누자꾸나.”

“……”

반서연은 한용운이 싫었지만 그의 아버지는 자신의 아버지가 조심스럽게 대하는 자였기 때문에 싫다는 말을 할 수가 없었다.

‘그 뻔뻔하고 수치심 모르는 자식! 정말 싫어!’

어제 그와 함께 있던 시간을 생각하면 정말 거부감이 들었다. 분명 잘생기고 집안도 좋은 게 그녀가 원하는 조건을 가지고 있었다. 무공이 없는 것이 아쉬웠지만 다른 조건으로도 충분히 괜찮았는데 이상하게도 큰 거부감이 드는 것이다.

‘빨리 떠나길 빌어야지.’

아버지의 이야기를 들으며 그녀는 흐르지 않는 시간을 탓했다. 시간은 어느덧 술시(戌時)를 향해 흘러가고 있었다.

―난 위선자야!

'아니야! 제발! 당신은 수많은 사람들처럼 두려워할 수 있고, 도망갈 수도 있는 연약한 존재일 뿐이오!'

―수많은 사람을 평화란 명목 하에 죽음으로 내몰았어요! 내 자신이 너무 싫어!

'조금만 기다리시오, 빈 매……'

눈물이 비 오듯 쏟아진다. 꿈속인지 현실인지 구분이 모호한 지금 눈물조차 진짜인지 꿈속인지 알 수 없다.

―죽여줘, 어운. 너무 고통스럽다!

"으윽?!"

한순간 현어운은 자신의 전신을 짓누르는 듯한 고통에 신음 소리를 내며 두 눈을 떴다. 몸을 일으키고 싶었지만 너무 무거웠다.

"으흐흐흐, 어운! 어서 일어나란 말이야! 같이 술을 마시자고!"

그의 몸을 짓누르는 고통은 바로 동료의 무거운 몸뚱이었다.

"무, 무거워요! 어서 비켜요!"

"케케, 일어났구먼? 어서 이리 와서 한잔하라구! 언제 이렇게 취해 보겠나?"

"……."

현어운은 어이없는 표정으로 자신의 몸 위에 누워 있는 사내를 보았다. 빨간 얼굴에 잔뜩 맺힌 미소가 제대로 취한 모습이었다. 그를 간신히 옆으로 밀치고 자리에서 일어난 현어운은 얼굴을 적시고 있는 눈물을 소매로 훔쳤다. 술을 마셨음에도 꿈을 꾸었으니 마음이 착잡하기만 하다. 어이없는 상황 때문인지 울음이 더 이상 나지 않는 건 다행이었다.

"지금 몇 시쯤 되었습니까?"

"보자… 조장이 나간 지 좀 됐으니까 자시(子時)가 한창이겠구먼!"

두 시진 조금 넘게 잔 듯했는데 잠이 확 깨버렸으니 오늘밤은 그냥 새워야 할 것 같았다. 아직도 남아 있는 술을 보니 괜히 마시고 싶어져 자신도 모르게 술잔을 들었고, 기다렸다는 듯 오막우가 술을 따랐다.

한 잔을 마시고 이런 저런 이야기를 나누는데, 저마다 여자 이야기에 음담패설이다. 특이한 것은 다들 결혼을 하지 않았다는 것이었다.

"무림인이, 더구나 쥐뿔도 가진 게 없는 우리가 뭐가 좋다고 여자가 꼬이냐? 우리 낭인들은 그저 하루 번 돈을 꼬박꼬박 모아 매음굴에서 정욕을 쏟아 붓는 것이 결혼의 대신일 뿐이지. 암!"

"크크크크, 그렇고말고!"

"간혹 목돈이 생기면 기루로 가는 게 인생의 낙이야! 취설이 년이 생각나는구먼! 흐흐흐!"

저마다 또다시 음담패설을 지껄인다. 하지만 현어운은 결코 웃으며 들을 수는 없는 이야기들이었다. 이들의 인생이 이렇듯 슬픈 것일 줄은 짐작도 못했던 것이다. 무림제왕성에서 훈련할 당시에는 이런 이야기들이 없었는데, 술을 마시니 아픈 부분을 일부분이나마 털어놓는다. 그만큼 서로에게 유대감이 생긴 것이리라.

"어운, 너는 결혼했냐? 시골에서 왔으니 잘하면 어여쁜 시골 처자 하나 꿰찼을 수도 있겠네?"

"흐하하하! 설마 우리 쑥맥인 어운이 결혼을?"

다들 대답을 기대하는 눈치이다. 거짓말을 할까 하다가 거짓말은 죽은 단리채빈에게 죄를 짓는 것이라는 생각에 사실대로 답했다.

"결혼할 뻔했지요. 그런데 결혼식 며칠 전에 죽었어요."

"……."

잠시 아무 말이 없었다. 항상 맹한 모습에 무사태평처럼 지내던 현어운에게도 이런 사연이 있을 줄은 생각도 못한 모양이었다.

"너도 강한 녀석이었구나. 훈련할 때 알아봤다."

오막우가 그의 어깨를 치며 위로를 건넨다.

"어운이 자식 끈기야 우리가 알지! 그 약골이 이제는 당당한 동의급 무사가 되질 않았는가? 게다가 손놀림도 상당히 빠르니까 어딜 가도 꿀리지 않지!"

서로가 다시 웃으면서 현어운에게 한마디씩 했고, 그는 그런 그들이 고마워 다시 술 한 잔을 받아 들이키려 했다.

"……?!"

술에서 강하디강한 비린내가 풍겨온다. 아니, 술에서 나는 것이 아니었다. 어제도 맡았고 자기 전에도 맡았던 그 피 냄새였다. 바로 앞에서 풍겨오는 듯 속이 울렁거릴 정도로 강한 피 냄새였다.

"위험합니다!"

그는 자신도 모르게 외쳤다. 당호관의 사람들 모두가 처참히 죽었을 때, 그때도 분명 이렇듯 진한 피비린내가 났었다. 그의 본능이 지금에서야 그것을 강하게 말해 주고 있었다.

"무슨 소리야? 아직 잠에서 덜 깬 거야?"

"으하하하!"

그를 위로하던 분위기는 순식간에 면박을 주는 분위기로 변했다. 술

의 위력은 이토록 대단하여 분위기를 급반전시켰지만, 강철검 오막우
는 신중한 성격으로 그냥 넘어가지 않았다.

"무슨 말이야? 갑자기 왜 위험하다는 것이지?"

"피 냄새가… 무언가 위험한 일이 지금 일어나고 있을 겁니다!"

"피 냄새……?!"

오막우의 두 눈에서 강한 빛이 번쩍인다. 현어운은 바보 같아 보여
도 결코 거짓말을 하는 사람이 아니었다. 눈빛을 보니 어떤 두려움에
차 있지만 결코 잠에서 덜 깼거나 술에 취한 모습도 아니었다.

삑—!!

오막우가 밖으로 나가보려고 할 때 멀리서 강한 호각 소리가 들려왔
다. 오늘 배운 것이지만 저 짧은 호각 소리는 위급 상황일 때 부는 것
이었다. 그제야 현어운의 말이 거짓이 아니었음을 안 그들은 저마다
무기를 가지러 갔다. 비틀거리는 걸음걸이가 불안하지만 어쩔 수 없었
다. 이들에게 술기운을 몰아낼 정도로 강한 내공이 있는 것도 아니었
기 때문이다.

현어운이 어떻게 이런 위험을 알게 된 것인지는 모르지만 확실한 것
은 하나 있었다.

"오늘은 흉이 많겠군. 모두 살아남는 것을 위주로 싸우길!"

오막우가 뛰쳐나가자 현어운도 자신의 도끼를 들고 따라 나갔다. 항
상 그랬지만 예전의 그가 마음속에 남아 있어서인지 이 상황 자체는
두렵지 않았다. 다만 사람을 죽여야 할지도 모르는 사실 때문에 얼굴
에 이는 망설임을 숨길 수 없었다.

'현어운, 전장으로 왔으니 당연한 것이다! 당연한 것이다! 난 어쩔
수 없이 그들을 죽이는 거야!'

그의 외침은 어쩐지 공허한 느낌이었다.

위급함을 알리는 호각이 울렸을 때 이미 황정 지부는 큰 위기에 봉착한 상태였다. 일단의 무리들이 기척도 없이 다가와 정문의 경계무사들을 죽이고 안으로 꾸역꾸역 들어왔고, 이내 사방으로 퍼지더니 경계무사들을 비롯하여 무사들이 쉬는 숙소로 들어가 무차별적인 살인을 저지르고 있었던 것이다.

특히 그들은 이미 알고 있었다는 듯 숙소로 들어가 술에 취한 무사들을 위주로 죽이고 있었다. 분위기로 인해 긴장이 풀렸던 경계무사들은 한창 살육이 진행될 때쯤 한 무사가 온몸에 피 칠을 한 채 밖으로 뛰쳐나와 소리를 지르고서야 사태를 알아차렸다. 그 정도로 침입자들의 움직임은 은밀했던 것이다.

침입자들이 누구인지, 수가 얼마나 되는지, 무공이 얼마나 강한지 도통 알 수 없는 상태였다. 호각을 울리자 숙소에 머물고 있던 무사들이 술에 취한 몸을 이끌고 밖으로 나왔고, 편한 마음으로 숙소에서 대기하거나 자고 있던 무림제왕성에서 파견한 정천대와 마검대의 무사들도 그제야 뛰쳐나왔다.

침입자들은 여전히 곳곳에서 살육을 일으키는 중이었다.

"금탁이다! 진을 구축하여 대항하라!"

누군가의 외침에 정신을 차린 자들은 각자 진을 이루어 이동하기 시작했고, 아직도 술이 깨지 않아 비틀거리는 자들은 갈 곳을 정하지 못해 허둥거리다 보이지 않는 금탁 무사들의 검에 목숨을 잃고 만다.

"으아악!"

"크억!"

밖으로 나온 자들의 운명 또한 숙소 내에서와 다르지 않았다. 오히려 깊은 밤 울리는 비명 소리가 더욱 멀리 퍼질 뿐이었다. 비명 소리는 마치 전염이라도 되는 양 곳곳에서 울려왔다.

"살려줘!"

챙! 까앙!

병장기가 부딪치는 소리가 울리고 장력이 터지는 폭음이 울렸다. 드디어 정천대와 마검대의 무인 오십 명이 나와 금탁의 무사들과 결전을 벌이고 있는 것이었다.

"어서 진을 구축하라!"

오막우의 명령에 조원들은 항상 훈련했던 대로 원형으로 각자 자리에 섰다. 아주 단순하고 위력은 보잘것없지만, 차륜전의 형태로 회전할 수도 있으며 무사들의 수에 구애받지 않는 진이었다. 두 명이 경계조로 빠져 여덟 명이었지만 진을 형성할 수는 있었다.

이들 진의 명령권자는 자연스럽게 오막우가 되었다. 가장 실력이 좋기도 했지만, 무엇보다 가장 냉정하고 판단력이 빠르다는 것을 다른 자들도 알고 있었기 때문이다.

그들이 진을 이루고 나서 오막우의 명령에 따라 천천히 어딘가로 이동하고 있었다. 현어운은 자신들이 이동하는 곳이 후문 쪽임을 알았다.

'퇴각!'

현어운은 그제야 정신이 번쩍 들었다. 술에 거나하게 취한 자들이 대부분인지라 침입을 위해 정신적으로 철저히 무장한 금탁의 무사들을 절대로 당해낼 수가 없음을 안 것이다. 이미 패배는 시간문제이기 때문에 퇴각하는 것이 가장 현명한 처신이리라.

그들이 이십 장 정도 이동하자 검은 야행복을 입은 자들 여섯이 나타나 다짜고짜 공격해 오기 시작했다.

채챙!

현어운은 뭐가 뭔지 알아채기도 전에 자신의 도끼에 부딪치는 상대의 검에 순간 뒤로 밀릴 뻔했다. 하지만 본능적으로 초섬유성수를 시전했기에 뒤로 밀리는 상황은 면할 수 있었다.

"으악!"

"……!"

단 한 번의 공격이었음에도 한 명의 목숨이 끊어졌음에 깜짝 놀랄 틈도 없이 진은 이동했다. 현어운은 급히 우측으로 이동하여 자신의 자리로 이동한 상목이란 이름의 사내와 함께 공격을 가했다.

채애앵!

지독한 소리와 함께 현어운의 팔이 끊어질 듯 뒤로 팅겨났지만 아파할 틈도 없이 진은 회전했다.

"훈련한 대로 해! 회전과 이동을 동시에 한다!"

"크으윽!"

바로 지척에서 신음 소리가 들려왔지만 진의 이동은 계속될 수밖에 없었다. 행동 불능의 부상자는 알아서 앞으로 나와 진에서 이탈해 주어야 했다. 남을 지킬 만한 능력도 되지 않을뿐더러 진에 방해가 될 바에야는 차라리 앞으로 빠져나와야 한다는 것이 그들이 배운 바였다.

지척에서 울려오는 고통음뿐만 아니라 멀리서 병장기 소리와 참혹한 비명이 들려왔다.

적은 수였지만 이들은 분명 자신들보다 훨씬 강한 자들이었다. 벌써 두 사람이 목숨을 잃었고 두 사람이 경상을 입었다. 그런데 현어운은 용케도 그들의 공격에서 견뎌내고 있었다. 섬수신의가 자화자찬하던 천하제일현기공인 초섬유성수 덕분에 그들의 강력한 공격을 모조리 막아내고 있었던 것이지만 누구도 그 사정을 알 리가 없었다.

침입자들의 한 수도 받아내지 못할 줄 알았던 현어운이 의외로 잘 견뎌내는 것을 본 조원들은 이상하게도 힘이 솟음을 느꼈다.

챙! 까앙!

"힘을 내어 견뎌라! 진을 벗어나면 죽는다! 반(反)!"

이제 회전이 반대로 이루어진다. 속도는 더욱 빨라져야 하고 공격을 가하는 힘도 더욱 강해야 한다. 그만큼 체력의 소모가 심하며 설령 내공을 수련한 자들이라도 오래 견디지 못할 것이다. 그만큼 지금의 상황은 최악이었다.

다행히도 이들의 거센 공격에 금탁의 무사들이 당황하는 모습이 보였다. 죽을힘을 다해 공격하니 어느 정도 먹힌 모양이었다.

이동 속도도 빨라지다 보니 어느새 사람들이 많이 모여 있는 곳까지 도착한 그들이었다. 여기저기에 시체들이 널브러져 있었고, 지독한 혈향이 주위를 진동한다. 비명 소리가 소름 끼칠 정도로 무섭다. 간간이 울려오는 음산한 웃음소리 또한 두려움을 안겨주었다.

"으윽!"

현어운은 새로 지급받은 도끼의 날에 금이 가는 것을 보았다. 이번 일격으로 하마터면 뒤로 물러날 뻔했지만, 절대 뒤로 물러나서는 안 된다는 훈련을 수없이 받아왔기에 간신히 버틸 수가 있었다.

그가 서 있는 진은 결코 멈추지 않고 돌아가는 쳇바퀴와 같았다. 또다시 회전하고 현어운은 본능대로 초섬유성수를 시전했다.

챙!

“큭!”

현어운은 억지로 참아내며 좌측으로 이동함과 동시에 상대를 향해 또다시 초섬유성수를 시전했다. 팔이 끊어질 듯 아팠지만 오기였다.

서걱!

“으아악!”

자신의 손에 느껴지는 섬뜩한 파육음과 동시에 금탁의 무사 하나가 피를 뿌리며 뒤로 넘어갔다.

“……!”

최초로 여섯 중 하나가 죽은 것이다. 그 놀라운 상황에 현어운은 계속 진을 회전하면서도 정신을 차릴 수가 없었다.

‘사, 사람을……!’

더욱 놀라운 것은 마음은 전혀 두렵지 않다는 것이었다. 그간 얼마나 두려워했던가? 그런데 정작 마음은 전혀 두렵지 않고, 오히려 사람을 죽였다 생각하고 있는 머리 속의 이성만이 지레 놀랄 뿐이었다. 이 율배반적인 상황이 지워지질 않자 현어운은 숨이 가빠 죽을 듯 힘들고 두려웠다.

동료가 죽자 금탁 무사들의 공격이 이전보다 더욱 거세졌다. 마치 실력을 숨기고 있었던 것마냥 그들의 무기가 더욱 빨라지며 힘이 더욱 실렸다.

“크으윽!”

특히 현어운은 이번의 일격으로 손아귀가 찢어졌다. 하지만 아파할 틈도 없이 회전하며 계속 초섬유성수를 시전했다.

“허억! 허억!”

입에서 단내가 풍겨오고 다리가 후들거렸다. 이만큼 버틴 자신이 신기할 정도였다. 실전은 이번이 처음인데도 유일하게 자신 혼자 조에서 그들을 죽였고, 항상 못한다고 구박받던 자신이 아직도 살아 있는 것이다.

"컥!"

"헉!"

옆에 있던 용독의 목이 반쯤 잘린 채 앞으로 쓰러졌다. 피가 자신의 얼굴에까지 튀자 현어운은 깜짝 놀라며 도끼를 헛휘두르고 말았다.

"으윽!"

상대의 검이 그 틈을 놓치지 않고 공격해 왔고 현어운은 회전함과 동시에 간신히 피했지만 옆구리에 검상을 입고 말았다. 하지만 진이 움직이면서 용독의 자리를 대신한 오막우가 번개처럼 검을 휘둘러 상대의 목숨을 취했다.

"멈추지 마! 멈추면 우리가 죽는다! 지금까지 버틴 것도 진 때문이다!"

하지만 그때 주변에서 무림제왕성의 무사들을 해치운 다섯이 이곳으로 오고 있었다. 주변을 보니 온통 금탁의 검은 야행복이 판치고 있어 절로 기가 죽을 정도였다. 금탁의 무사들이 생각보다 많이 왔거나, 아니면 낭인무사대의 무사들이 거의 다 죽임을 당했다거나 둘 중 하나였다.

"젠장!"

저들이 합류하면 결코 자신들이 이길 수가 없다. 모조리 죽을 바에야 흩어져서 각자 살길을 모색하는 것이 가장 현명한 방법이리라. 결정을 했으면 빠른 실천이 필요한 법이었다.

"승산이 없다! 모두 흩어져라!"

각자 강력한 일격으로 상대들을 밀어낸 뒤 모두가 뿔뿔이 흩어지기 시작했다. 흩어지는 순간 한 사람이 벌써 바닥에 쓰러지며 목숨을 잃었으나 이런 극한 상황에서 남의 목숨을 생각할 겨를은 없었다. 현어운 또한 사람이 없는 곳으로 정신없이 달렸다. 경공술을 익히지 못했기에 달리기가 전부인지라 금방 따라잡히고 말았다.

상대의 검이 자신의 등을 향해 찌르는 것이 느껴졌다. 자신의 뒤로 누군가가 공격하는 걸 느낀다는 건 고수들이나 가능한 경지였지만 현어운은 그런 것을 생각할 겨를이 없었다. 본능적으로 몸을 옆으로 날리며 초섬유성수를 시전했다.

"크윽!"

상대의 옆구리에서 피가 튀며 그가 자리에 주저앉는 것을 본 현어운은 죄책감을 느낄 겨를도 없이 바닥을 구르는 고통으로 얼굴을 찌푸렸다.

"크악!"

자리에 주저앉았던 사내가 몸을 일으키려는 찰나 머리가 무언가 거대한 것에 의해 두 동강이 나며 뇌수와 피를 뿜어냈다.

"으윽!"

혐오감에 자신도 모르게 속이 울렁거릴 때 거대한 무기가 위로 솟아오르며 거구의 사내가 어둠 속에서 몸을 나타내었다.

"현 제, 괜찮은가?"

"모 형!"

현어운은 깜짝 놀라 그를 바라보았다. 온 전신이 피로 흠뻑 젖어 있어 선천적인 얼굴 생김새와 더불어 흉신악살처럼 보였다.

"가자! 이미 이곳은 금탁에 먹혔다! 후문도 막혔으니 다른 곳으로 도망치는 방법밖에 없어!"

씨익 웃는 모태강의 모습에 오줌을 지리고 싶은 심정의 그였다.

그 시간, 반대한과 함께 있는 세 사람은 여전히 한담을 나누며 술을 마시고 있었다. 위급을 알리는 호각 소리를 들어야 하는 것이 정상일 텐데도 그들은 전혀 듣지 못한 듯 밖의 상황과는 달리 천하태평인 양 여흥을 즐기고 있었다.

"하하하, 오늘 한 대인과 자리를 같이하게 되어 정말 좋습니다! 무사들의 사기가 올라가는 소리가 여기서도 들리는 듯하군요."

"허허허, 저도 기분이 좋습니다! 지부장께서 이렇듯 호한이시니 장사만 하는 제가 술은 도무지 당하질 못하겠습니다. 허허허!"

"거, 무슨 섭한 말씀을! 한 대인의 오랜 경험은 이미 저를 능가한 듯합니다! 도무지 상대가 되질 않소이다!"

두 사람 모두 대주가라 그런지 아무리 마셔도 취하지를 않았다. 반서연이야 원래 술을 싫어하니 마시지 않았고, 아비를 닮아서인지 한용운도 멀쩡한 얼굴로 미소를 지으며 그녀를 향해 노골적인 눈빛을 보내고 있었다.

'재수없어!'

"그러고 보니 무사들이 시끌벅적하게 떠들던 소리도 이제 안 들리는군요. 다들 잠이 들었나 봅니다. 내일부터는 힘들게 경계를 시켜야겠군요."

반대한은 그렇게 말하며 다시 한 잔을 들이켰다.

위험함을 알리러 올 무사들이 있어야 함에도 이상하게 오지 않는다. 만약 이 사실을 알았다면, 두 사람은 자신들이 철저히 고립되었음에 두려워했을 것이다.

"아, 술과 안주가 부족하군요. 여봐라!"

반대한이 시종을 부르자 어둠을 헤치고 나타난 자는 시종이 아니라 검을 찬 사내였다. 사내가 다가오자 반대한이 의아한 표정으로 묻는다.

"네놈은 누구냐?"

아직 상황을 파악하지 못한 모습에 한용운이 피식 웃었다. 사내는 양막상단주 한추백(漢湫魄)에게 다가가 부복하더니 말했다.

"하명하신 일이 대부분 끝났습니다. 이제 잔당만 처리하면 황정 지부의 점령은 완결될 것입니다."

"……?!"

"수고했다. 철저히 하거라."

"존명!"

사내는 큰 외침과 함께 사라졌고, 이 심상치 않은 상황에 반대한은 술이 확 깨었다.

"무, 무, 무슨 일입니까, 한 대인?"

"아직도 상황을 파악하지 못하셨소? 허허, 생각보다 더욱 멍청하구려."

"머, 뭣?!"

그때서야 밖에서 병장기 소리가 간간이 울리는 것이 들려왔다. 한추백의 허허로운 표정은 그렇다 쳐도 조용하던 주변에서 갑자기 병장기 소리가 들리는 것과 자신을 비웃는 듯한 한용운의 모습에서 반대한은 무언가를 알아챘고, 이내 창백한 표정이 되었다.

"너, 너희들이 그럼……?!"

반대한이 일어나며 외치자 반서연 또한 이들의 정체를 짐작하곤 자리에서 벌떡 일어나 방어 자세를 취했다. 하지만 두 사람은 여유만만한 표정으로 자리에 앉아 있을 뿐이었다.

"양망상단이 배신을 하다니! 무림제왕성에서 가만히 있지 않을 것이오!"

"허허, 양망상단이 배신이라니? 애초부터 양망상단은 무림제왕성의 것이 아니었소, 나의 것이었지."

"……!"

"용운아, 나는 그만 가볼 테니 네가 알아서 처리하거라."

"알겠습니다."

한추백이 밖으로 나가자 한용운의 얼굴에 지독한 살기가 퍼지기 시작했다.

"으으, 너희들은 대체 누구냐?"

반대한은 자신의 무기인 철곤도 없었기에 당황했지만 곧 나이 어린 자가 자신을 상대할 것임을 알곤 어느 정도 안심이 되었다. 이 어린 녀석을 물리치고 퇴각하여 무림제왕성에 알리는 것만이 자신이 살길이다. 이 생각과 함께 그는 다리로 의자를 차 한용운에게 날렸고, 동시에 몸을 날려 그에게 다가갔다. 결코 지부장의 자리에 뒤떨어짐없는 몸놀림이었지만 한용운은 비릿하게 웃으며 손을 내밀었다.

꽈르릉!

"……!"

한용운의 손에서 푸른 빛이 일더니 무시무시한 뇌전이 앞으로 퍼져 나오며 의자를 박살 내는 것도 모자라 다가오던 반대한의 몸통에 구멍을 내버렸다.

"크아아악!"

뒤로 날아가 바닥에 처박힌 반대한은 잠시 몸을 움찔거렸지만 이내 숨을 놓고 말았다.

"그, 그, 그건……?!"

반서연은 아버지의 죽음을 슬퍼할 겨를도 없었다. 한용운이 음침한 눈빛으로 자신을 바라보며 다가오고 있었기 때문이다.

"알고 있나 보군? 하긴 유명하니까 말이야. 큭큭!"

"벽력천굉수(碧靂天轟手)……?"

그녀의 눈에 절망의 빛이 서린다. 무황의 성명절기인 태극소염장 못지않은 장력이 있다면 천하에 단 하나, 벽력천굉수였다. 그리고 벽력천굉수를 극에 이르도록 익힌 자 또한 천하에 단 하나, 현 금탁의 서열 일위 벽력마군(碧靂魔君)이었다.

무황이 무림을 정벌하던 시절, 약관의 나이로 유일하게 무황과 수천 초를 겨루었던 초강자. 그는 무황을 존경했지만 무림 일통은 원하지 않았다. 무황이 무림 일통을 하자 벽력마군은 암중에서 많은 일들을 벌여놓았고, 결국 무황이 죽자 곧바로 반기를 들고 사람들을 규합하여 금탁을 세운 것이다.

"네년이 아무리 발버둥 쳐봤자 소용없다는 것을 알아라."

그의 눈빛이 색정으로 번들거리자 반서연은 그의 눈에 인 마음을 알고 절망에 물들었다. 힘없는 자는 무림에서 잔인하게 먹힐 뿐이다.

모태강과 현어운은 어둠을 골라 이동하고 있었다. 이동하면서 두 번 적을 만났는데, 그때마다 모태강이 무시무시한 부법으로 상대의 머리를 갈라놓아 과연 작두일부라 불릴 만했다. 그는 현어운이 보아도 은의급으로 있기는 아까운 실력임이 분명했다.

천천히 이동을 하던 두 사람은 어느덧 황정 지부의 야산을 올라가기 시작했다. 야산 바로 아래에는 지부장이 간간이 술자리를 가지곤 하던 정자가 있었다. 얼마 올라가지 않아 모태강이 걸음을 멈추고 어딘가를 내려다보았다.

"왜……?"

"쉿."

야산 아래 있는 정자였는데, 그곳에는 한용운이 자신에게 날아오는 의자를 향해 손을 내지르고 있었다.

꽈르릉!

푸른 뇌전이 번쩍이며 작열하더니 의자는 산산조각나고 반대한의 복부에 사람 머리 두 개쯤은 들어갈 만한 구멍이 뚫리더니 곧 죽어버렸다.

"……!"

모태강은 그 모습에 두 눈을 크게 뜨며 경악했다. 현어운 또한 그 끔찍한 모습에 놀랐지만 기척을 들킬까 저어하여 스스로 두 손으로 입을 막아버렸다.

곧 한용운은 반서연을 제압하더니 그녀의 옷을 찢기 시작했다.

"……!"

두 사람과 한용운과의 거리는 십오 장은 족히 되었는데, 모태강은 정자 주변에 있는 불빛의 힘을 더해 볼 수 있다 쳐도 내공이 일천한 현어운이 볼 수 있다는 것은 이상한 일이었다.

'어제 보았던 그 사람들이다!'

현어운은 자신을 이상한 놈 취급했던 두 사람이 이제는 저런 관계로 있자 놀랐지만, 대체 무슨 일인지는 짐작조차 할 수 없었다.

"아악! 살려줘요!"

한용운은 그녀의 옷을 남김없이 벗기더니 이내 거침없이 몸을 탐했다. 반항하고 싶었지만 그녀의 몸은 혈에 눌려 꼼짝도 하지 못하고 있었다.

"그만 해, 이 악마 같은 자식아! 악! 흑흑……!"

한용운이 거칠게 뺨을 때리자 그녀는 눈물을 흘리기 시작했다. 그 모습에 현어운은 주체할 수 없는 분노를 느꼈다. 그녀의 모습이 웬일인지 단리채빈과 겹쳐 보였기 때문이다.

"이……!"

하지만 모태강이 그의 모습을 눈치채고 입을 막고는 팔을 붙잡아 움직이지 못하게 했다.

"화나도 참아, 현 제! 우리는 저자를 이기지 못해! 힘이 없으면 정의조차 실현되지 못하는 곳이 무림이다. 너는 물론이고 나도 그렇다."

"……."

그의 전음에 현어운은 몸을 부들부들 떨었다. 그의 말이 맞았다. 연곤현에서 살 때도 그랬지만 힘이 가장 가까운 법이자 정의였다. 무림은 더욱 그러하리라.

'싫다!'

힘이 법인 무림이, 현실이 싫었다. 자신은 그렇기 때문에 사람을 죽이는 도구인 무공을 싫어했고 살인을 싫어했다. 그것은 지금도 마찬가지였다.

"가자. 오늘 일에 분노한다면 다른 일에도 분노할 일이 많을 거다. 그게 싫다면 힘을 길러라."

“……..”

모태강은 분명 자신과 다른 사람이었다. 자신은 그것이 싫어 회피했고 지워 버렸다. 그러나 모태강은 힘을 길러 부딪치라 그런다.

'결국 나 자신도 그런 자들과 똑같이 되는 것인데……..'

떨어지지 않는 발걸음을 옮겼다. 뒤에서는 반서연의 고통에 찬 비명이 울리고 곧 서러운 신음으로 바뀌었다. 그녀의 목숨은 강자인 한용운에게 있었다. 자신들은 그저 구경만 하다 피할 수밖에 없는 것이다.

그곳에서 한참 멀어지자 현어운은 자신도 모르게 눈물이 쏟아졌다. 참았던 눈물이었던 양 하염없이 쏟아진다. 무엇 때문에 흐르는 눈물인지도 몰랐다. 그저 서러울 뿐이었다.

“……..”

모태강은 현어운이 울어도 아무 말 하지 않고 주저앉은 그의 뒷모습을 가만히 바라볼 뿐이었다.

현어운은 모태강의 생각보다 훨씬 빨리 자리에서 일어났다. 눈물은 여전히 흐르고 있었지만 아직 자신들이 위험하다는 것을 안 것이다.

'이런 더러운 곳에서 벗어나고 싶다! 도망가고 싶어!'

하지만 이렇게 쉽게 그만둘 수는 없었다. 자신은 죽은 단리채빈을 위해 무엇인가를 해야 했다. 무림을 경험하고 그 아픔을 절실히 느껴야만 하는 것이다.

“현 제는 역시 강하네. 결코 평범한 사람이 아냐. 무림제왕성으로 가겠나?”

“……..”

　현어운이 고개를 끄덕이자 모태강은 씨익 웃으면서 앞장섰다. 그를
뒤따르다 고개를 돌려 보는 황정 지부는 그저 어둠 속에서 평온하기만
할 뿐이었다.

第四章
여의대

　　이매망량은 자유를 향한 몸부림. 무기와 무공은 이매망량을 약하게 하는 것들. 무기를 쥐고 무공을 시전할 때 이매망량의 세계에 더욱 가깝게 있을 수 있도록 하는 것이 우리들의 목표이며, 초선득의 목표이자 초선득 윗대 선조들의 목표였다. 이매망량은 그 자체로 완벽하지만 무기를 쥐고 무공을 사용하면 불완전해졌다. 나 역시 그 범주에서 벗어나질 못했다. 나는 이매망량이 좋지만 무기와 무공을 쥐는 건 싫었다. 이매망량의 완벽한 자유가 난 너무나 좋았다. 그것이 내 인생에 충만함을 안겨줄 정도로 좋았다.

"하남성 황정 지부가 금탁에게 완전히 점령당하였습니다."

제왕부주는 무제에게 무림의 대소사에 대한 보고를 하는 것이 가장 큰 임무였다. 물론 이런 저런 정보를 얻은 뒤 필요없다 싶은 것은 빼놓는다. 굳이 자신이 아니더라도 태극탈명비동 이십인 중 한 명이 명천성의 임무를 같이하고 있었기에 자신이 혹시나 지나친 것을 상대는 잡는 식으로 허점을 보완하고 있었다.

무제는 결코 허술한 사람이 아니었다.

"피해 상황은 지부장 사망, 그의 딸은 실종되었으며 정천대와 마검대 오십 명 모두 사망하였습니다. 낭인무사대 오백팔십삼 명 중 사백팔 명 사망, 일백오십오 명 실종, 이십 명 귀환. 합계 오백육십삼 명이 피해를 입었습니다. 아직 날이 더 지나면 귀환할 자가 더 되겠지만, 그 수는 지금까지의 전투 경험으로 보건대 그리 많지 않을 것입니다.”

“그 조사는 어떻게 되어가고 있는가?”

“진도가 빠르지는 않지만 조금씩 알아내고 있습니다.”

“…….”

잠시 말이 없던 무제는 지나가는 투로 말을 꺼냈다.

“혈명강시(血冥殭屍)가 만들어졌을 것이라고 보나?”

“아직은 아니라고 봅니다.”

“무슨 수를 써서라도 찾아야 한다.”

“존명!”

제왕부주 막심은 무제가 관심없는 투로 말했지만 금탁이 혈명강시를 제조하고 있을지도 모른다는 정보에 집착하고 있음을 알고 있었다.

“여의대(如意隊) 창대식의 준비는?”

“끝났습니다. 이틀 후에 창대식이 있을 것이고, 오늘 성주님께서 여의대에 발탁된 네 명과의 면대가 있습니다.”

“변동 사항은 없겠지?”

“그때 말씀드렸던 네 사람 그대로입니다.”

“알겠다. 두 시진 뒤에 보도록 하지.”

모태강과 현어운이 무림제왕성에 도착한 것은 지부의 혈사가 있은 지 보름이 지나서였다. 두 사람이 가장 먼저 도착한 셈이었는데, 그와 같은 생존자가 귀환한 것은 자신과 모태강을 포함해 이십 명뿐이었다 하니 그날 있었던 일이 처참한 패배였음은 자명했다.

모태강은 새로 편성된 조의 조장이 되었고, 현어운은 그가 조장으로 있는 조에 다시 들어가게 되었다. 아쉽게도 훈련을 같이했던 조원 중 살아남아 돌아온 자는 오막우뿐이었다. 현어운에게 가장 거칠면서도 따뜻하게 대해주었던 대산철은 실종자로 처리된 상태였다.

하남성 지부가 금탁에게 넘어감으로써 하남성은 무림제왕성과 금탁의 각축장으로 변하게 되었지만, 현어운이 지내는 성 외부는 그러한 일과는 무관하게 평온한 일상을 보내고 있었다.

현어운은 이곳에 온 지 일주일이 채 되지 않아 원래의 생활로 돌아가게 되었다. 진식 훈련을 하게 되었고 개인 수련을 할 시간이 조금 늘어났다. 그간 꾸던 악몽 또한 여전하여 이삼 일에 한 번은 악몽으로 잠에서 깨어 새벽에 아무도 모르게 울곤 했다.

일주일 동안 개인 수련을 해봤자 달라질 게 뭐 있겠는가마는 현어운은 단전으로 모인 여섯 줄기의 기운을 열두 개의 기운으로 나눌 수 있을지도 모른다는 가능성을 발견하게 되었다. 그리고 사일체에 대한 느낌을 아주 조금이나마 알게 되었다. 이 정도만으로도 대단한 발전이었지만, 다른 자들은 물론이거니와 현어운 자신조차 이미 한 단계 무공이 상승한 상태임을 알지 못했다.

"하……."

무림에 나온 지 두 달이 조금 넘었다. 왠지 자신이 무림에 나온 이유가 퇴색되는 것만 같아 현어운은 마음이 싱숭생숭했다. 매일같이 전쟁이 있고 하나같이 서로 죽느니 마니 하며 살아가는 게 무림인인 줄 알았지만, 절대 그렇지 않다는 것에 얼마간의 실망(?)이랄까?

그래도 황정 지부에서 있었던 일은 그에게 큰 충격과 슬픔을 안겨주었다. 사람을 죽였음에도 아무렇지도 않게 생각하는 자신의 마음하며, 동료들의 죽음, 역겹기만 하던 수많은 시체들, 그리고 여인이 겁탈당하고 있음에도 그저 도망칠 수밖에 없는 자신의 나약함. 이 모든 것들이 슬픔이었다.

"웬 한숨이야?"

"아무것도 아닙니다. 그런데 오늘 무슨 날인가요? 이렇게 모든 낭인 무사대원들이 나오는 것은 처음 보는 일인데요?"

오막우의 물음에 현어운은 대충 넘어가며 분주하게 이동하는 무사들을 보며 되물었다.

"어제 못 들었나? 여의대 창대식이 이틀 뒤에 있는데, 그전에 성주가 여의대원들을 보러 온다는군. 여의대는 성문 근처에 있기 때문에 성 외부에 있는 우리들은 성주를 접견하기 위해 도열을 해야 해."

당연히 높은 사람이 행차하면 아랫것들은 엄숙, 정연한 자세로 맞이해야 하는 법이다.

"여의대?"

참으로 광오한 이름이다. 뜻대로 모든 걸 이룰 수 있다 하니 대원들의 지닌바 능력이 대단하다는 것쯤은 알 수 있었다.

"예전에 구조대란 이름으로 있었다는데 그 이상은 나도 잘 모르겠군. 아, 저기 조장이 있으니 어서 가자."

모태강이 서 있는 곳으로 가니 이미 자신의 조원들은 다 모인 상태였다. 아직 일주일밖에 되질 않아 서먹한 면도 있었지만 사람 사는 데가 다 그렇듯이 시간이 해결해 줄 것이다. 하지만 현어운은 과연 자신이 잘 적응할 수 있을지 스스로 반문하며 회의감이 들었다.

"자자, 오늘 그 유명한 성주가 온다 했으니 그 얼굴이나 한번 보자고. 으하하하! 내가 금의급 어르신한테 사정사정을 해서 앞쪽에 서기로 했지."

사정이라 해봤자 꽤나 쉽게 허락을 받았을 것이다. 도열 시 앞에 서고 싶은 무사는 별로 없으니까.

"에이, 그냥 뒤로 가지 왜 조장은 쓸데없는 부탁을 한 겁니까?"

열 사람 중 하나가 불만을 터뜨렸지만 바꾸기란 이미 늦었음을 알기에 그의 뒤를 따를 뿐이었다.

내성과 외성을 잇는 성문을 나가 우측으로 이십 장을 가면 조금 초라한 건물이 있는데, 그곳이 여의대였다. 예전엔 물론 구조대라 불리던 곳이었지만 이미 현판은 금빛의 휘황찬란한 여의대로 바뀐 상태였다.

무제 단리백오의 얼굴은 도무지 변화가 없다. 언제나 무표정으로 지내며 기뻐도 화가 나도 시종일관 똑같은 표정이었다. 비인간적으로 느껴지기도 하지만, 수하들을 상대할 때는 그것만큼 효과적으로 위엄을 나타낼 수 있는 것도 없었다. 그런 자 앞에서 사람들은 절로 주눅이 들 수밖에 없다. 더구나 그 상대가 무림의 주인이라 할 수 있는 무림제왕성의 성주라면 두말할 나위도 없을 것이다.

나이가 가장 어리다는 이유로 줄의 제일 앞에 선 현어운은 서늘한 기운을 풍기는 무제를 먼발치에서나마 보게 되자 자신도 모르게 숨이 가빠져 왔다.

'저, 저 사람이 무제!'

특별하게 잘생겼다거나 무섭게 생긴 얼굴도 아니었다. 사각 턱에 강단있게 보이는 입매가 인상적이지만 전체적으로는 특징이 없었고, 무엇보다 표정이 마치 밀랍 인형인 양 섬뜩하게 굳어 있어 호감 가는 인상이 아니었다.

'목석도 아니고 왜 저렇게 표정의 변화가 없담?'

현어운은 가쁜 숨을 애써 진정시키기 위해 쓸데없는 생각을 하기 시작했다. 하지만 넓게 도열해 있는 만 명에 달하는 엄청난 수의 무사들은 이미 무제라는 단 한 사람에 의해 압도당한 상태였다. 무제라는 이름이 주는 힘은 결코 가볍지가 않은 것이다.

자신을 바라보는 만에 달하는 시선에도 전혀 표정의 변화가 없이 시종일관 태연하다. 전신에서는 서늘하면서도 강인한 기운이 연기가 피어오르듯 솟아오르고 있으며 입이라도 열면 세상이 폭발할 것만 같은 위태로움마저 느껴졌다.

'빨리 걸어가라! 힘들어 죽겠다.'

현어운은 얼마 서 있지도 않았는데 다리가 아파오자 절로 얼굴을 찌푸릴 수밖에 없었다. 그만큼 무제에게서 느껴지는 분위기에 자신이 긴장하고 있다는 의미이기도 했는데, 정작 자신은 그 사실을 전혀 모르고 있었다.

무제 단리백오는 낭인무사대들이 도열해 있는 모습을 보며 이들이 있는 한 무림제왕성은 진정한 힘의 피해 없이 혼란스런 당국을 진정시킬 수 있을 것이란 생각을 했다. 그것으로 그들에 대한 생각은 끝이었고, 낭인무사대주와 백명부주를 조금 앞서 걸음을 옮겼다.

"……."

그러다 단리백오는 돌연 걸음을 멈추었다. 당연히 두 사람을 비롯해 뒤따르는 호위대 사십 명도 멈출 수밖에 없었다.

'이 느낌은……?'

성 밖을 나오면서부터 무언가 묘한 느낌이 있었는데, 지금 이 자리를 지나는 순간 그 느낌이 아주 강해져 있었다. 그래서 걸음을 멈추고 그 느낌에 대해 잠시 생각했다.

'익숙한 느낌……. 그건…….'

무제는 무슨 일인지 묻는 백명부주의 말을 무시하고 도열해 있는 무사들을 향해 시선을 돌렸다. 그의 시선은 어렵지 않게 그 느낌의 근원지를 찾아냈다. 자신을 보지 않고 살짝 땅을 보고 있는 어수룩해 보이는 사내. 그의 몸에서 익숙한 느낌이 들었다.

'…그의 느낌이다. 아버지도 나도 그토록이나 경계하고 존경했던 자. 자연과의 합일을 자연스러운 방법으로 이루었을 때 느껴지는 그 느낌이다.'

무제는 현어운은 계속 바라보았다. 그제야 어떤 시선을 느꼈는지 고개를 들어 자신을 보았고, 곧 어리둥절한 표정을 짓는다.

'연기인가? 동의급 무사라……. 그래, 그의 제자가 생겼을 때도 되었지. 오히려 늦은 감이 있어. 초섬유성수를 익힌 흔적이 맞다.'

무제의 무표정한 얼굴에 처음으로 변화가 일어났다. 일그러진 입이 분명 미소라 말해 주고 있었다.

"…성주님, 잘못된 것이라도 있습니까?"

낭인무사대주가 조심스럽게 묻자 무제는 뜬금없는 말을 했다.

"저자를 기억해라."

무제의 눈빛을 따라 낭인무사대주는 시선을 돌렸고, 곧 어벙벙한 표정으로 어쩔 줄 몰라 하고 있는 사내를 볼 수 있었다. 그의 앞에는 그도 안면이 있는 모태강이 있자 그제야 기억이 났다.

"은의급 낭인 작두일부 모태강과 함께 황정 지부 혈사에서 살아남아 귀환한 자입니다. 이름은 아직 모르나 곧 신상서를 작성해 올리겠습니다."

"저자를 여의대로 이동시켜라. 앞으로 여의대에서 활동할 것이다."

"……!"

백명부주와 낭인무사대주는 무제의 깜짝 놀랄 말에 서로 시선을 맞춘다. 도무지 이해되지 않는 상황인 것이다. 결국 낭인무사대주 혈랑 우고태가 말을 꺼냈다.

"저자는 동의급 무사로, 실력이 결코 여의대에 들어갈 만한 자가 아닙니다. 어찌하여……?"

"판단은 내가 한다. 이틀 뒤 창대식에 참가할 수 있도록 조치를 취하라."

그 말이 끝이었다. 무제는 다시 걸음을 옮겨 여의대가 있는 건물로 향했고, 두 사람은 영문을 모른 채 그 명에 따라야 할 뿐이었다.

"네? 짐을 싸라뇨?"

"말 그대로네. 짐을 싸게."

"왜……?"

"짐을 싸라면 싸는 거야, 현 제! 무슨 질문이 많나? 으하하하! 현 제는 지금 실력을 인정(?)받아 높은 곳으로 승급하게 된 것이네. 난 현 제가 일을 벌일 줄 알고 있었어! 크하하하!"

"크흠!"

모태강을 관리하는 금의급 무사 낭마조(狼魔爪) 광효는 현어운이 왜 여의대로 가야 하는지 도무지 이해가 되지 않았다. 실력은 아무리 봐도 동의급 수준이었고, 신상명세서를 살펴봐도 거대한 배경이 있는 것 같지도 않다. 그런 그를 이틀 전 무제가 직접 언급하며 여의대로 이동시키라 하니 배가 아프면서도 한편으로는 자랑스러웠다.

자신의 상관인 백의급 무사 한 명이 여의대로 뽑혀 갔을 때는 그러려니 했는데 자신이 관리하는 동의급 무사가 여의대로 간다 하니 기분이 묘한 것이다.

"일각 내로 모두 마무리 짓고 나오게. 창대식 시간이 얼마 남지 않았으니까 말이야."

"창대식?"

광효가 남기고 간 말에 모두가 두 눈을 휘둥그레 뜬다. 그들의 반응에 현어운은 여전히 어리둥절한 표정이고, 모태강은 미친 듯이 웃어대었다.

"하하하하! 자랑스러워해야 돼! 위에서 현 제의 손재간을 인정하여 여의대로 편입되었으니까 말이야! 여의대에 들어간 인물이 누군지 아는 자라면 얼마나 높은 실력을 지니고 있어야 하는지 알고 있을 거야!"

"말이 돼? 어운은 아무리 잘 봐줘도 동의급인데?"

누군가의 말에 모두가 고개를 끄덕였다. 그러자 모태강이 두 눈을 부릅뜨며 그들을 바라보았고, 그 섬뜩한 표정에 모두가 시선을 돌려 버렸다.

"황정 지부 혈사에서 살아온 것만 해도 대단하거늘! 그 생존 능력을 높이 평가한 것이 분명해! 여의대는 예전의 구조대와 다를 바가 없다고 했으니까 무공보다 생존 능력이 더 중요한 것이야!"

'자기 때문에 덩달아 살아온 것이면서 참나⋯⋯.'

모두의 생각이 그러했다. 현어운 스스로의 능력이라기보다는 모태강 덕분에 무사 귀환한 것임을 모두가 알고 있었다. 그래도 모태강 자신이 현어운이 잘났다 하니 할 말은 없었다.

"어서 인사를 끝내고 오게. 흐하하하!"

어지간히 기분이 좋은 듯 모태강은 현어운의 어깨를 툭툭 친 뒤 밖으로 나갔다. 밖에서도 그의 우렁찬 웃음소리가 간간이 들려왔다.

"……."

"빨리 짐 싸야지? 거기 가서도 우릴 잊지 마라."

오막우가 씨익 웃으면서 말하자 그제야 현어운은 고개를 끄덕이며 짐을 싼다.

"허참, 그럼 우리도 여의대에 갈 수 있을지 모르겠군."

"아냐. 혹시 알아? 어운이 숨겨둔 한 수가 있을지."

온갖 추측이 난무하다 이제는 싸움마저 벌어질 정도가 되었을 때 현어운이 짐을 다 싸고 그들에게 인사를 했다.

"그동안 즐거웠습니다. 그곳에 왜 가는지는 저도 모르지만 가도 잘 지내겠습니다."

"야, 우리보고 잘 지내란 말은 안 하냐?"

"은근히 싹수가 없단 말야, 저 자식."

"잘 지내세요."

현어운이 어색하게 웃으며 말하자 저마다 그의 머리를 때리며 한마디씩 하였다.

"살아서 보자!"

"성주가 그날 뭘 잘못 먹었을 거야! 곧 돌아오는 것에 은자 한 냥 건다!"

"염병! 무제가 헛소리할 위인이냐? 안 온다에 은자 한 냥이다!"

"……."

자신이 있을 곳은 아니라는 생각은 하고 있었지만 막상 떠나려 하니 무언가가 아쉽다. 현어운은 그들에게 정중하게 포권을 하고는 밖으로 나갔다.

오막우는 순진하다 못해 멍청한 현어운이 지금까지 잘 견딘 것이 대 견스러웠지만 여의대에 가서도 잘 견딜지 걱정이었다.

'하긴 사내라면 이런 저런 위기를 넘겨야 사내지. 내가 본 너라면 왠지 잘할 것 같다. 불안하기는 해도.'

모태강의 안내를 받아 그는 여의대라는 금빛 간판만 휘황찬란하고 다른 것은 전혀 볼품없는 여의대에 도착했다.

"여기가 여의대인가요?"

"응? 한 번도 와보지 않았는가? 여기는 그리 멀지 않은 곳인데다 유 명해서 누구나 한 번쯤은 온다고 하던데?"

"처음입니다, 모 형."

"하하하! 처음이라고 허물될 건 없어. 현 제가 현 제만의 일에 그만 큼 몰두했다는 의미겠지. 자, 들어가서 창대식을 준비하게. 듣기로 창 대식은 형식적인 것이라 성주님도 참가하지 않는다 했으니 불편하진 않을 거야. 여의대 사람들과 잘 지내게. 내 듣기로 하나같이 성격이 독 특해서 사람들이 대하기 어려워했다더군."

"……."

그의 말에 약간 걱정이 드는 현어운이었다. 다들 자신보다 강한 무 림인인데다 성격도 특이하다 하니 괜히 그들을 잘못 대했다간 목숨이 몇 개라도 부족할 것 같은 불길한 예감이 들었다.

"현 제, 이 모 형은 그만 가보겠네. 내 다음에 찾아올 테니 그때까지 잘 지내게."

“되도록 시일 내에 찾아와 주십시오.”

“걱정 말게. 안 바쁘면 꼭 올 테니까. 현 제가 이렇게 모 형을 생각했다니 참으로 고맙구먼!”

감동한 눈빛이 부담스러워 현어운은 슬쩍 시선을 피해 버렸다.

모태강이 가고 현어운은 여의대 안으로 들어섰다.

“으윽……..”

현어운은 들어서자마자 풍겨오는 지독한 술 냄새에 눈살을 찌푸렸다. 분명 다른 사람들은 맡지 못할 냄새였지만 현어운은 맡은 것이다.

‘오랫동안 이곳에서 술만 마셨나? 건물 벽에 술 냄새가 밴 것 같잖아?’

현어운은 그 생각에 고개를 저으며 안으로 더 들어섰다.

건물은 이층으로 되어 있었는데 올라가는 계단 옆을 보니 안이 들여다 보이는 큰 방이 있다. 현어운은 방문 위에 붙어 있는 ‘대기소(待期所)’란 작은 패목을 볼 수 있었다. 안에는 몇몇 사람들의 뒤통수가 보였는데 들어가도 되는지 몰라 근처에서 서성거렸다.

그의 기척을 느꼈을 것이 분명한데도 안은 마치 사람이 없는 양 조용하기 그지없었다. 어색한 침묵, 어정쩡한 방황은 일각이나 계속되었고, 안면몰수하고 들어가 볼까 생각할 때쯤 건물의 문을 열고 들어오는 세 사람이 있었다.

들어온 자들은 무림에서도 위명이 쟁쟁한 데다 무림제왕성에서도 그 위치가 매우 높은 자들로 신산소옹, 백명부주 극도신협 명운학, 그리고 좀처럼 모습을 드러내지 않는 흑맥부주 암마왕(暗魔王)이었다.

“안 들어가고 뭘 하는가? 어서 들어가게.”

그들의 출현에 놀랄 틈도 없이 명운학의 말에 현어운은 허겁지겁 안

으로 들어갔다. 현어운의 뒤로 높은 직위의 세 사람이 들어왔음에도
안에 있던 네 사람 중 단 두 사람만이 일어났다. 남녀 두 사람이었는데,
이들의 얼굴을 확인하려다 그는 앉아 있던 한 여인과 그만 눈을 마주
치게 되었다.

"허억! 너?!"

"네가 여기 웬일이지?"

"그, 그, 그건 내가 할 말이지……."

"헛소리 집어치워! 그 말은 내가 할 말이다!"

전유림은 변함없는 말투로 현어운에게 말하며 자리에서 일어났다.
보지 못한 요 몇 달간 그녀는 무언가 많이 달라진 느낌이었다. 현어운
은 그녀의 몸에서 풍기는 알 수 없는 기묘한 느낌에 침을 꿀꺽 삼키고
말았다.

"너, 많이 변했구나?"

"안 변하면 그건 사람이 아니지. 그러고 보니 넌 변한 게 없군."

"난 사람이야."

"아는 사이였나? 괴상한 인연이군."

명운학은 전유림이 어떤 여인인지 알고 있었기에 이렇듯 평범한 현
어운과 어떻게 아는 사이인지 의아히 여겼다. 전유림은 몇 달 전 무림
제왕성의 낭인무사대 동의급 무사로 시작하여 순식간에 백의급으로 오
른 여인으로 '투장괴녀'라는 별호로 불리고 있었다. 무공뿐만 아니라
전투에서 보여준 놀라운 기세, 남자들에게 절대 밀리지 않는 강단 등으
로 인해 화제가 된 인물이었다. 스물도 채 되지 않은 그녀의 나이를 알
고 있는 자는 많지 않지만 알고 있는 자라면 경악하지 않는 자가 없을
정도였다.

"자, 창설식을 시작하겠네. 현어운이라 했나? 자네는 이들이 하는 것을 따라 하기만 하면 되네. 그리 어렵지 않을 걸세."

명운학은 아직도 자리에 앉아 눈을 감고 있는 거대한 덩치의 사내에게 시선을 보냈지만 사내는 요지부동이었다. 전신에서 쏟아져 나오는 무시무시한 기운은 주체를 하지 못해 폭발 직전이었고, 입가에는 광소를 터뜨릴 것인 양 위태로워 보였다.

'어, 엄청 위험한 느낌이잖아?!'

현어운은 그나마 아는 사람을 만나 놀라우면서도 반가웠지만 광마의 모습을 본 순간 오줌을 지릴 뻔했다. 특히 그의 옆에 세워져 있는 거대한 크기의 거검은 바라만 보아도 질릴 정도였다. 모태강의 도끼도 저 검 앞에서는 한 수 접어주어야 할 것 같았다.

그는 시선을 돌려 삼십대 초반으로 보이는 사내를 바라보았다. 강직한 성품이 얼굴에 그대로 드러나 있으며 젊었을 적에는 잘생겼단 소리도 들었을 법했다.

큰 키에 검을 차고 있는 것이 영락없는 일세 대협의 모습이다. 바로 현 백명부 창기대주인 남궁명욱(南宮銘昱)이었다.

'진짜 멋있네. 근데… 무지 깐깐할 것 같군.'

다시 시선을 돌리니 전유림은 저리 가라 할 정도로 성숙하고 기품 있는 여인이 눈에 들어왔다.

'우와! 엄청 아름답구나!'

두 눈을 감은 채 분홍빛 경장 차림을 하고 있는 여인의 몸에서는 무림인다운 어떠한 기운도 흘러나오고 있지 않았다. 약간 이국적으로 생긴 것이 이상했지만 거의 차이를 느끼지 못할 정도였다.

'중원인이 아닌가? 검도 특이한 걸 쓰네? 저게 뭐였더라? 아, 예

도(銳刀)!'

무림에서 잘 사용하지 않는 검이 그의 기억 속에서 떠올랐다.

그녀는 예도를 사용한 무공으로 유명한 마검대 부대주 해동마녀(海東魔女) 조선영(趙善英)이었다. 겉모습과는 달리 살인을 할 때는 가차 없으며, 자신의 뜻에 맞지 않으면 일단 살인으로 해결하곤 하는 섬뜩한 성격의 소유자였다. 그러나 평상시에는 온화하고 다소곳한 이중적인 모습을 보여 더욱 유명하기도 했다.

"일어나게. 마음에 들지 않는 건 알지만 세상이 다 그런 걸 자네도 알고 있지 않나. 명색이 창대식인데 구색이라도 갖추어야지."

신산소옹이 광마에게 조심스럽게 말하자 그제야 광마는 자리에서 일어났다. 키가 너무나 커 현어운과 비교하자면 그야말로 거인과 소인이었다.

그가 일어서자 창대식이 시작되었다. 간단한 축사와 함께 세 사람의 형식적인 말이 오가고 서로 간에 예가 오갔다. 그리고 여의대원들이 백명부주, 흑맥부주, 신산소옹의 순서대로 인사를 했다. 남궁명욱, 조선영, 전유림이 그들과 인사를 했지만 광마는 아예 할 생각이 없는 모양이었다.

"자네도 오게."

"저, 저도 말입니까?"

"그래."

명운학이 피식 웃으며 고개를 끄덕이자 그제야 가서 포권을 했다.

"나도 자네가 이곳에 왜 왔는지를 모르네. 그저 성주님이 시켜서 한 것이니 믿긴 하지만……."

그렇게 말을 줄임으로써 강한 불안감을 나타내며 인사를 끝냈다. 현어운은 성주가 이곳으로 보냈다는 말에 알 수 없는 불안감을 느꼈지만, 애써 지우며 흑맥부주에게로 가 포권을 했다. 그런데 흑맥부주는 현어운이 자신의 앞으로 오자 다짜고짜 그의 맥문을 쥐었다.

"내공이 형편없군. 자네가 잘하는 건 뭔가?"

탁 갈라지는 것이 부담스러운 목소리다.

"네?"

갑작스런 질문에 어이가 없는 그였다.

"아무것이나 말해 보라."

"저, 저… 나무 베는 것을 잘합니다만……."

"나무? 그거 말고 무공과 관련 지어 말해 보라."

"그, 그게… 사람 뺨 때리는 건 자신이……."

현어운은 그냥 되는대로 말을 꺼냈고, 암마왕은 어이없다는 표정으로 그의 위아래를 훑어보았다.

"그래? 대체 뺨을 때리는 데 무슨 능력이 필요하길래 그렇게 자신이 있다는 것인가? 그럼 나를 한번 때려보라."

"네?!"

"본좌는 두 번 말하는 걸 싫어한다."

그렇게 말하는 것도 실제로는 많이 봐준 것임을 현어운은 모를 것이다. 명색이 마도의 수장이니만큼 자존심이 대단하고 오만했다.

"그, 그럼 셋 하고 때리겠습니다."

어디서 보았던 장면 같아 현어운은 우습기도 하고 그립기도 했다. 호보의 생각이 떠오르자 현어운은 그제야 전유림에게 당호관의 소식을 전해야 한다는 것을 떠올렸다.

'어떡하지……?

“세지 않는가?”

모두가 이 괴상한 상황을 흥미있게 바라보고 있었다. 도무지 무공도 제대로 하지 못할 것 같은 현어운을 무엇 때문에 무제가 직접 여의대로 편성시켰는지 알고 싶은 마음도 있었다.

“아, 세겠습니다. 하나, 둘, 셋……..”

쫙!!

거센 파육음과 함께 암마왕의 고개가 우로 돌아갔다. 때린 현어운도, 맞은 암마왕도 서로 어이없기는 마찬가지였다.

“감히 본좌의 뺨을 때려?!”

암마왕은 분명 막을 수 있을 것이라 생각했는데 오히려 그가 날린 손조차 제대로 보지 못하자 두 눈에 살기를 피워 올리고 있었다.

“아니, 어르신께서 때리라고 하셔서……..”

현어운은 그의 살기에 자신도 모르게 뒷걸음질쳤다. 얼마나 지독한지 다리가 후들거릴 지경이었다.

“그만 하시오, 부주! 어차피 부주께서 원하신 일이지 않소? 그의 손이 제법 빨랐소.”

신산소옹과 백명부주는 그의 손이 굉장히 빠르다는 것에 고개를 끄덕일 뿐, 암마왕이 피하지 못했다는 생각은 전혀 하지 못하고 있었다. 마도의 수장이라 할 수 있는 암마왕이 그깟 손찌검 하나 피하지 못한다는 게 말이나 될 법한 소리겠는가? 그들의 기색을 눈치챈 암마왕은 더 이상 아무 말도 하지 않았다.

그의 살기가 수그러들자 현어운은 조심스럽게 자리로 돌아가려 했지만 이내 신산소옹이 그를 불렀다.

“이보게, 이 노인에게도 인사해야 하지 않은가?”

"아, 죄, 죄송합니다. 경황이 없어서……."

현어운은 급히 그에게로 가서 포권했다. 나이도 제일 많은 것 같아 더욱 정중하게 인사했다. 그의 순수한 마음을 읽었음인가? 신산소옹은 왠지 모르게 이 순박한 사내가 마음에 들었다.

"자네에게 내가 점을 한번 봐주겠네."

"네? 점을 볼 줄 아십니까?"

"그래, 잠시 기다려 보게. 이 신산통이 노인네의 밥줄이지. 허허허!"

신산통을 꺼낸 그는 무언가를 중얼거리며 통을 흔들더니 곧 패 하나를 꺼내 확인했다.

귀(鬼).

"음? 이, 이게……?"

신산소옹은 괴이한 점괘에 순간 당황했다. 이런 패는 죽은 자 내지는 죽을 자, 혹은 세상에 보이지 않는 존재인 귀신의 존재 유무를 나타낼 때 나오는 패였다. 신산소옹은 그가 곧 죽을지도 모른다는 생각을 하게 되자 안색이 굳어졌지만 웃으면서 다시 신사통을 흔들었다.

"다시 흔들어요?"

하지만 주문을 외는 신산소옹에게 답이 있을 리가 없었다. 그는 곧 흔드는 걸 마치고 패를 꺼내 다시 확인했다.

살(殺).

그의 안색이 굳어졌다. 이 패는 여러 가지로 해석이 되는데 일단

‘귀’ 자 패와 연관 지어 보면 역시 목숨이 위험함을 알리는 것으로 해석할 만했다. 하지만 무언가 석연치 않아 고개를 젓더니 이내 다시 신산통을 흔들었다.

무(無).

“…….”

신산소옹의 안색이 눈에 띄게 굳어졌다. 그가 신산점을 해온 지 육십 년이 넘었지만 이 패는 단 한 번도 나오지 않은 점괘이다. 해석이 매우 힘든 것으로, 상대에 대해 제대로 알지 못하는 이상 해석은 불가능한 것이기도 했다.

“흠흠… 오늘 이 늙은이가 피곤해서 점괘가 도무지 제대로 나오질 않는군. 소형제, 내가 나중에 다시 해주겠네.”

신산소옹은 그렇게 말하고는 백명부주와 흑맥부주에게 눈빛을 보냈다. 어차피 두 사람도 나갈 생각이었기 때문에 고개를 끄덕였다.

“창대식이 끝났으니 수고했네. 반 시진 뒤에 사람이 와서 여의대의 임무 및 평상시 할 일에 대한 설명을 해줄 것이니 그간 쉬고 있게나.”

명운학의 말을 끝으로 두 사람이 나가자 암마왕만이 현어운을 가만히 쳐다보고 있었다. 무언가를 찾으려는 듯한 시선에서 부담감을 느꼈지만 연장자이고 높은 직위의 사람인지라 가만히 있었다. 그의 바보 같은 모습에 암마왕은 싸늘하게 웃었다.

“아주 재미있군. 손이 제법 매웠다. 기억하도록 하지, 애송이.”

그마저 떠나자 대기실은 다시 적막이 찾아왔다.

“내가 보기엔 저 흑맥부주란 놈, 네 손을 못 피한 것 같던데?”

"그, 그래?"

전유림의 말에 현어운도 의심하기 시작했다. 전유림의 말대로가 아니고서야 저렇게 자신을 주목할 이유가 없었다.

"이런, 나의 무공이 그새 진일보한 것인가?"

"헛소리 집어치우고, 네 마누라는 어따 두고 이곳까지 온 거야? 무슨 일 있는 거야?"

"아, 아니야. 무림에서 이 년 정도 활동하기로 하고 나온 거야."

"왜? 네가 무슨 이유로 무림엘 나온단 말이야? 가출했냐?"

"그럴 리가! 나 스스로 필요에 의해서 나온 것일 뿐이야!"

"네 주제에?"

"주제… 라니……?"

무시하는 말투에 현어운은 힘이 쭉 빠졌다. 당호관의 혈사를 말할 시기도 이미 늦었고, 자신의 신상에 생긴 일도 말하고 싶지 않았다.

'그래도 집안일은 꼭 말해 줘야 되는데……. 장풍도 배워야 하고.'

"여기 온 지 얼마나 된 거야?"

"두 달 정도 된 것 같은데?"

"흐음… 도무지 네가 여의대에 뽑힌 건 이해가 되질 않아. 아, 그리고 네 마누라의 얼굴을 여기에서 확인해 보니까 실은……."

"아, 아, 말하지 않아도 돼. 알고 있어."

"……."

단리채빈이 무제의 딸이라 말하는 것임을 알고 그녀의 말을 잘랐다. 죽은 그녀의 생각은 오래할수록 자신이 힘들었다. 그 반응에 전유림은 역시 그가 연줄로 여의대에 온 것으로 생각했다. 덕분에 그녀의 의문으로부터 벗어날 수 있었으니 일석이조라 할 수 있었다.

그때 남궁명욱이 앞으로 나왔다.

"창대식에서 밝혔듯이 본인이 여의대의 대주 남궁명욱이오. 앞으로 공적인 자리에서 대주인 저의 말을 잘 따라주길 바라며 다시 한 번 서로 간에 소개를 했으면 하오. 난 백명부 창기대의 대주로 있었으며 현 남궁세가주의 동생이기도 한 남궁명욱이라 하오."

그가 조선영에게로 시선을 돌리자 눈을 감고 있었음에도 어떻게 알았는지 자리에서 일어난다.

"반갑군요. 흑맥부의 마검대 부대주로 있었던 조선영이라 합니다. 저 멀리 장백산 너머 해동국에서 왔으며 사문은 말해도 모를 것이니 굳이 말하지 않겠어요. 앞으로 잘 지냈으면 하는군요."

자연스럽게 전유림이 다음으로 자리에서 일어났다.

"하남성 연곤현의 전유림이다. 낭인무사대 백의급 무사로 일하다 이곳으로 왔다."

그녀가 자리에 앉으며 현어운을 밀어 올리자 어쩔 수 없이 자리에서 일어났다.

"아, 저, 저는 여기 유림이랑·같은 고향 출신에 현어운이라 합니다. 동의급 무사로 있었습니다."

"동의급?"

남궁명욱과 조선영은 현어운이 동의급 무사라는 말에 고개를 갸웃거렸지만 더 이상의 말은 없었다. 다음으로 그들의 시선은 광마를 향했지만 그는 그저 눈을 감은 채 거대한 암석처럼 굳건히 앉아 있을 뿐이었다. 네 사람이 없는 것처럼 보이는 태도에 남궁명욱이 눈살을 찌푸리며 말했다.

"자네는 부대주일세. 서로 간에 모두 인사를 했으니 자네도 인사를 하는 것이 예에 어긋나지 않을 거야."

"……."

하지만 그는 아무 말도 하지 않았다.

"튕기는군. 자신의 가치를 높이는 방법이지."

전유림이 툭 내뱉듯 말했지만 광마는 요지부동이었다.

"저… 말이 별로 없는 분 같은데 인사는 여기서 끝내는 게 어떻습니까?"

현어운이 조심스럽게 제안하자 남궁명욱이 고개를 내젓는다. 절대로 안 된다는 강한 의지였다.

"서로 간에 잘 지내는 것이 중요한데 처음부터 이러면 나중에는 보지 않아도 척이지. 우리가 잘 지내기 위해서는 첫 단추를 잘 끼워야 하네."

양보할 수 없다는 말투였고, 조선영과 전유림을 번갈아 보니 별로 관여하고 싶어 하지 않는 눈치였다. 현어운도 한발 물러설까 하다가 남궁명욱의 표정을 보고 이대로 놔두면 왠지 무슨 일이 일어날까 싶어 광마에게 한마디 했다.

"저기… 대주님의 말씀도 있는데 소개를 하는 게 어떻습니까?"

그때 갑자기 광마의 눈이 번쩍 떠진다. 현어운이 자신의 말이 먹혔음에 기뻐하려는 찰나, 자신의 품 안으로 은자 두 냥이 떨어지자 그만 당황하고 말았다.

"술을 사 와라. 값싸고 독하면 된다."

"아, 네……."

현어운은 자신도 모르게 대답하고는 자리에서 일어나 몸을 돌렸다. 자신의 실책을 깨닫기도 전에 현어운의 목 앞으로 빛이 번쩍이는 예도가 닿아 있었다.

"허억! 왜, 왜 그러시오?!"

조선영이 어느새 두 눈을 뜨고 현어운을 바라보고 있었다. 심해처럼 착 가라앉은 두 눈은 보는 이의 힘을 빼앗아 버릴 것 같은 마력을 담고 있었지만 그에 못지않게 순한 양처럼 착해 보였다. 무시무시한 별호와는 전혀 어울리지 않는 눈빛이었다.

"당신… 마음에 들지 않아요. 연극인가요, 아니면 정말 바보인가요? 어느 쪽이든 마음에 들지 않는군요."

"그 칼 집어넣지 그래?"

대답은 현어운이 아니라 전유림이었다. 날카로운 눈빛으로 조선영을 바라보는 전유림의 기세는 칼을 넣지 않으면 바로 공격하겠다는 의미였다.

"전 마음에 들지 않는 자는 가만히 두지 않아요. 특히 사내다운 모습은 전혀 없고, 연기인지 진짜 바보인지 모를 자는 더욱 그렇지요."

"네 멋대로의 판단은 사양하지. 내 친구는 너보다 내가 더 잘 아니까 말이야. 셋 셀 동안 칼을 넣지 않으면 네년 배때기에 구멍이 뚫릴 줄 알아라."

"아, 잠깐! 칼 좀 치우시오!"

현어운은 초섬유성수를 사용해 두 손가락으로 검날을 쥐어 옆으로 흘려버렸다. 그 속도가 누구도 예상치 못했을 정도로 빨라 당사자인 조선영이 알아차렸을 때는 이미 검이 그의 옆으로 흘러버린 후였다.

"……!"

그 의외의 한 수에 모두가 놀란 표정이었다. 아까 암마왕을 때릴 때는 그가 맞아주었다 생각했는데, 지금의 한 수는 결코 평범한 것이 아니었던 것이다. 그들의 놀라움에 덩달아 현어운도 놀랐다.

"아니, 왜 그런 표정들입니까?"

"어이, 어운. 너, 진짜 무공 익혔어? 마누라가 가르쳐 주던? 아니면 혹시 아버지에게……?"

"아, 아니야. 그럴 사정이 있어. 그나저나……."

현어운은 얼렁뚱땅 넘기더니 쥐고 있던 은자 두 냥을 광마에게 건네 주었다.

"사려면 직접 가서 사십시오. 저, 저도 사, 사내인 이상 이런 심부름은 바, 바, 받아들일 수가 어, 어, 없소."

말을 하면 할수록 광마의 몸에서 피어오르는 섬뜩한 기운에 현어운은 말을 더듬거릴 수밖에 없었다. 그것은 상대를 미쳐 버리게 만들 정도의 지독한 광기이자 숨 막힐 것만 같은 강력한 무형의 기운이었다. 다른 세 사람 또한 무시무시한 기운에 안색을 찌푸리며 서로 내공을 끌어올릴 정도였다.

"애송이가 말은 잘하는군. 크크크크! 나는 광마다. 현어운이라 했나? 네놈, 굉장히 기분 나쁜 느낌이 드는군. 나의 느낌은 누구보다 정확하지!"

걸걸한 목소리를 가진 광마가 의미를 알 수 없는 말을 끝으로 눈을 감자 방 안은 침묵으로 들어갔다. 전유림은 처음 보는 강자의 기운에 묘한 눈빛이었고, 남궁명욱과 조선영은 말로만 듣던 자의 무위를 실감한 것에 제법 놀란 눈치였다. 그의 기운은 정말 상상 이상이었던 것이다.

"저… 이 돈은……?"

"술을 사 와라."

그의 기운에 주눅이 든 현어운은 아무 말 없이 대기소를 빠져나갔
다.

막심은 이틀 전에 올렸어야 할 현어운에 대한 신상 자료를 오늘에서
야 올리는 것에 당혹감을 금할 수가 없었다. 현어운이란 이름은 예전
에 단리채빈이 죽을 때 알아냈던 그녀의 남편의 이름과 동일했기 때문
이다. 그리하여 여의대로 편입된 현어운이 죽었다던 자와 동일인인지,
아니면 동명이인인지에 대해 조사하느라 이틀이란 시간이 걸리고 만
것이다.
“결론은?”
“동일인입니다. 이유는 모르나 죽지 않고 살아 있었습니다.”
“그녀는 확실히 죽었는가?”
“네. 현어운이란 자 역시 그녀가 죽은 것으로 여기고 무덤을 만들었
습니다. 섬수원이란 곳에서 생활했는데, 지금은 아무도 없습니다. 섬
수신이란 자가 그곳의 원래 주인이었다고 합니다.”
시간이 흐르자 좀 더 자세한 정보를 얻을 수 있었다. 물론 시간이란
이유가 아니더라도 연곤현이 지금 무림제왕성의 관리 하에 들어가 있
다는 것이 더 큰 이유가 되었다.
“섬수…….”
그 이름에서 무제는 묘한 인연을 느낄 수 있었다.
“현어운이란 자를 어떻게 하면 되겠습니까?”
“변경은 없다. 원래 하려던 대로 나가면 된다. 모른 척하고 지켜보
기만 하라.”
“알겠습니다.”

막심이 자리를 떠나고 홀로 남은 무제는 죽은 자신의 딸과 결혼을 했던 남자가 그의 혼적을 잇고 있음에 묘한 기분을 맛봐야 했다. 그는 자신의 집안과 결코 무관한 자가 아니었는데 그의 후신이 이렇듯 자신의 딸과 결혼했던 것이다.

'그가 의도적으로 시킨 결혼이었는가?'

당사자의 말을 들어보지 않고서는 알 수 없었다. 설령 결혼을 했다 해도 그와 자신은 분명 호적수였기에 같은 배를 탈 수 없었다. 어떤 이유를 빌미로 들어도 그건 비켜갈 수 없는 사실이었다.

"현어운……."

자연과의 일체를 이루는 가장 근원적인 방법으로 들어가 얻은 것이 초섬유성수였고, 가장 인위적인 방법으로 들어가 얻은 것이 태극소염장과 태극패멸심상(太極覇滅心象)이었다. 둘의 우위는 아직 결정이 나질 않았다. 언젠가는 풀어야 할 독패삼류 중 자연류(自然流)의 내부적인 일인 것이다.

'대체 어떻게 그 말을 꺼내지? 알면 저 성격에 당장 난리를 칠 텐데…….'

창대식 이후 벌써 삼 일이 지났다. 그간 하루도 빠지지 않고 남궁명욱의 고지식한 성격과 광마의 괴팍하고 제멋대로이며 주위를 신경 쓰지 않는 성정 때문에 부딪치는 일이 많았다. 그때마다 결국은 모두가 시시콜콜 잡다한 것으로 트집을 잡으며 싸우곤 했다.

남궁명욱은 다른 건 다 괜찮았는데 상명하복이 안 될 때와 예(禮)에 올바르지 못한 행위를 하면 결코 가만두질 않았다. 특히 전유림의 하대에 대해서는 아주 완강했지만 전유림이 어디 남의 말을 들을 위인이겠는가? 현어운은 그 두 사람과의 다툼에 어쩔 수 없이 끼어 호되게 당하기 일쑤였다.

더구나 남궁명욱과 마도에 몸담은 조선영과는 물과 불의 관계라 할수 있었기 때문에 은근히 신경전이 오갔다.

어떻게 보면 남궁명욱이 대주랍시고 기강을 잡겠다는 의미였는데, 하나하나 따지고 보면 전혀 사리에 맞지 않는 것이 없었으니 결론적으로는 대주와 기어코 싸우거나 무시하는 다른 세 사람이 비정상적이라 할 수 있었다.

지금도 남궁명욱은 새파랗게 어린 전유림에게 반말을 듣고 한 소리하는 중이었다. 물론 전유림은 뉘 집 개가 짖느냐는 식으로 흘려 넘기는 참에 그의 잔소리는 계속되었고, 현어운은 옆에서 당호관의 혈사 소식을 언제 어떻게 전해야 할지 고민 중이었다.

그런 그의 모습을 조선영이 한동안 가만히 지켜보고 있었다.

"무슨 생각을 그렇게 오래 하죠?"

현어운의 바보 같은 첫인상이 어지간히 좋지 않았는지 간간이 시비를 걸어왔지만 현어운은 지금까지는 잘 피해왔었다. 지금의 말도 무슨 시비를 걸려는지 걱정스러웠지만 평소처럼 넘기자 생각하며 대답했다.

"네? 아무것도 아닙니다."

"거짓말을 잘 못하는군요. 무림에 초출이라 했는데, 무공이 아무리 강해도 경험이 없다면 바로 패가 망하는 곳이 무림입니다. 그렇게 순진한 척 살아가다 언젠가는 큰 봉변을 당할 거예요."

내용은 걱정하는 것이지만 말투는 그다지 호의적이지가 않았다. 현어운은 그저 가만히 있었을 뿐 자신이 딱히 잘못한 것도 없는데 이렇게 불손한 태도로 대하는 그녀를 어떻게 대해야 할지 알 수 없었다. 그렇지 않아도 얼떨결에 이곳으로 와서 정신을 차리지 못하는 데다, 전유림의 문제에 자신을 싫어하는 듯한 조선영의 일까지 더하니 생애 초유의 위기가 닥친 것만 같았다.

'미치겠군. 그나저나, 내가 왜 그런 일을 해야 하지? 난 황정 지부 혈사에서도 간신히 살아나온 데다 무공도 형편없는데.'

여의대의 하는 일이라는 게 어이없게도 전투가 일어났을 때 혹시나 주요 인물에게 위급한 일이 발생하면 목숨을 바쳐 구해오는 일이라 한다. 그런 일이라면 자신 말고도 잘하는 사람이 주위에 천지이리라. 더구나 자신은 스스로의 목숨을 유지하는 것만으로도 충분히 벅찬 사람이지 않은가?

'호, 호, 혹시?!'

그는 갑자기 든 생각에 두려움으로 부르르 떨었다.

'무제가 나와 빈 매가 결혼할 사이였다는 것을 알고……?!'

그럴 법도 하다. 그와 단리채빈은 누가 봐도 어울리지 않는 연인이었다. 자신이 부족해도 한없이 부족한데 무제가 혼자 살아 있는 자신을 탐탁지 않게 여기리라는 건 충분히 짐작할 수 있었다.

'이름을 속일 걸 그랬나? 젠장!'

그가 자신을 죽이기 위해 이곳에 넣었다는 생각을 하니 앞이 깜깜하다. 그는 무림의 주인이고 자신은 힘없는 일개 무부일 뿐이었다. 아니, 무부에도 속하지 못하는 일개 나무꾼일 뿐이었다.

"아, 글쎄, 그만 하라니까! 거, 정말 노인네처럼 말이 많구먼, 대주?"

"…전 소저, 전 소저는 아직 스물도 되지 않은 나이요. 그런데 대주이면서 연장자인 내게 이렇게 하대를 할 수 있는 것이오? 사람은 무릇 예를 알고 행함에 있어 예를 따르라 했소. 그런데도 소저는……."

"아, 그만그만! 그럼 너도 나한테 하대하면 되잖아? 너도 하대, 나도 하대! 그럼 해결됐지? 야, 어운! 우리 나가서 객잔이나 가자!"

"응? 아, 그, 그래."

"……."

두 사람이 나가 버리자 안에는 분을 삭이는 남궁명욱과 눈을 감은 채 거석처럼 요지부동인 광마, 다소곳한 자세의 조선영이 침묵만을 지키게 되었다.

"남궁세가의 인물이자 창기대의 대주였던 높으신 분이 저런 어린 소녀 하나 다스리지 못해 고생이군요. 여의대의 대주로서 정말 안타깝겠습니다."

조선영의 은근한 비아냥에 남궁명욱은 욱했지만 재차 참았다. 자고로 인내는 미덕이라 했다.

하지만 한동안 여의대가 시끄러울 것 같은 예감에 남궁명욱은 결국 솟아오르는 분을 참지 못하고 밖으로 나가 버렸다. 인품이 지극히 좋아 칭찬이 자자했던 그도 이런 이상한 자들만 모인 곳에 오니까 무너지는 자신을 느낀 것이다.

'여긴 악의 소굴이다, 악의 소굴!'

第五章
첫 임무

이매망량을 또 다르게 본다면 자연과의 일체라 초선득은 말했다. 약간 다른 방법으로 일체를 이루는 것. 가장 속성이며, 가장 불완전하지만 무엇보다 자유롭고 아름답다. 이해하기는 힘들지만 자유롭고 아름답다는 것은 어느 정도 이해가 간다. 나 스스로가 그것을 느끼고 있지 않은가? 귀신이라면 내가 죽은 것이 아닐까 하는 걱정이 되었지만 이매망량이 되는 순간 느껴지는 그 한없는 자유! 그것은 또 하나의 중독이다. 그 자유를 무기와 무공에 의해 빼앗기기 싫다. 하지만 우리는 살수다. 무기를 들어야 하고, 살기를 숨겨야 하고, 상대를 죽여야 한다.

현어운은 여의대에서 지내면서 아무것도 시키지 않자 몸이 근질거리기 시작했다. 더구나 마음속에서는 전유림에게 당호관의 일을 전하는 것에 대한 고민으로 끊임없이 파도 치고 있었고, 며칠에 한 번씩 어김없이 찾아오는 악몽으로 가슴마저 아팠다.

수척한 모습으로 여의대에서 나와 여기저기 떠도는 현어운의 모습이 애처로워 보였다. 멍한 눈은 누가 봐도 인생에 염증을 느낀 허무주의자 그 자체였는데, 그런 그를 보며 혀를 차는 인물이 있었다.

"쯧쯧… 어찌 젊은 놈의 눈빛이 저럴꼬? 눈빛이 저럴진대 협과 정의가 살아 있을 리가 있나. 요즘 젊은이들은 세태에 너무 일찍 물들었단 말이야."

고개를 저으며 그의 뒤를 따르는 인물은 무림에서부터 민간 백성에까지 가릴 것 없이 존경받고 있는 개방의 태상장로 만정개(萬正丐) 검

요헌(劒要獻)이었다. 원래 개방의 태상장로란 직은 개방의 일에 거의
관여하지 않은 채 자신이 하고 싶은 것을 하는 일종의 상징적인 자리
였다. 또한 검요헌의 성격상 현 무림에 싫증이 날 대로 났기 때문에 한
동안 은거한 채로 지내다시피 하였는데, 오늘 이렇게 간만에 무림제왕
성에 모습을 드러낸 것이다.

이곳에 창기대원이자 자신이 늘그막에 하나 둔 제자를 보러 온 그의
두 눈에 그만 현어운의 힘없는 모습이 들어와 버렸다.

이럴 때 보통 그는 결코 가만히 있지 않았다. 단단히 훈계를 내주
어야 자신의 속이 풀리기 때문이다. 그렇지 않아도 의와 협이 바닥을
기고 현실적으로 물들어 버린 정도에 속만 앓고 있던 그가 오랜만에
은거를 깨고 나타나 저런 모습을 보고 말았으니 기분 좋을 리가 없
다.

"에휴! 저리 평범한 놈에게 내가 뭘 기대할꼬! 혼자 열받은 내가 어
리석구나!"

하여 검요헌은 그를 뒤따라가 협이고 자시고를 외쳐 봤자 그때뿐일
것이란 생각에 한탄하며 자신의 볼일을 보러 가버렸다.

한편 성 외부를 이리저리 헤매던 현어운은 문득 모태강이 떠올랐다.
겨우 며칠 지났을 뿐인데 여의대로 다시 들어가기가 무서웠다. 깐깐한
남궁명욱에 자신을 싫어하는 조선영, 게다가 아버지의 죽음을 아직 알
리지 못해 부담스러운 전유림, 무서운 광마. 하나같이 그로서는 대하
기가 껄끄러운 자들이었다.

그렇다 보니 그런 그들보다는 차라리 함께 훈련하며 부대끼던 모태
강과 오막우가 더 편했다는 생각이 떠오른 것이다.

"보자, 두 번째 소집까지는 한 시진 넘게 남았으니까 괜찮겠군."

여의대는 하루에 세 번 모여 이각씩 회의를 하거나 여의대의 임무에 대한 전반적인 사항에 대해 이야기를 들어야 했다. 그때 외에는 모두 자유 시간인데다 한 달에 은자 스무 냥을 지급 받았으니 그로서는 출세한 것이나 다름없었다.

연병장으로 가 얼마간 돌아다니고서야 모태강을 발견할 수 있었다. 오늘은 진 훈련이 아닌 개인 수련이었던지 저마다의 장소에서 각자의 무기를 휘두르는 모습을 보니, 현어운은 자신도 수련을 해야겠다고 느꼈다. 왜 자신을 여의대에 뽑았는지는 모르지만 언젠가 있을 임무에서 살아남으려면 수련을 해 실력을 높여야만 했다.

'빈 매를 생각하면 결코 허무하게 죽을 수는 없다.'

"오, 현 제! 오랜만이군! 그래, 거기 생활은 어떤가?"

무시무시한 도끼를 보기만 해도 질리던 게 며칠 전이었는데 광마의 거검에 눈이 높아졌는지 그 도끼가 정겨웠다.

"모 형, 잘 지내십니까?"

"오, 우리의 자랑거리 아닌가! 이봐! 여의대원 현어운이다!"

여기저기서 수련하던 예전의 같은 조원들이 현어운을 발견하곤 그가 있는 곳으로 모여들었다.

"그래, 지낼 만하나? 어찌 어운 같은 자가 여의대로 들어갔는지 알 수가 없지만 그래도 우리 조원들은 다들 자랑스러워하고 있지."

유일하게 같이 살아남은 오막우와 현어운은 같이 살아남았다는 사실 때문인지 예전과는 다르게 묘한 동질감이 있었다.

"부끄러울 뿐입니다. 그곳의 사람들이 하나같이 대단해서 저 같은 사람은 있는 것만으로도 벅차더군요."

그래도 현어운의 표정은 그리 어둡지가 않았다. 예전과는 다르게 여유가 보인다고나 할까?

그들과 이런 저런 이야기를 나눈 뒤 모태강은 현어운과 함께 성을 나가 마을로 향했다.

"현 제의 표정이 예전과는 다르게 몰라보게 편해진 것 같아 모 형은 참 보기가 좋구먼."

"편하다고요?"

현어운은 전유림이 곁에 있어서 그럴지도 모른다는 생각을 했다. 오직 혼자일 것이라 생각했던 곳에서 오 년이나 같이 지내왔던 한 사람이 무림에서 강자로 우뚝 서 있으니 상대하기 부담스럽다고는 해도 알게 모르게 의지하고 있는 것일지도 모른다.

'그래도 그렇지, 며칠 만에……?

"여의대는 구조대의 후신이라 들었네. 그러니까 곧 출동할지도 모르겠군."

"네? 그게 무슨 말입니까?"

"아직 못 들었나? 하긴 이건 따끈따끈한 소식이지. 으하하하! 낭인무사대만큼 정보가 빠른 곳도 없으니까. 보름 내로 큰 전투가 있을 것 같네. 신록희와 호남에서 제법 큰 싸움이 벌어질 것 같아."

"음…….

"이번에는 호북 지부만의 싸움이 아니라 흑맥부의 부지부장이 총책임자로 낭인무사대 천오백 명을 데리고 호남으로 간다고 들었네. 흑맥부의 부지부장이라면 여의대가 같이 나갈 만도 하지."

그의 말에 현어운은 가슴이 떨려왔다. 천오백 명에 호북 지부의 몇백을 합하면 엄청난 인원임이 분명했다.

그 정도의 무사들이 싸운다면 제법 큰 싸움이 아니라 그에게는 엄청

나게 큰 싸움이었다. 그곳에서 또 얼마나 많은 피를 보아야 할까? 신호탄이 떨어지지 않는 한 여의대는 출동할 일이 없기에 그나마 자신은 그런 끔찍한 모습들을 보지 않아도 될 것이다.

'그러고 보면 엄청 편한 자리임은 분명하군.'

"현 제도 처절한 전투에서 살아남으려면 열심히 수련을 하게. 오직 실력만이 이곳에서 존재할 수 있는 이유지."

그의 눈에는 짙은 걱정이 담겨 있었다.

"모 형, 고맙습니다. 무림에 처음 나온 제게 모 형이 없었다면 허무하게 죽음을 맞이했을지도 모릅니다."

"하하하하! 이 모태강은 괴협이네. 남을 돕는 것은 괴협의 기본이지. 그러나 나의 도움이 있었다 하더라도 자네가 가진 실력이 있었기 때문에 이렇게 살아 있을 수 있었네. 이번에 여의대에 들어간 것도 그것의 일환이라 난 생각하네. 내가 본 바로 그 빠른 손은 무림에선 흔하지 않은 수법이야. 쾌(快)의 수법을 연성한 자들이 많질 않거든. 꼭 그것을 잘 개발하여 여의대원으로서 잘 활동하길 바라네."

그의 말을 들으니 이상하게도 열심히 해야겠다는 의지가 새록새록 솟아났다.

"자네와 내가 이름을 드날리면 그때는 무림이부(武林二斧)라 별호를 칭하는 것이 어떤가? 으하하하! 이거 생각만 해도 가슴이 떨리는군. 두 명의 부법 고수가 무림을 질타하는 것이지. 타락한 금탁과 불길한 신록회를 단숨에 쓸어버리는 것이야!"

"하하하! 모 형의 말을 들으니까 진짜 그렇게 된다면 기분이 좋을 것 같습니다."

오랜만에 웃는 그의 모습에 모태강이 되레 기분이 좋아진 얼굴이었다.

“현 제가 황정 지부 혈사 이후, 아니, 자네를 처음 봤을 때부터 이렇게 웃는 모습은 처음이네. 어두운 기색이 없잖아 있었지만 대부분 무난한 표정이었지. 하지만 웃는 모습은 도무지 볼 수가 없었어. 그런데 이렇듯 웃으니 이 모 형의 기분이 정말 좋구먼. 으하하하!”

“내, 내가 그랬습니까?”

현어운은 그의 말에 잠시 마음이 무거워졌다. 자신도 모르는 사이 웃음을 잃었던 모양이다.

“나도 그 사실을 자네가 여의대로 간 후에서야 알았네. 보통 그런 것은 스스로도 모르는 법이지. 차차 나아지면 되네. 오늘 기분도 좋은데 한잔하는 것이 어떤가? 물론 돈은 자네가 내야 하네. 으하하하!”

“좋습니다! 오늘은 짧고 굵게 마시죠!”

한 시진 뒤 여의대에 나타난 현어운의 모습은 고주망태 그 자체였다. 답답함도 많았고 쌓인 것도 수북하여 모태강과 함께 마시다 보니 기분이 좋아 계속 퍼부어 버린 것이다. 술 냄새를 풍기며 대기소로 들어가니 그곳에는 항상 소집 시간에 오던 백명부주 극도신협 명운학과 네 사람이 대기소로 들어오는 그를 쳐다보고 있었다.

여의대의 회의와 명령 전달은 모두 명운학이 직접 했다. 백명부주가 직접 관리한다는 것은 그만큼 성에서 여의대를 중하게 여기고 있다는 의미이기도 했다.

“어운, 자네는 광마와는 다른 사람인 줄 알았는데 이게 무슨 추태인가!”

남궁명욱이 어이없다는 표정으로 현어운을 질책했지만 백명부주가 아무 말 하지 않고 가만히 있는지라 더 이상은 그도 말하지 않았다.

"헤헤헤! 죄송합니다, 대주! 제가 살짝 했습죠! 딸꾹!"

아마 이렇게 취한 일도 흔치 않으리라. 그만큼 그가 무림에 나와 힘들어하고 있다는 증거였다. 그래도 술버릇은 얌전한 편인지 그 이상 추태를 부리지 않고 전유림 곁에 앉았고, 전유림은 이상하다는 표정으로 그를 가만히 지켜보기만 할 뿐이었다.

"일단 내 말을 들을 수 있을 것이라 생각하고 시작하겠다."

명운학은 들고 온 종이를 한 번 보고는 대원들을 향해 말하기 시작했다.

"오 일 후 여의대원들은 호북성 양중 지부로 떠날 것이다. 이른바 여의대 창대 후 첫 임무인 셈이지."

"신록희와의 전투인가요?"

조선영의 물음에 그가 고개를 끄덕였다.

"한동안 조용하던 신록희에서 호북 지부를 계속하여 건드렸다. 급기야 한 번은 제법 큰 충돌이 있었어. 그 뒤로 신록희에서 호북 지부를 공격할 것이라는 정보가 들어왔고, 본성은 이번을 기회로 신록희의 예기를 완전히 꺾어버리기로 했다. 흑맥부의 부지부장이 총책임자로, 마검대주가 부책임자로 하여 마검대원 백 명, 낭인무사대원 천오백 명이 이번 전투에 지원될 것이야. 이번 여의대의 임무는 당연히 흑맥부 부지부장의 안전을 책임지는 것이네. 물론 위급을 알리는 신호탄이 터졌을 때의 일이겠지. 원래 이런 일에는 세 명 정도가 적합하지만 첫 임무이기 때문에 모두가 갈 것이고, 그중 세 명이 직접 흑맥부의 근처에서 그를 보호할 것이다."

"나머지 두 명은?"

대뜸 터져 나오는 전유림의 반말에도 명운학은 태연했다. 괜히 백명부의 부주가 아니요, 극도신협이 아니었다. 게다가 여의대를 창설할 때 이미 이들의 괴팍한 성격들은 각오한 일이었다.

"대기한다. 이번엔 전반적인 사항에 대해 명령을 내리지만 다음 임무부터는 대부분의 사항에 대해서는 자체적으로 여의대주가 알아서 결정할 것이네. 전에도 말했지만 여의대는 백명부도, 흑맥부도, 낭인무사대도 아니야. 하나의 독립된 곳이니만큼 그만큼의 힘도 있고, 자격도 충분하네. 그것은 성주님의 지시이기도 하니 의심할 여지가 없지. 나중에는 나도 여의대주에게 존칭을 쓸 때가 올 것이야."

"제가 어찌 그런……. 오히려 부담스러울 뿐입니다, 부주님."

"아니야. 할 건 확실하게 해야지. 이번에 흑맥부 부지부장을 직접 호위할 자는 여의대주, 해동마녀 조선영, 현어운 이렇게 셋이고, 광마와 투장괴녀 전유림은 지정된 장소에서 대기한다. 출발은 오 일 후 묘시(오전 5시에서 7시)가 될 것이고, 도착은 십삼 일 후. 만약 늦게 도착한다면 그에 합당한 문책이 있을 것이다. 그럼 저녁에 다시 보도록 하지."

"……."

현어운은 취했던 술이 확 깨는 것을 느꼈다. 오 일 후에 정말로 전투에 투입된다는 것에서 진짜였구나 하고 실감이 든 것이다. 그것뿐만이 아니라 십삼 일 만에 호북성 지부에 도착할 수 있을지도 걱정이었다. 게다가 흑맥부 부지부장을 전장에서 직접 호위한다고까지 하니 아예 가슴이 떨려온다.

"유, 유림, 내, 내가 진짜 나가는 거야?"

"그렇군. 그런데 너 경공술은 쓸 줄 알아?"

"그, 그럴 리가 있겠냐?"

"흠… 그건 괜찮아. 나도 경공술 못 쓰거든. 같이 말 타고 가자."

"……."

하나는 마음 편하게 해결되었지만 그래도 직접 호위는 정말 난감한 일이었다.

"그럼 어운과 유림 두 사람을 생각해서라도 모두 말을 타고 가는 것으로 하지. 말을 타면 충분히 도달할 수 있는 거리이니까. 다른 생각 있는 사람 있나?"

아무도 없었다. 광마는 시종일관 눈을 감고 있을 뿐이고 조선영 또한 눈을 감은 채 무슨 생각을 하는지 알 수 없었다.

"난 가지 않는다."

"……!"

광마의 갑작스러운 말에 남궁명욱의 눈썹이 찌푸려졌다.

"이건 성주님의 명령과도 같은 것이네. 더구나 여의대에 속해 있으면 당연히 가야 하는 것인데 왜 가지 않는다는 것인가?"

"크크크크! 난 성주 따위의 명령은 듣지 않아."

"성주님을 그렇게 부르지 마라! 광마 자네가 감히 그렇게 부를 분이 아니야!"

"크큭, 재미있군. 내가 무제 따위의 말을 들을 것이라 생각했다면 윗대가리 놈들은 크게 잘못한 것이다!"

그의 걸걸하고도 살기 짙은 목소리가 장내를 압도했지만 남궁명욱 또한 만만치 않았다.

"상부의 명령은, 특히 성주님의 명령은 절대적이다. 자네가 거부한다고 될 일이 아니야. 오 일 후 모두 말을 타고 호북성 양중 지부로 간다."

"큭큭큭! 멋대로 하라구."

"지랄, 아까 명운학이 있을 때 말하지 그랬어? 우리가 만만한가 보지?"

전유림이 마치 자기 친구인 양 부르는 백명부주의 이름이 정겨울 지경이다. 백명부주에 대한 호칭을 남궁명욱이 문제 삼기도 전에 광마의 웃음소리가 터졌다.

"크하하하! 계집! 뚫린 입이라고 함부로 말하지 마라, 어여쁜 몸을 고깃덩이로 만들기 전에!"

"이런 씨벌 놈을 봤나? 근육덩어리 너야말로 뚫린 입이라고 함부로 똥을 내뱉고 있군! 거긴 말을 하는 곳이지 똥을 뱉는 곳이 아니다!"

붕!

순간 그의 옆에 있던 거검이 횡으로 휘둘러졌다. 살기가 담긴 갑작스런 일격에 모두가 놀랐지만 전유림은 가볍게 고개를 숙여 피해 버렸다.

챙!

그와 동시에 남궁명욱이 검을 질풍처럼 뽑아 광마의 머리를 겨누었다. 모두가 순식간에 일어난 일인지라 현어운은 술이 다 깨었음에도 정신이 없었다.

"함부로 같은 대원에게 검을 휘두르면 엄벌할 것이다! 어서 검을 놓아라!"

남궁명욱의 분노가 서린 말에 광마는 그저 이죽일 뿐이었다.

"나에게 검을 들이대면 검마저 고철덩어리로 만들어주겠다, 대주 어르신. 크크크!"

그의 비아냥에 남궁명욱의 팔에 힘이 들어가려는 찰나, 현어운이 결국 자리에서 일어나며 외쳤다.

"같은 대원끼리 싸우면 됩니까? 서로 대화로 풀어야지 힘으로만 해결하려 한다면 그건 사람이 아니라 짐승입니다! 지, 지, 짐승은 아니고 그, 그냥 무, 문제가 있다 이거죠……."

짐승이란 말을 꺼내는 순간 광마뿐만 아니라 남궁명욱의 전신에서 무시무시한 기운이 솟아오르자 현어운은 말을 더듬거리며 옆걸음질쳤다. 그래도 이미 말을 꺼낸 이상 마저 해야겠다는 생각은 변함없었다. 설마 죽이겠냐 하는 심정도 반쯤은 있었다.

"그리고 광마 대협께서도 한발 물러나서 같이 가는 게 어떻습니까? 사람이 혼자 사는 것도 아닌데, 독불장군인 양 한다면 다른 자들도 피해를 입습니다. 저도 가, 가기가 두, 두렵지만 피, 피, 피하진 않을 겁니다."

"……."

광마의 몸에서 피어오르는 살기에 말을 더듬으며 말하는 와중에도 그와 삼 장가량 거리를 둔 상태였다. 그 모습에 조선영이 피식 웃으며 말했다.

"그렇게 말해 봤자군요. 말과 행동이 다르잖아요?"

"기분 나쁜 애송이! 간만에 마음에 드는 말을 하는군. 큭큭큭, 그간 멍청이처럼 행동하더니 말은 제법 괜찮았다. 그럼 내 검을 한번 피해 봐라. 내 검을 피하면 네 말대로 하마."

"네?! 저, 전 그런 의미로 한 말이 아니었는데……."

"너의 생각은 필요없다. 나의 결정만이 있을 뿐이야. 네가 내 검을 상대하겠다면, 그리고 피한다면 이번 출정에 함께하겠다. 하지만 네놈이 네놈의 말과는 달리 이 상황을 피한다면 난 가지 않는다."

“…….”

현어운은 피한다는 말에 안색을 굳혔다. 피할 생각이었다면 애초에 무림에 나오지도 않았을 것이다. 죽은 단리채빈에게 부끄러운 짓을 할 수는 없었다.

“내가 언제 피한다고 했습니까?”

아직 술기운이 남아 있었기에 광마에게 쏘아붙이 듯이 내뱉을 수 있었으리라.

“큭큭! 그 표정도 마음에 드는군. 그럼 막아봐라.”

기수식이고 뭐고도 없었다. 현어운을 향해 다가오더니 다짜고짜 거검을 거대한 나무 휘두르듯 횡으로 벤다. 그 순간 현어운은 자신도 모르게 허리춤의 도끼를 뽑아 초섬유성수의 수법으로 거검을 쳐내었다.

“안 돼!”

전유림은 대경하며 자리에서 벌떡 일어났지만 광마의 공격도 현어운의 방어도 워낙 순식간이었기 때문에 아무런 대처도 할 수 없었다.

콰직!

“으아악!”

현어운의 도끼가 박살이 나면서 그의 몸이 공중으로 솟아오르더니 오 장이나 날아가 벽에 부딪친 뒤 바닥에 떨어졌다.

“이 개자식! 어디 나한테도 한번 당해봐라!”

전유림 역시 분노한 얼굴로 그를 향해 장을 내질렀다.

콰쾅!

장풍이 시전되어 광마의 등판에 작렬하자 굉음을 울렸지만 광마는 꿈쩍도 안 한 채 그녀를 향해 몸을 돌렸다. 섬뜩한 웃음에 살기가 짙게 맺혀 있었다.

부웅!

거검을 현어운에게 했던 것처럼 휘두르자 전유림은 거침없이 한 손을 내밀어 막았다. 날이 없는 것이라 베이는 일은 없었지만, 광마의 엄청난 힘을 이기지 못하고 몸이 그대로 뒤로 날아가고 말았다. 하나 공중에서 몇 바퀴 제비를 돌더니 별 이상 없이 바닥에 가볍게 착지했다.

"죽여주마, 미친놈!"

전유림이 살기를 내뿜으며 다시 장풍을 시전하려 할 때 남궁명욱이 사자의 포효처럼 소리를 내질렀다.

"멈춰라!!"

"윽!"

내공이 섞인 외침에 고통스러워하는 건 쓰러져 있던 현어운뿐이었다. 다른 자들은 실력이 만만치 않았기 때문에 그의 외침에도 별다른 타격을 받지 않은 것이다.

"한 번만 더 공격하면 내 검이 눈멀었다 원망하지 마시오! 둘 다 그만 하고 유림은 어서 어운을 살펴보게!"

"……."

전유림은 광마를 한 번 노려본 뒤 현어운에게 다가가 그의 상체를 일으켰다. 입에서 흐르는 피를 보니 제법 내상을 입은 모습이었지만 전유림은 계속 그의 뺨을 때리며 깨우려 했다.

"야! 일어나! 정신을 잃으면 죽는단 말이야!"

"그, 그만 해…… 나 지금 서러워서 울고 싶으니까……."

그 서러움의 결정타는 광마의 공격도 아니요, 남궁명욱의 내공 섞인 외침도 아닌 전유림의 손찌검이었다. 하지만 할 말은 해야 했다. 이대로 기절하기에는 자신의 노고가 너무 아까웠다.

"공격을 막았으니… 약속대로 할 것을 말하십시오."

벽에 부딪친 충격으로 아팠지만 억지로 참고 있었다.

"좋다. 큭큭큭! 죽을 줄 알았는데 멀쩡한 걸 보면 역시 내 느낌이 맞았군. 역시 넌 기분 나쁜 애송이다."

흉소를 지으며 광마가 밖으로 나가자 그제야 현어운은 정신을 놓아버렸다.

"쓸데없는 데 심혈을 기울이고 있네, 바보 자식."

"어서 어운을 활생당(活生堂)으로 데려가게. 조 소저도 유림을 도와주시오."

어쩔 수 없다는 듯 조선영도 전유림을 도와 현어운을 밖으로 데리고 나갔다. 그들이 밖으로 나가 기척이 느껴지지 않을 때쯤 남궁명욱은 깊은 한숨을 쉬었다.

"…그의 무공을 보니 과연 내 생각이 맞았구나. 여의대는 그의 힘을 빌리기 위해 새로 만든 곳……. 우리는 결국 들러리일 뿐인가?"

남궁명욱의 탄식이 방 안을 울렸다.

그가 정신을 차린 것은 하루가 지나서였다. 깊은 내상을 입은 것은 아니었지만 정신적인 피로감이 심했는지 좀처럼 잠에서 일어나질 않았던 것이다. 꿈도 꾸지 않고 오랜만에 깊은 잠을 자고 깬 현어운은 술을 마시고 잔 후 일어났을 때와는 엄청 다른 상쾌함을 느낄 수 있었다.

"진짜 상쾌하네!"

주변을 돌아보니 사람이 아무도 없는 독방인 듯했다.

"며칠이 지났지?"

제발 오 일이 지나서 자신만 놔두고 모두 떠난 후였으면 좋겠다는 생각을 잠시 했지만 그건 어디까지나 바람일 뿐이었다.

전장으로 가야 한다는 걱정 외에는 몸도 개운하고 정신도 맑았다. 침상에서 내려와 걸음을 옮기던 그는 방 곳곳에 환자들이 누워 있는 것을 볼 수 있었다. 대부분 낭인무사대의 옷을 입고 있는 것을 보니 훈련을 하다 부상을 입은 자들인 모양이었다.

"광마 그 자식……."

앞에 있다면 바로 고개를 숙이겠지만, 지금은 없기에 당장 욕이 나왔다. 임무 수행을 위해 같이 가자고 한 것뿐인데, 기분 나쁘다며 그 무지막지한 힘으로 무시무시한 크기의 검을 휘둘렀으니 성격 한번 더러웠다. 그래도 자신이 이렇게 멀쩡히 살아 있는 것만 해도 기적이었다.

"앞으로 그런 자들이랑 같이해야 하니 정말 걱정이군. 목숨이 몇 개는 돼야 할지……."

그는 한숨을 쉬며 이리저리 돌아다니다 활생당의 뒤쪽에 있는 정원으로 들어서게 되었다. 뒤쪽에는 활생당 건물 외에 한두 사람이 기거할 만한 작은 크기의 건물 한 채와 소박하다 못해 허름한 정자 한 채가 있었다. 정자는 볼품이 없었지만 주변에 꽃들이 아직 만발해 있어 구경거리가 될 만했다.

현어운은 그 꽃들을 바라보며 이야기를 나누고 있는 두 사람을 볼 수 있었다. 둘 모두 나이가 지긋해 보였는데 한 사람은 백발에 백의를 입고 있어 정갈해 보이는 노인이었고, 한 사람은 대조적으로 지저분한 옷을 걸치고 있고 머리도 아무렇게나 산발해 있는 노인이었다. 바로 활생당의 당주인 백의생사의(白衣生死醫) 여한추와 개방의 태상장로 검요헌이었다.

"요즘 살 만한가? 얼굴에 개기름이 질질 흐르는군. 낄낄!"

"거지보다야 훨씬 살 만하지 않겠나. 허허, 그간 뭘 하고 지냈는가?"

이곳에 온 지 얼마 되지 않았는지 서로의 안부를 묻고 있었다. 현어운은 본능적으로 저 흰옷을 입은 사람이 의원일 것이라 생각하고 가까이 다가갔는데 두 사람은 여전히 그의 기척을 못 느낀 듯했다. 일 장 안까지 다가가도 두 사람은 여전히 자신들의 이야기에 빠져 있었다.

'이거 기척을 내야 하나, 말아야 하나? 왜 사람들은 내 기척을 느끼지 못하는 거지?'

"여의대라는 희한한 이름의 기관이 신설됐다며? 창기대주가 그곳으로 갔다는 게 놀랍군. 대체 뭘 하려는 건지 성주의 속셈을 모르겠다니까. 쯧쯧……."

검요헌 역시 무황 초창기 때부터 있었던 인물이지만 무황과 당금의 무제 모두를 탐탁지 않게 여기는 인물이었다.

"저기……."

"헛?!"

현어운이 거의 지척에서 그들을 부르자 검요헌이 대경하더니 본능적으로 몸을 뒤로 돌리며 강력한 일수를 날렸다. 용호풍운장(龍虎風雲掌)의 무시무시한 경력이 뿜어져 나오자 현어운은 자신도 모르게 몸을 옆으로 던졌지만, 고수의 용호풍운장은 그가 단순히 몸을 날린다고 피할 수 있는 성질의 것이 아니었다.

"아니?!"

검요헌은 가까이 다가온 상대가 오전에 보았던 힘없는 젊은이임을 알고는 급히 내공을 회수했지만 완벽한 회수는 무리였다.

퍼펑!

"아악!"

"제기랄! 대체 뭐지?"

현어운이 피를 뿜고 바닥에 널브러지며 정신을 잃자 검요헌은 크게 당황할 수밖에 없었다. 지척까지 다가왔음에도 자신이 못 느꼈을 정도로 뛰어난 무공이라면, 자신의 일격을 완전히 피하지는 못해도 최소한 맞상대할 수는 있어야 했다. 그런데 저 패기없는 사내는 단순히 몸을 옆으로 던져 피하다 이런 횡액을 당하고 말았다.

"허허, 이런 일이 있나. 여의대의 대원인데, 어제 오후에 약간의 내상을 입고 이제 정신을 차린 모양이네. 뭐 하는가? 또 다쳤는데 다시 치료해 줘야 하지 않겠나? 명색이 성주님이 관심을 표할 정도로 신비한 사내이네."

"그게 무슨 말이야?"

"원래 여의대원이 아니었는데 우연히 지나가던 성주께서 그를 보고는 대뜸 여의대원으로 넣으라고 명했지. 항간엔 대단한 실력을 숨긴 고수라는 말이 있던데?"

"아, 그 현어운이란 놈을 말하는 것이구먼. 어쨌든 기척을 숨기고 이렇게 가까이 다가온 놈은 단언코 내 인생에서 처음이야. 그런데 왜 나의 습격을 피하지 못한 거야? 어이가 없군."

검요헌은 고개를 저으며 그의 상체를 일으켜 명문혈에 대고 내공을 주입하기 시작했다. 다소의 시간이 흐르자 검요헌은 힘든 기색 하나 없이 자리에서 일어났다. 창백하던 현어운의 얼굴에는 어느새 불그스름한 기색이 돌고 있었다.

"그런데 왜 내상을 입고 왔지? 어제 오전만 해도 멀쩡했는데? 표정도 넋 나간 사람마냥 재수없어서 누구와 싸울 의욕도 없어 보이더구먼."

그의 몸을 든 검요헌은 활의당으로 걸어가면서 백의생사의에게 물었다.

"신산소옹이 몇 년 전에 데려온 자가 있지 않은가?"

"그래, 알지. 그 광마란 미친놈……."

"그자한테 맞았다더군."

"여의대의 구성 인원을 보면 불협화음이 생길 수밖에 없지. 이 덜 떨어지게 생긴 놈을 보아하니 그들에게 어지간히 시달릴 것 같군. 그런데 이놈은 대체 뭐 하는 놈이지?"

백의생사의는 현어운을 원래 누워 있던 자리에 눕히고는 옆 자리에 앉으며 말했다.

"글쎄? 원래는 동의급 낭인무사였다는군."

"종종 실력있는 놈들이 자신을 숨긴 채 낭인무사대에 있곤 하지."

"으음……."

"어라? 벌써 깨는데? 회복력도 끝내주는군."

현어운은 다시 정신을 차리며 이번에는 정말로 오 일이 지났으면 좋겠다는 생각을 했다.

"며칠이 지났나요……?"

그의 질문에 검요헌이 피식 웃었다.

"일각도 채 안 지났다, 이놈아."

"……."

현어운의 실망스러워하는 기색을 읽은 검요헌은 이놈이 왜 이럴까 가만히 생각하다 문득 떠오르는 게 있었다.

"너, 혹시 며칠 뒤에 신록희와의 전투를 위해 떠나는 것이 싫어서 그런 것 아니냐?"

“그, 그럴 리가요! 어?”

현어운은 상체를 벌떡 일으키며 강하게 부정하다 의문의 소리를 내었다. 분명 무시무시한 장력에 얻어맞은 것 같은데 몸이 멀쩡하니 이상했던 것이다.

“내가 너 며칠 못 일어나게 해주랴?”

“아닙니다. 저는 이만 가보겠습니다, 어르신. 치료해 주셔서 감사합니다.”

현어운은 백의생사의에게 허리를 숙여 감사의 인사를 했지만 그는 고개를 저었다.

“허허허! 이 늙은이는 자네를 고친 적이 없네. 나의 제자가 고쳤는데 제자는 일이 있어 출타했으니, 감사는 방금 전 자네에게 내상을 입히고 나서 다시 내상을 고쳐 준 저 거지에게 하는 것이 옳을 걸세.”

감사해야 하는 것인지 말아야 하는 것인지 판단이 서진 않았지만 일단 결과만을 보기로 한 현어운이었다.

“아… 감사합니다, 어르신.”

“아, 인사치레는 됐고, 아까 왜 몰래 다가온 것이지? 그렇게 은밀하게 다가와서 뭘 할 생각이었어? 그것 때문에 내가 널 공격한 것이다. 그래서 그런지 전혀 미안하다는 생각도 안 들어.”

“원래 제가 누구의 뒤로 다가가면 아무도 기척을 눈치채지 못하는 것 같습니다. 선천적인 것 같으니 너무 신경 쓰지 마십시오. 앞으로 주의하겠습니다.”

예의는 제법 있는 듯하고, 말로는 저렇게 거짓말을 해도 무공도 제법 있는 것 같다. 문제는 성격이 너무 순한 것 같다는 점이었다. 무림에서는 저렇게 순해 빠지면 자신만 손해일 뿐이다. 더구나 정과 협을 행하기에는 너무 무르다는 점도 있었다.

'그래도 아까 일 장 안까지 다가온 것은 거의 절대고수급이란 말인데…….'

몰래 다가온 것은 정말 인정해 줄 만했다. 죽은 무황이라 할지라도 자신에게 기척을 들키지 않고 그렇게 가까이 다가올 수는 없을 것이다.

'뭐, 성격이 순하면서 무공도 세다는 건 결코 흔치 않은 일이지. 거참, 보면 볼수록 순하게 생긴 놈일세. 괴롭혀 주고 싶구먼. 낄낄.'

따악!

"아얏!"

검요헌이 대뜸 현어운의 머리를 때리자 현어운은 물론이거니와 백의생사의도 놀랐다.

"왜, 왜 때리십니까?"

"정신 차리라고 때렸다! 완쾌되었으면 어서 나가봐! 아니면 내가 며칠 못 일어나도록 해줄까?"

"아, 아니요!"

현어운은 깜짝 놀라며 후닥닥 밖으로 나가 버렸다.

"낄낄! 거참, 순진한 놈일세. 괴롭히는 재미가 있는 놈이야."

"허허, 그 나이 먹고도 사람 괴롭히는 재미가 있단 말인가? 못 말리겠군."

"괴롭히는 재미보다도 저놈 자체가 재미있는 놈 같은데? 지켜볼 만하겠어."

검요헌의 눈빛이 빛난다. 오랜만에 찾은 재미였다.

사 일 후 여의대의 다섯 사람은 무림제왕성문이 아닌 다른 길로 은밀하게 나간 뒤 약속된 지점에서 말을 타고 호북성 양중으로 향했다. 정확히 십이 일 후에 양중 지부에 도착했지만 본대가 도착하려면 삼 일은 더 있어야 했기 때문에 그전에 여의대원들은 대기하면서 자신들이 해야 할 일에 대해 점검하기로 했다.

"저, 정말 내가 할 수 있을까? 난 정말 무공을 못한단 말이야."

현어운은 혹시나 모를 일에 대비해 흑맥부의 부지부장 근처에서 전쟁을 같이 치러야 하는 임무가 걱정이 되어 전유림에게 하소연했지만 그녀는 엉뚱한 말만 내놓을 뿐이었다.

"무림에 나와서 지금껏 살아났으니 그때도 그렇게 해. 삼 일 동안 살아남을 수 있는 무공을 익히는 것도 한 방법이지."

"나, 장풍 가르쳐 주면 안 돼?"

"그래, 안 돼."

"아, 안 돼긴! 관주님이 나에게 익혀도 된다고 했어!"

"아버지께 배워. 난 아직 가르쳐 줄 만큼 실력이 좋은 게 아니니까."

"관주님이 너의 장풍이 거의 자신 수준이라고 말씀하셨으니까 괜찮아. 가르쳐 줘."

"장풍 맞고 얌전해질래 안 맞고 얌전해질래? 장풍은 아버지께 배워."

"……."

이래저래 남는 건 절망뿐이다. 막상 황정 지부의 혈사 때보다 더욱 큰 전쟁이 눈앞에 닥치니 걱정이 이만저만이 아니었다. 단리채빈에게 부끄럽지 않도록 자신이 할 수 있는 일을 해야 하는데, 그 일을 하기도 전에 지레 겁을 먹었으니 스스로도 한심스러웠다.

'그래, 살아남을 수 있는 무공을 익히자. 이매망량이 되는 것도 나무

벨 때뿐이라 실전에는 써먹을 수도 없으니 남은 기간 동안 사일체를
이룰 수 있도록 해보자.'

그는 멀뚱히 자신을 보는 전유림의 시선을 무시하고는 서둘러 자신
의 방으로 갔다. 문을 잠그고 침상 위에 반가부좌하여 앉은 뒤 마음을
가라앉혔다.

그가 아는 내공 운기법이라고는 토납운기법이고, 운용법이라고는
오로지 초섬유성수뿐이었다. 그나마 완벽하지도 못한 초섬유성수라도
없었다면 그는 황정 지부에서 모태강을 만나기도 전에 죽음을 맞이했
을지도 몰랐다.

'그때의 모든 기억이 되살아났다면… 난 어떤 모습을 하고 있을까?

무림에서 생활하기 위해 가장 중요할지도 모르는 무공 부분에 대해
모든 것이 봉인되어 있으니 당연히 한두 번쯤은 떠올릴 법한 심마였다.
그러나 그러한 봉인은 스스로도 원한 것이었기에 아쉬워해 봤자 쓸데
없는 생각일 뿐이었다.

그간 그가 사일체를 이루고 싶었지만 단지 내공 운용을 구결에 맞추
어 한다고 사일체가 되는 것은 아니었다. 그래도 익숙해지는 것이 좋
았기에 그동안 그는 여섯의 기운이 단전으로 다시 모이는 것까지 익숙
해지려 노력했고, 이제 어느 정도 쉽게 할 수 있었다.

문제는 십이지류 포체어섬의 구결. 여섯 개의 기운이 열두 개의 기
운으로 나누는 것이 도무지 되질 않는다는 것이다. 초반에 하나의 기
운을 네 개의 기운으로 만드는 것은 비교도 할 수 없을 정도로 난해했
다.

만약 옆에 섬수신의가 있었다면 지금의 상태로도 사일체를 이룰 수
있도록 큰 도움을 주었겠지만, 그는 지금 혼자였기에 스스로 아는 대로

나아갈 수밖에 없었다.

하나의 기가 일어나 네 개의 기가 되어 망처럼 몸 전체에 빠르게 퍼진다. 이때 하늘의 기는 백회혈로, 땅의 기는 용천혈로 들어와 네 개의 기를 지탱하여 몸 전체로 퍼지게 하며, 결국 네 개와 두 개의 기는 합쳐져 여섯 개의 기운이 되어 다시 단전으로 모인다.

이 기운을 사용할 수만 있다면 분명 자신이 단순한 힘으로 사용하던 것보다 훨씬 빠르고 강한 힘을 낼 수 있을 것이다.

그의 의념은 끊임없이 단전의 여섯 지류를 나누기 위해 명령을 내린다. 하지만 단전에서 꿈틀거리는 여섯 기운은 그저 서로의 몸을 똬리를 튼 채 회전할 뿐 아무런 기색도 없었다. 그의 얼굴은 과도한 집중으로 인해 땀으로 범벅이 되어 있었다.

얼마의 시간이 흘렀을까? 현어운은 자신의 한계를 느끼며 결국 의념을 풀고 두 눈을 뜨고 말았다.

"될 듯하면서도 안 되는구나."

그럴 때만큼 아쉬운 것도 없을 것이다. 하지만 현어운은 안 된다 하여 그치지 않고 다시 내공 운용을 시작했다. 삼 일간의 수련이 시작된 것이다.

"대체 무얼 했기에 그렇게 홀쭉한 얼굴인가?"

"……."

남궁명욱이 의아한 표정으로 현어운에게 물었지만 그는 고개를 저으며 한숨을 쉴 뿐이었다.

오늘은 무림제왕성을 떠난 본대가 이곳에 도착하는 날인지라 양중지부장인 참혈잔도 화유창을 비롯한 마검대원 스무 명과 여의대원 네 사람이 기다리고 있는 중이었다. 광마는 이런 일에 낄 자가 아니었기 때문에 남궁명욱은 애초부터 포기한 상태였다. 그를 잘 모르는 마검대원 몇 명이 광마로 인해 큰 부상을 입은 일이 있고부터는 화유창 또한 그에게서 두 손을 놔버렸다.

현어운은 이틀간 한 수련에서 결국 될 듯 말 듯한 느낌의 연속으로 끝이 나고 말았다. 정말 될 것 같은데 안 되니까 미칠 지경이었다. 왠지 사일체를 이룰 수 있을 것 같은데 안 되니 그에 대해 신경을 쓰느라 얼굴이 초췌해질 수밖에 없었다.

이각이 지나자 멀리서 많은 사람들의 행렬이 보였다. 천 명은 족히 넘는 자들이 줄을 이루어 오는 모습은 숨이 멎을 듯 압도적인 모습이었다. 그들의 선두에는 눈에 확 띄는 흑의 궁장 차림의 면사여인이 있었는데, 그녀의 주변에 다섯 사람이 반원형으로 감싸는 형국으로 그녀를 보호하며 오고 있었다. 그녀가 바로 젊은 나이에 흑맥부의 부지부장이라는 높은 직위에 오른 혈수요화(血手妖花) 방을진(房乙眞)이었다.

천오백 명이 넘는 무사를 이끌며 당당히 걸어오는 그녀의 모습은 비록 면사에 가려져 확인할 수는 없었지만 무한한 자신감이 느껴졌다.

그들이 지부의 정문에까지 다가오자 일제히 걸음을 멈추었고, 그녀의 앞으로 화유창이 걸어나가 예를 취한다.

"오시느라 수고하셨습니다, 부지부장님. 명하신 대로 무사들의 숙소 준비는 모두 마친 상태이니 명을 내리시기만 하면 저희 무사들이 저들을 안내할 것입니다."

"수고하셨습니다. 전 낭인무사대원들은 열을 맞추어 차례대로 안으로 들어가 각자 휴식을 취하도록 한다."

그녀의 말에 옆에 있던 이번 전투의 부지휘자인 마검대주 파멸잔검(破滅殘劍)이 내공을 실어 그녀의 명령을 전하자 백의급 무사 두 사람이 금의급에게 명령을 하달했다. 그리고 모두가 일사불란하게 건물 안으로 들어가자 곧 정문 앞에는 방을진을 비롯한 다섯 명과 지부 측 인물들만이 남게 되었다.

"안으로 들어가시지요."

"그전에 그 명성을 귀가 따갑도록 들어온 그자들을 보고 싶군요."

"누구 말씀이십니까?"

"광마와 현어운입니다."

"……!"

현어운은 자신의 이름이 거명되자 깜짝 놀라 전유림을 바라보았다.

"유명해서 좋겠네."

"그럴 리가……."

"당신이 현어운?"

"아, 네, 제가 현어운입니다."

현어운이 자신도 모르게 굽신거리며 인사를 하자 전유림이 그의 옆구리를 쳤다.

"야, 네가 하인이냐? 왜 그렇게 굽신거려?"

"엄밀히 따지면 나보다는 높은 계급이잖아."

"어운 말도 맞지만 여의대는 다른 곳과는 차별되는 곳이기도 하다. 그러니 누구에게도 그렇게 대할 필요는 없다."

남궁명욱은 전형적인 정파 성향으로 마도의 인물들을 그리 곱게 보지 않았다. 그렇기 때문에 백명부주에게는 공손하게 대했지만 흑맥부의 부지부장에게는 공손하게 대할 마음이 없었다.

"이전만 해도 나에게 허리를 숙이던 자가 크게 출세를 했군요. 백명부의 무력을 상징하던 창기대주가 여의대주가 되었으니 백명부주, 혹 맥부주에게도 인사를 받는 처지겠네요."

"그럴 필요까지야 있겠습니까? 다만 저희는 저희의 임무를 다할 뿐입니다."

"호호호호! 저를 호위하는 것은 마검대주를 비롯한 네 명으로도 충분하답니다. 현어운이라 했나요? 순수한 시골 청년 같군요. 앞으로 잘 지내보죠."

확실히 무제의 입에 언급되어 특별 진급(?)한 현어운이라 그런지 부지부장조차도 주의 깊게 보는 듯했다.

"광마를 보시려면 그의 거처로 가시면 될 것입니다."

남궁명욱이 싸늘하게 대답하자 방을진은 냉소로 되받으며 대답했다.

"굳이 보지 않아도 되겠군요. 이렇게 여의대원을 보니 그자도 마찬가지겠어요. 이름은 쉽게 부풀어지는 셈이죠. 호호호! 그럼."

그녀가 살짝 고개를 숙이고는 정문으로 들어가자 화유창은 난색을 표하며 마검대원과 함께 들어갔다. 하지만 마검대주 파멸잔검은 그 자리에 남아 전 부대주였던 조선영을 보고 있었다. 사십대 초반임에도 수염 하나 없어 영락없는 젊은 서생 같아 보였지만 그의 손에 검이 들려지는 순간 수많은 목숨이 사라지리라.

"잘 지내는가?"

"너무 조용한 게 흠이지요."

"임무에 충실하게."

"임무가 마음에 든다면."

그것이 끝이었다. 마검대주가 안으로 들어갔고, 조선영 또한 눈을 감은 채 가만히 서 있을 뿐이었다.

"야, 어운. 너의 모습으로 저년이 여의대를 판단해 버렸다. 어떡할 거야?"

"나보고 어쩌라고. 난 그저 평소에 하던 대로 했을 뿐이야."

그의 무책임한 말에 남궁명욱이 엄한 얼굴로 호통친다.

"여의대원이 되었으면 그에 맞게 행동해야 한다고 듣지 않았는가! 누구에게나 당당하며 굴하지 않는 모습을 보여야 하네! 여의대원은 불굴의 의지와 기상으로 위험에 처한 주요 인물들의 목숨을 구해야 하거늘! 우리가 구해야 할 인물에게 우습게 보이면 어찌 믿음을 줄 수 있겠나!"

"……."

남궁명욱은 세 사람을 한 번씩 쏘아보고는 찬바람을 일으키며 안으로 들어갔다. 아무래도 방을진을 만나고 기분이 굉장히 좋지 않은 모양이다.

"여전하군요, 책에 있는 건 그대로 줄줄 외는 건."

그가 사라지자 조선영이 가볍게 비웃으며 신형을 날려 어딘가로 가 버렸다. 멍한 표정으로 있던 현어운은 더듬거리며 전유림에게 말했다.

"야, 그, 그게 책에 있는 말이었어? 난 정말 감동받았었는데……."

"앞으로 감동할 일이 많겠네, 바보 자식."

다음날이 되자 마검대원, 낭인무사대원, 그리고 지부의 무사들을 합하여 거의 이천에 달하는 엄청난 수가 양중에서 오십 리 정도 떨어진 환평구(環平邱)로 향했다.

알려진 바로는 환평구에서 삼 일 정도 거리인 용충이 신록회의 호북 세력지였다. 무림제왕성 지부인 양중과 그리 멀지 않은 곳에 그들의 세력지가 있으니, 신록회가 이제는 예전과 달리 그들의 야심을 노골적으로 드러내 놓은 것이라 할 수 있었다.

황정 지부가 완전히 금탁의 손에 떨어진 일에 더하여 신록회가 이번에는 호북성의 양중을 완전히 장악하려 하니 무림제왕성에서도 강수를 두는 것은 당연한 일이었다.

선봉대는 낭인무사대원들 중에서도 경공술을 시전할 수 있는 자들 백 명을 먼저 선발하였다. 거기에 마검대원 삼십 명을 추가시켰으니 선봉대로서의 역할을 톡톡히 할 것이다.

부지부장을 비롯한 다섯 명의 호위는 말을 타고 가장 앞에서 적당한 속도로 이동하였으며 그들의 뒤를 남궁명욱, 조선영, 현어운이 만약의 일에 대비하여 말을 타고 따르고 있었다. 광마와 전유림은 환평구에서 약 십 리 조금 안 되는 지점, 즉 신호탄을 볼 수 있는 장소에서 대기하기로 하였다.

선봉대가 떠난 지 반 시진이 더 되어서야 본대가 환평구에 거의 다 다랐으며, 그때부터 본대는 선봉대의 시체들을 볼 수 있었다. 저마다 처참하게 짓이겨진 시체들을 보고도 대부분 멀쩡한 표정이었지만 현어운은 속에서 토사물이 쏟아지려는 걸 간신히 참아야만 했다.

"대, 대체 어떻게 사람이 저렇게 잔인하게……."

"무림인은 그런 말을 할 자격이 없어요. 당신도 마찬가지예요."

조선영이 냉소적으로 말하자 현어운은 할 말을 잃고 말았다. 그녀의 말이 맞다고 여겼기 때문이다. 언젠가는 자신도 사람을 죽일 것이다. 그 방법이 잔인하든 그렇지 않든 살인을 했다는 점은 변치 않는다.

'하지만…….'

그 말에 반박을 하고 싶었지만 말문이 막힌 듯 말이 나오지 않았다.

가슴속에 있는 어떤 말을 꺼내고 싶었지만 자신 또한 무림에 몸담아 버린 이상 그 말을 해봤자 누워서 침 뱉기였기 때문이다.

침울한 표정으로 얼마나 더 갔을까? 여기저기에 시체들이 널려 있음에 현어운의 안색이 더욱 창백해졌다.

"으으… 살려……."

아주 희미하지만 사람의 소리가 들려왔다. 현어운은 그 소리를 들은 무사 하나가 그쪽으로 가는 것을 볼 수 있었다.

"……!"

신음 소리를 내는 자의 형체가 참으로 비참했다. 사지가 어떤 날카로운 것에 매끈하게 잘려 몸뚱이만 남아 있었다. 어디선가 본 듯 익숙한 모습이었지만 그와 같은 형체의 사람들이 여기저기 보이자 마음의 평정을 유지하기 힘들어 그 생각을 놓치고 말았다.

사람들이 저렇게 잔인하게 상하고 죽어 있는 모습에 마음이 찢어질 듯이 아팠다.

"앗?!"

현어운은 살아 있는 자에게 다가간 자가 서슴없이 그의 목을 베는 것을 보고 경악성을 내질렀다. 어차피 몸뚱이만 남은 몸인데다 시간이 지체되어 곧 목숨이 끊길 것은 자명하기에 차라리 저것이 고통을 줄여줄 수 있는 일종의 자비이리라.

"나약하군요. 저건 당연한 일입니다."

조선영의 말에 앞서 가던 방을진 또한 뒤를 돌아보며 말했다.

"현 대협은 참으로 마음이 순수하군요. 살려두면 차라리 현 대협의 마음은 편하겠죠?"

"씨발!"

현어운의 입에서 갑자기 거친 욕이 튀어나오자 말을 한 두 사람은 물론 남궁명욱도 놀랐다. 현어운은 자신의 손으로 죽일 수밖에 없었던 호보가 떠올라 욕지기를 참을 수 없었던 것이다.

챙!

"……!"

날카로운 소리와 함께 방을진의 호위 중 두 사람이 검을 뽑아 순식간에 몸을 날려 현어운의 말 위로 올라서 목에 검을 가져다 댄다.

"부지부장님에게 함부로 욕한 자는 목숨으로 사죄한다."

"이놈들! 비켜라! 감히 나 여의대주가 있는 앞에서 대원에게 함부로 검을 겨누다니!"

남궁명욱이 대노하며 검을 뽑았다. 양측의 기운이 팽팽해질 때쯤 조선영이 돌연 천천히 발검하며 말했다.

"일단 나도 현어운 공자의 편을 들 수밖에 없겠군요. 싫든 좋든 지금은 같은 대원이니까요."

두 사람의 모습에 방을진이 짜랑짜랑한 교소를 짓는다.

"호호호호! 이거 재미있군요. 두 사람은 검을 치우고 돌아오세요. 현 대협이 탄 말이 무게를 이기지 못하겠어요."

그렇게 분위기는 잠시 소강되었다.

시체를 발견한 후부터 본대의 움직임은 둔화될 수밖에 없었다. 시체의 수는 더욱 많아지고 있었고 비린내가 사방에 진동했다. 어느 순간부터는 검은 줄무늬가 있는 녹의(綠衣)를 입은 신록회 무사들의 시체도 보였으며 마검대원의 시체도 보였다.

특이하게도 그 시체들 중 상당수가 사지가 잘라진 처참한 모습이었으며 얼굴이 심하게 짓이겨진 것들도 있었다.

“겸성무와 일추잔파두(一鎚殘破頭) 염산혈(染山血)이군요.”

방을진의 말에 남궁명욱이 침중한 표정으로 고개를 끄덕였다.

“이들이 선봉대를 직접 상대할 줄이야…….”

“선봉대를 보낸 건 정찰의 의미였는데 미리 알아채고 기습을 가해 이렇게 피해가 극심하였으니, 이번 싸움에서 신록회는 단 한 명도 살아나가지 못할 것입니다.”

그녀의 말은 크지 않았지만 내공이 실려 있어 멀리까지 퍼져 나갔다. 그녀의 말을 들은 무사들은 동료들의 잔인한 죽음에 더하여 살기가 빗발치듯 솟아오르고 있었다. 그것은 곧 사기로 연결되어 무시무시한 힘을 발휘할 것이다.

“그들이… 누구입니까, 대주?”

현어운이 어두운 표정으로 묻는다. 마치 울 것만 같은 표정이 우습기도 했지만 남궁명욱은 진지하게 대답해 주었다. 마치 자신이 처음 무림에 나왔을 때처럼 순수한 그에게는 모르는 것 천지인 곳이 무림이란 생각이 들었기 때문이다.

“겸성무는 낫을 사용하는 자일세. 그는 별호대로 낫을 사용하는 무공이 아주 뛰어난 자이지. 살인을 아주 즐기는 자로 꼭 죽일 때는 사지를 자르네. 일추잔파두 염산혈은 별호에서도 볼 수 있듯이 추를 사용해서 얼굴을 박살 내어 죽이는 놈이지. 둘 모두 한마디로 잔인한 마두 그 자체로, 하늘마저 외면한 놈들이야. 반드시 내가 죽일 걸세.”

“…….”

현어운은 사지를 잘라 죽인다는 말에 왠지 모르게 가슴이 두근거려 왔다. 당호관에서 보았던 건방지지만 귀여웠던 꼬마의 처참한 죽음, 그리고 호보의 끔찍했던 모습과 이들의 죽음이 너무나 흡사했던 것이다. 분명 어떤 연관성이 있을 것이다. 그렇다면 그것은 호보의 죽음, 단리채빈의 죽음과도 관계있을지도 모른다.

그는 자신도 모르게 주먹에 강한 힘을 주었다. 복수보다는 슬픔이, 분노보다는 허망함이 강한 그때였다. 그런데 지금 이렇듯 어떤 예감이 다가오자 자신도 모르게 분노가 솟아오르는 것이다. 자신을 죽여 달라는 호보의 모습이 너무나 강렬하게 떠올랐다.

"죽여줘 제발……!"

'하지만 내가 그자를 죽일 수 있을까?

분명 안 될 것이다. 자신은 삼류만도 못한 무공을 지니고 있을 뿐이고 상대는 분명 고수일 것이다.

'내가 이매망량의 힘을 가지고만 있었더라면……. 아!

그는 자신이 이런 생각을 했다는 것에 자책하고 말았다. 이매망량은 이미 돌이킬 수 없는 과거가 되어버리지 않았는가? 친구들을 앗아간 이매망량을 바란다는 것은 또다시 과거를 답습하겠다는 것이나 마찬가지였다. 그때 죽었던 친구들과 초선득에게 죄를 짓는 것밖에 되지 않는다.

시체는 계속 보였고 이제는 혈향이 코를 마비시킬 정도였다. 그렇게 시체들을 따라가자 본대는 환평구에 완전히 도착하게 되었다. 크지 않은 작은 산 같은 언덕 주변에는 큰 나무들이 듬성듬성 서 있어 매복하기에는 적당한 장소가 아님이 분명했다.

피잉—!

돌연 신호탄이 하늘을 솟아오르자 낭인무사대원들 모두가 저마다

병장기를 꺼내 주변을 경계하기 시작했다. 하지만 방을진이 손을 들어 외쳤다.

"모두 긴장하지 마세요! 모두 주변을 경계하며 앞으로 나갑니다! 사방으로 퍼지지 말고 언덕으로 향하되 나타나는 적들은 사정없이 죽이세요!"

이천에 달하는 엄청난 수의 무사들이 저마다 진을 이루며 앞으로 나아갔다. 많은 훈련 덕분인지 움직임이 자연스럽고 자신감이 넘치고 있었다. 그때였다.

"와아아아ー!"

"죽여라!"

"무림제왕성의 개들을 모조리 죽여라!"

"살려두지 마라!"

피잉! 펑!

사방에서 녹색 깃대가 솟아오르더니 곳곳에서 신호탄이 터지며 엄청난 함성이 울려 퍼졌다. 곧이어 기다렸다는 듯이 사방 사십 장 이상 떨어진 수풀 속, 바위 뒤에서 매복해 있던 자들이 튀어나와 무림제왕성 측을 향해 달려갔다. 그 수는 그리 많지 않았지만 기세가 워낙 대단하여 낭인무사대원들의 기세가 한풀 꺾이고 말았다.

"두려워하지 마세요! 저들은 한때 산적질이나 하고 다니던 자들일 뿐입니다! 그리고 꼴에 매복을 한다고 했지만 너무나 먼 거리에서 숨어 있었기에 매복이라 할 수 없습니다! 모두가 진을 이루어 이동하며 가차없이 동료들의 복수를 시작하세요! 마검대원들은 낭인무사대원들을 보호하며 저들을 상대합니다!"

마치 연습한 것인 마냥 곧바로 명령이 떨어졌고, 낭인무사대원들은 훈련한 대로, 그리고 그들의 경험을 더해 자신들 쪽으로 달려오는 신록희 무사들을 향해 사방으로 퍼졌다. 수는 확실히 이쪽이 우세였기 때문에 굳이 몰려 있을 필요는 없다 그녀는 판단한 것이다.

채엥! 챙!

"크아악!"

병장기 부딪치는 소리가 여기저기서 들려오며 본격적인 싸움이 시작되었다. 사방에서 피가 튀고 광기 서린 비명과 외침이 울렸다. 전투는 이내 치열한 양상을 띠었고 한 치의 양보도 없이 잔인하게 서로를 베어 넘기고 있었다.

현어운을 비롯한 두 명의 여의대원은 말에서 내려 움직이는 방을진을 따르기 위해 그들도 말에서 내려야만 했다. 말을 타고 빠르게 이동하기에는 곳곳에 큰 나무들이 심어져 있어 적합하지 않았기 때문이다.

"조 소저는 어운과 함께 오시오, 나는 부지부장의 뒤를 따를 테니!"

"알겠습니다."

탐탁지 않은 표정이었지만 명을 거스를 뜻은 없어 보였다.

"같이 가죠, 현 공자. 제가 없으면 눈먼 칼에 베어 죽을지도 모르니 조심하세요."

"알겠소……."

현어운은 그녀의 말에 반박하지 못하고 그녀의 뒤를 따라 잔걸음을 놀렸다. 사방으로 퍼진 무사들은 치열하게 신록희의 무사들과 싸우고 있었고 수적으로 열세인 그들은 곧 크게 밀리기 시작했다.

"이상하군요. 우리가 올 것을 알고 있었으면 분명 대비를 하는 것이 옳은데 그 수가 너무 적어요."

사태를 냉정하게 지켜보던 조선영이 고개를 갸웃거리며 의문을 표하다 무슨 생각이 난 것인지 놀란 표정을 지었다.

"아, 이런! 양중 지부가 위험해요."

"양중 지부가 왜 위험하단 말이오?"

"우리를 상대하는 신록희 무사들의 수가 너무 적어요. 거의 비다시피 한 양중 지부를 공격하거나 어딘가 다시 매복해 있을 겁니다. 지금쯤이면 부지부장께서도 충분히 생각하고 있을 것이지만……."

"것이지만?"

"그런 식의 계략은 오히려 신록희에게 불리할 뿐입니다. 양중 지부가 점령당해 봤자 이곳의 무사들을 모아 공격하면 충분히 되찾을 수 있기 때문이죠. 만약 신록희도 생각이 있다면 분명……?"

"위험한 냄새가 나……."

갑자기 현어운이 심각한 표정으로 어딘가를 둘러보았다. 자칫 방심하다가는 날아온 칼에 맞을 수도 있었지만 현어운은 눈을 감은 채 무언가를 맡는 시늉을 지었다.

"…무슨 말이죠? 위험한 냄새라니? 우리는 이들의 승패와는 상관이 없으니 부지부장을 따라가야 합니다. 어서 가죠."

"밑이오. 밑에서… 위험한 냄새가 나고 있소. 이상해. 땅 밑에서 불길한 냄새가……."

"밑?!"

피잉—! 펑!

그때 또 한 번 신호탄 터지는 소리가 나더니 놀라운 상황이 벌어졌다. 무림제왕성의 무사들이 얼마 전에 서 있던 곳의 땅이 파헤쳐지더니 무사들이 솟아올라 온 것이다. 움직임이 심상치 않아 보이는 검은 무복의 복면인들의 수는 엄청났다. 어떻게 그 많은 수의 사람이 땅속에 숨어 있을 수 있었는지 의문일 정도였다.

그들의 등장에 무림제왕성 무사들의 사기가 순식간에 떨어지자 어디선가 방을진의 큰 외침이 들려왔다.

"침착하게 대응하세요! 저들은 단지 저런 매복을 사용했을 뿐, 그 이상도 이하도 아닙니다! 침착하게 대응하면 저들이 의도한 것은 절대 이룰 수 없을 것입니다!"

무사들은 그녀의 외침을 알아듣고 전보다 훨씬 안정된 모습을 되찾았지만 고수들의 감각마저 피해 땅속에서 기척을 숨겼던 복면인들의 무공은 결코 만만하지가 않았다. 하나하나가 발빠른 움직임과 날카로운 공격을 하는 양을 봐서는 특별한 훈련을 해온 자들이 분명했다.

그런 그들의 공격은 조선영과 현어운이 있는 곳도 그냥 지나치질 않았다.

"내 뒤로 와요."

현어운이 어떻게 그런 냄새를 맡았는지에 대한 의문은 나중이었다. 열 명에 달하는 복면인이 두 사람에게 다가오자 그녀는 번개같이 발검하여 그들의 검과 마주쳐 갔다.

"크악!"

그녀의 일검에 가차없이 한 사내가 죽음을 맞이했다. 그녀의 검이 사선으로 베어지는가 싶더니 몸이 회전하며 검이 크게 원을 그린다. 그리고 또 한 번 터져 나오는 비명 소리.

"으악!"

그녀의 몸은 그렇게 빠르지도 느리지도 않았지만 상대의 공격을 정확히 피하고 있었고 검을 휘두를 때마다 한 사람씩 죽어나갔다. 어떤 방향으로 공격이 들어오던 간에 그녀는 안정된 자세로 검을 막아냈고,

그녀의 검에 실린 기에 의해 상대는 튕겨났다. 그 틈을 놓치지 않고 그녀는 상대를 일검에 양단해 버리는 잔혹함을 선보였다.

그녀의 공방은 거의 완벽히 하나를 이루고 있었으며, 움직임은 전반적으로 원을 그리고 있었다. 몸의 흐름에 따라 검의 흐름이 이에 거스르지 않고 검이 휘둘러졌고, 검의 흐름에 따라 몸 또한 이동한다. 어찌 보면 허점을 쉽게 찾을 수 있을 법도 하지만 복면인들 누구도 조선영의 움직임을 따라잡지 못했다.

열 번의 휘두름에 복면인들 모두가 몸에 큰 검상을 입고 빠짐없이 죽음을 맞이했다. 해동국의 검술은 화려하면서도 강하며 빈틈이 없다고 알려져 있었는데, 그녀는 그 전형을 보여준 셈이었다.

큰 움직임을 보였음에도 지친 기색 하나 없는 조선영은 여전히 두 눈을 감은 채였다. 잔인하게 죽어 있는 시체들을 보기 싫어하는 성격이 아님에도 그는 대부분의 시간 동안 두 눈을 감고 있는 것이다.

"가죠."

"아, 알겠소."

그녀의 무시무시한 무력에 할 말을 잃은 현어운은 그녀를 따라 허겁지겁 걸음을 옮기기 시작했다. 그녀는 무림제왕성 측이 밀리기 시작했음에도 전혀 관심없는 표정이었다.

그때 이십여 장 떨어진 곳에서 엄청난 소란이 들려왔다. 그리고 이어지는 크나큰 폭음.

콰콰쾅!

곧이어 낭인무사대원들이 이룬 진 몇 개와 마검대원들 몇 명이 저마다 피를 뿜으며 뒤로 날아갔다.

"킄킄킄!"

“염왕패왕장(閻王覇王掌)이다! 모두 피해라!”

“……!”

조선영은 누군가의 외침을 듣고 순간 걸음을 멈추었다. 신록본당에는 신록희 무사들을 지배하는 백팔채주가 있는데, 모두가 하나같이 성격이 잔인하고 무공이 고강하여 신록희는 알게 모르게 두려움의 대명사로 자리잡아 가고 있었다.

신록본당의 백팔채주 중 하나인 염왕패왕장 차무기 또한 무림에 아주 잘 알려진 자 중의 하나로, 염왕패왕장이란 강력한 패도장법으로 그 살명을 날리고 있는 자이기도 했다.

조선영은 어떻게 할지 고민하는 표정이었지만 이내 다시 걸음을 옮겼다. 상대하고 싶은 마음은 굴뚝같으나 여의대원으로서 임무가 먼저였던 것이다. 싸움의 판도는 자신이 신경 쓸 일이 아니었다.

두 사람이 십오 장을 더 이동하자 주변에 시체들이 즐비하게 쓰러져 있는 것이 보였다. 신록희 무사들의 시체들도 있었지만 대부분 낭인무사대와 마검대의 대원들이었는데, 특히 사지가 잘린 채 죽어 있는 사람들이 매우 많았다.

“죽여줘……!”

“살려……!”

“으아아!”

아직 죽지 않은 자들은 저마다의 고통을 하소연하고 있었지만 조선영은 냉정하게 걸음을 옮길 뿐이었다.

“저기… 도와주어야 하지 않소?”

“도와줄 수 있으면 도와주세요. 죽이든지 살리든지. 둘 모두 도우는 방법이니까요.”

“……”

그녀의 말에 현어운은 할 말이 없었다. 자신의 마음이 한순간의 동정이었음에 부끄러웠다. 어떤 마음도 이런 극한적인 전투 상황에서는 나약한 소리일 뿐이었다. 암묵적으로 동의한 살인의 전투에서 오직 존재하는 것이란 남을 향한 살기뿐 동정심은 사치이리라.

“근처에 겸성무가 있을 가능성이 있군요. 서둘러야겠어요. 몇 명의 신록본당 채주들이 있을지 알 수 없으니 부지부장의 신변이 위험할 수 있습니다.”

사지를 잘라 죽이는 것이 무공의 특징인지, 아니면 그 자신의 개인적인 취향인지는 모르지만 현어운은 그자를 만나면 결코 용서하지 않을 것이라 생각했다. 그러나 이내 자신을 향해 비웃었다.

‘용서? 힘도 없는 내가 용서?’

“이상하군요.”

“뭐가 이상한 것입니까?”

“신록희가 우리 무사들을 한군데로 모으고 있는 것 같아요.”

“음……”

그녀의 말을 듣고 보니 과연 그러했다. 높은 곳이 아닌 평지인지라 전장 전체를 볼 수는 없었지만 언뜻 보아하니 몇 군데로 나누어 한곳으로 사람들을 밀어붙이는 형국이었던 것이다.

“무슨 속셈인지……. 하지만 한곳으로 모이면서 저들은 오히려 전력이 분산되고 있습니다. 이때를 빌어 전세를 역전해야 합니다.”

“이렇게 가다가는 매복의 이득을 얻은 저들에게 크게 당할 것 같군요. 다섯 분 중 세 분은 같이 나가서 싸우세요. 저 또한 우리를 뒤따라오는 신록본당의 개들을 상대해야겠어요.”

“으아악!”

멀지 않은 곳에서 끔찍한 비명 소리가 울려왔다. 방을진은 이에 상관하지 않고 내공을 실어 크게 외쳤다.

“적들이 분산되고 있습니다! 뭉쳐 있는 본성의 무사들은 이 기회를 빌어 승기를 잡으세요! 마검대의 용감한 무사들이 도울 겁니다!”

그렇게 외친 후 허리춤에 찬 옥척(玉尺)을 꺼내어 앞으로 나아갔다. 그러자 마검대주와 마검대원, 그리고 일단의 낭인무사대원들이 모두 그녀를 따라갔다.

남궁명욱은 그런 그들을 바라보다 뒤따라오지 않는 조선영과 현어운이 잠시 걱정되었지만, 조선영이 있으면 위험한 일은 없을 것이라 생각하고 신형을 날렸다. 아무래도 경공술이 없는 현어운 때문에 같이 행동하는 데 문제가 있음을 생각하고 경공술을 익히게 해야겠다고 생각하는 그였다.

“으아악!”

“크악!”

팔다리가 떨어져 나간다. 피가 하늘로 솟구친다. 비명이 피를 감싸고 맴돈다.

잔인하기 그지없는 겸성무의 수법으로 일수에 세 명이 그렇게 조각나 버린 것이다. 그와 함께 온 일추잔파두 염산혈 또한 근처에서 오 장 길이의 묵직한 철추(鐵鎚)를 휘두르며 여지없이 상대의 머리를 박살 내고 있었다.

“크크크! 모조리 부서져라!”

염산혈은 괴소를 흘리며 미친 듯이 철추를 날려 찍고 휘돌렸다. 장병기라 할 수 있는 철추를 다루는 데 얼마나 익숙한지 철추와 그가 애초에 하나인 양 자연스러워 보였다.

한 팔이 없는 겸성무는 성격대로 아무 말 없이 상대의 사지를 하나하나 잘라 나갔다. 날카롭기 그지없는 그의 겸에서는 은은한 겸기가 뿜어져 나와 절삭력을 더욱 높였다.

상대의 몸에 닿을 때 나는 미세한 소리조차 들리지 않을 정도로 겸의 속도는 대단했다. 사지가 잘리면 여지없이 상대의 처참한 비명 소리와 함께 피가 그에게로 튀었다. 표정은 없었지만 얼굴에 피가 튈 때마다 혀를 내밀어 피를 음미하는 것이 무척이나 섬뜩해 보였다.

그의 낫이 다시 낭인무사의 사지를 가르려는 순간, 옆에서 서늘하고도 무시무시한 기운이 쏟아져 나오더니 그의 낫을 옆으로 튕겨내 버렸다.

"누구냐."

예전보다 더욱 차가워진 그의 목소리는 그야말로 북풍한설에 에일 듯 예기마저 서려 있었다.

"마검대주."

겸성무의 이 장 앞에는 마검대주 파멸잔검이 그를 향해 검을 겨누며 서 있었다.

"파멸잔검이군. 좋지."

그의 낫이 사정없이 파멸잔검을 향해 날아갔고 파멸잔검 역시 지지 않겠다는 듯 검을 휘둘렀다.

두 고수의 싸움이 시작될 때 방을진 역시 염산혈과 손속을 겨누고 있었다. 장거리 무기와 근접 무기의 싸움은 실로 치열하여 그들의 주변은 거리를 좁히려는 자와 거리를 두려는 자의 각축장이 된 상태였다. 그들의 옆에 있던 무사들은 하나같이 그들의 무기에 잔인하게 죽임을 당했다. 방을진 역시 여인이라고 보기 힘든 잔인한 손속과 성정을 가지고 있어 부하들이 죽어도, 온몸에 피가 튀어도 눈 하나 깜짝하지 않았다.

“큭큭큭, 말랑한 계집 같으니! 그런 장난감을 꺼내 이 어르신을 상대할 수 있을 것 같으냐! 어서 네년의 주 무공을 사용해라!”

그녀의 주특기는 척이 아니라 별호 그대로 혈수(血手)이기에 하는 말이었다.

“너 같은 놈을 상대로 주 무공을 쓰기에는 아깝다!”

그녀는 싸늘하게 비웃으며 척을 휘둘렀다. 척에 맺힌 날카로운 기운이 예사롭지 않았지만 염산혈에게는 어린아이의 재롱과도 같을 뿐이었다.

“흐흐흐, 겨우 그 정도의 무공으로 이 어르신을 상대하다간 허무하게 죽을 수도 있다! 흐앗!”

채엥!

순식간에 철추가 쭉 늘어나더니 기를 뿜어내는 척과 부딪쳤다.

“윽!”

그녀는 손아귀가 찢어질 것만 같은 둔중한 충격과 함께 뒤로 세 걸음이나 물러나고 말았다.

피잉! 펑!

그때 또다시 신호탄이 울렸다. 그 모습을 본 염산혈은 음흉하게 웃으며 그녀의 전신을 훑어보았다.

“아쉽군. 잡아서 맛을 봐야 할 텐데 말이야.”

“흥!”

그 신호탄을 기점으로 무리 지어 싸우던 신록희의 무사들이 조금씩 뒤로 물러나고 있었다. 후퇴로 인한 피해를 입고 있었음에도 상관없는지 그들은 계속 후퇴했고, 얼마 있지 않아 자신들을 공격하는 무사들에게서 멀어질 수 있었다.

퍼퍼펑! 콰쾅!

겸성무와 파멸잔검의 싸움은 그야말로 치열하여 폭음이 터지고 검기와 겹기가 난무했다. 하지만 염산혈은 겸성무가 아주 조금 유리함을 읽을 수 있었다. 겸성무의 무공은 그도 인정하고 있을 정도로 놀라운 경지에 이르러 있었는데, 그것이 명성이 자자한 마검대주와의 싸움에서도 여지없이 드러나고 있는 것이었다.

“겸성무, 물러나게!”

채엥!

“크윽!”

파멸잔검이 묵직한 신음 소리와 함께 뒤로 물러나며 놀란 표정으로 그를 바라보았다. 방금의 일격에는 엄청난 힘이 실려 있어 지금껏 자신과 싸우면서 본실력을 숨기고 있었음을 눈치챘다.

“재미있었다.”

겸성무는 물러나 염산혈의 옆으로 다가왔고, 동시에 염산혈이 품속에서 신호탄을 꺼내었다.

“계집, 아무리 무림제왕성이라지만 이제는 늙었음이 분명하다. 오랜 세월로 전력이 드러날 대로 드러났으며, 자만심이 지나치게 강해 제대로 된 계략조차 없이 단순히 머릿수 싸움으로 밀어붙인다? 큭큭, 뭐, 우리도 할 말은 없지.”

"아무리 그렇게 비웃어도 무림제왕성의 강함은 변하지 않는다."

방을진이 오연한 표정으로 말하자 염산혈이 고개를 끄덕였다.

"암, 암. 그렇고말고. 하지만 그 강함은 오로지 무제에게서만 나오지. 무제의 무공은 단 한 번도 보지 않았지만 그가 말로 표현하기 힘들 정도로 강하다는 건 내 알지. 신록희주께서도 그토록이나 인정하시는 자인데. 큭큭큭, 하지만 이제 무림제왕성도 신록희 앞에 무릎 꿇을 날이 머지않았어."

피융! 퍼엉!

또다시 신호탄이 하늘을 울렸고, 얼마 있지 않아 무시무시한 폭음이 터져 나왔다.

쿠구구궁— 꽈르르릉!

마치 벼락이 작렬한 듯 어마어마한 굉음이 귀를 찢어발길 정도였다. 땅이 울리고 천지가 뒤집힐 정도로 엄청난 소리가 울려왔고, 더불어 이곳에까지 은은한 진동이 퍼졌다.

"으하하하! 모두 죽어랏!"

신록희의 무사들은 계속 뒤로 물러나고 있는 상태였고, 염산혈은 어느새 꺼내어 든 작고 검은 구슬을 방을진이 있는 곳을 향해 날렸다.

"위험해!"

누군가 본능적으로 위험함을 느끼고 외쳤지만 너무나 갑작스럽게 날린 것이라 대부분 피할 시간이 없었다. 작은 구슬이 무림제왕성의 진영 쪽으로 날아갔고, 곧 천번지복의 소리가 터져 나왔다.

콰콰콰쾅—! 콰콰쾅!

작은 구슬은 엄청난 폭발을 일으켰고, 모든 것을 집어삼킬 듯한 폭풍과 함께 화염이 하늘로 치솟아올랐다. 폭풍과 화염에 휘말린 자들은 그 힘을 이기지 못하고 갈가리 찢겨 나가거나 불에 탔다. 그리 길지 않은 순간의 폭발이었지만 당하는 이들은 아마 영겁의 시간처럼 끔찍한 고통이었으리라.

장내는 고요했다. 반경 이십 장을 휘어감은 놀라운 폭발의 여력은 아직도 가시질 않았다. 불이 여기저기에서 일고 있었으며 공중에 먼지가 가득했다.

멀리서 지켜보던 신록희의 무사들도 처음 사용하는 무기에 할 말을 잃은 모습이었다.

"이 정도라니……! 정말 벽력탄(霹靂彈)이란 것이 이런 것이라면 신록희의 야망도 곧 이루어질 수 있겠어! 크하하하!"

염산혈은 벽력탄의 위력에 놀라며 기쁨으로 팔을 부들부들 떨고 있었다. 정당한 방법이 아니지만 정녕 오랜만에 무림제왕성을 상대로 압도적인 승리를 거둔 것이다. 때문에 그의 희열에 가득 찬 웃음이 그치질 않았으나 겸성무는 시종일관 차가운 눈으로 장내를 바라볼 뿐이었다.

"아직 살아 있는 자들이 있다. 마무리를 지어야겠지."

진득한 살기가 담긴 겸성무의 말이 끝나는 순간 폭연을 가르는 한줄기 빛이 하늘로 솟아올랐다.

피이이잉— 펑!

붉은색 신호탄이 하늘 높이 솟아오르며 터졌다. 바로 여의대의 출동을 알리는 소리였다.

第六章
힘겨운 회귀(回歸)

　우리는 살수이기에 무공 외에 많은 것들을 배운다. 잠입에 대한 이론, 암살, 독살 등 소리없이 사람을 죽이는 법에 대한 이론, 각종 무공들에 대한 기초 지식, 변장술, 도주법, 추적술 등 살수가 되기 위한 많은 것들을 익히는 것이다. 하지만 솔직히 말해서 난 그런 것들에 큰 관심이 없을뿐더러 능력도 되지 않음을 안다. 내가 잘하는 것은 오직 단 하나, 한없는 자유를 누리기 위한 이매망량이 되는 것이다.

"입에 똥 든 놈, 다시 한 번만 더 우리 어운을 괴롭히면 그때는 전처럼 흐지부지하게 끝나지 않을 줄 알어!"

"……."

전유림의 말에도 광마는 그저 아무 말 없이 나무 기둥에 기대어 눈을 감고 있었다. 전투가 끝날 때까지 이들은 일정 시간씩 번갈아가며 환평구 쪽 하늘을 지켜보고 있어야 한다. 전유림은 하늘만 바라보기가 따분했던지 전에 있던 일을 들먹이며 광마를 협박했지만 그에게 먹혀들 리가 없었다.

"장풍은 쓰면 쓸수록 익숙해지고 강해지는 것이 아니다. 네가 해야 할 것은 끊임없이 잠력을 기르는 것이다. 잠력이 높아지면 장풍의 위력이 강해지고 평상시에 잠력을 이용할 수 있는 양도 많아져 내공 고수 못지않은 움직임을 넬 수 있지."

　그녀가 갑작스럽게 강해질 수 있었던 이유다. 그녀의 아버지는 오랜 세월 동안 부작용이 없는 수련법을 연구해 왔으며 이제는 그것을 완성시켰다. 자신이 그걸 익혔으면 했는데, 엉뚱하게도 아버지는 현어운이 익히기를 원했다.

　하나 무공도 인연이 없으면 이어지지 않는 법. 장풍은 결국 자신에게로 이어졌다. 그리고 자신은 강해졌으며, 더욱 강해지기 위해 이렇게 무림으로 나왔다. 어느 정도 진전이 없었던 것은 아니지만 만족할 만한 수준이 아니었다.

　'더, 더 강해져야 돼. 그래야 아버지가 원하는 것을 이룰 수가 있다.'

　좀 더 살기 좋은 세상을 만들기 위해서는 장풍으로 모두를 이길 수 있는 능력을 지니고 있어야 했다. 장풍을 익혀 강해지는 것이 과연 살기 좋은 세상을 이룰 수 있을지는 의문이었지만 그래도 가능성은 제시해 줄 것이다.

　그녀는 모두가 이상하다고 생각하는 아버지를 누구보다 생각하는 딸이었고, 그가 원하는 것이 무엇인지도 알고 이루어주려 하는 효녀이기도 했다. 물론 현어운은 그 사실을 믿지 않으려 하겠지만.

　"따분하군. 어이, 똥 든 놈! 뭐 재미난 거 없냐?"

　"……."

　광마는 시종일관 말이 없다. 두 눈을 감고 거석처럼 굳어 있거나 아니면 술을 들이붓는 것이 그의 일상이었다. 물론 전투에서의 모습을 본 적은 없지만 듣기로는 완전히 미친놈마냥 살인을 즐긴다고 했다.

“진짜… 대체 무림제왕성에는 왜 있어? 목적도 없이 사는 것 아냐? 한심하군.”

“목적?”

그제야 광마의 입이 뚫린 모양이다.

“그래, 목적.”

“사람을 죽이는 것이 내 목적이다. 만 명, 만 명을 죽이면 된다.”

“만인살(萬人殺)? 너도 소설 쓰냐? 혹시 만 명을 죽이면 네 검에서 빛이 나더니 희대의 마검으로 변한다. 그 다음에는 네가 호적수로 생각하던 자에게 가 생사를 건 대결을 한다. 이건 완전 호보의 뻔한 이야기잖아?”

“큭큭큭! 비슷하군.”

“재미없군.”

역시 익숙하지 않은 둘이었다. 차라리 현어운을 데리고 노는 것이 재미있다 생각하는 것을 보면 아직은 소녀티를 벗어나지 못한 전유림이었다. 누가 뭐라 해도 그녀는 아직 스무 살도 채 되지 않은 소녀였다.

“……”

눈을 감았던 광마가 갑자기 두 눈을 번쩍이며 뜬다.

“그렇게 뜬다고 누가 무서워하던?”

“젖비린내 나는 계집, 조용해라.”

그는 다시 눈을 감았다. 하지만 평상시처럼 묵묵히 있는 것이 아니라 마치 무언가를 느끼려는 것만 같은 시늉이다. 그리고 얼마 있지 않아 그가 자리에서 일어났다.

“……?”

“출동할 때가 되었군. 큭큭큭! 아주 재미있는 일이 발생했을 것 같은 느낌이다."

　그때 전유림의 두 눈에 하늘 높이 솟아오르는 신호탄의 붉은빛이 들어왔다. 자리에서 벌떡 일어난 전유림의 두 눈에서 투기가 활활 타오른다.

　'어운, 목숨만 살아 있어라!'

　조선영과 현어운은 갑작스러운 폭발로 인해 땅에 엎드린 상태였다. 폭발의 진동이 끝나자 두 사람은 심상치 않은 일이 일어났음을 알았지만 대체 무엇이 이런 폭발을 일으켰는지는 알 수 없었다.

　"대체 뭐죠? 이렇게 강력한 폭발을 일으킬 수 있는 존재가 있다니……."

　어지간히 놀랐는지 그녀의 얼굴은 놀라움으로 가득했다.

　자리에서 일어난 그녀는 그래도 자신의 임무를 생각하며 방을진과 남궁명욱이 있을 곳으로 걸음을 계속 옮겼다.

　"이, 이, 이러다 모두 죽는 거 아냐?"

　현어운의 얼굴은 두려움으로 새카맣게 타 들어가고 있었다. 예전의 귀영무혼일살로서의 자신이 조금은 살아 있기 때문인지 웬만한 일에는 곧장 익숙해져 두려워하지 않는데, 이번의 폭발은 본능적으로 깊은 공포를 안겨주었던 것이다. 저 폭발로 수많은 사람들이 죽거나 다쳤을 것은 자명한 일이었다.

　"어서 가죠. 부지부장께서 위험에 빠졌을지도 모르겠군요. 결코 우리에게 유리한 폭발은 아니었을 겁니다."

　그때 어디선가 또 한 번 무시무시한 폭발이 일어났다. 그들과 그리 먼 곳이 아니었는지 강력한 바람이 사방을 휘몰아치고 있었다. 폭풍의 여력을 이기지 못하고 다시 자리에 엎드린 두 사람은 폭풍이 가라앉은 후 자리에서 일어나 잠시 서로를 바라보았다.

결코 심상치 않은 폭발임이 분명했다. 만약 이 폭발이 무림제왕성의 무사들에게서 일어났다면 살아 있을 수 있는 사람이 얼마나 될까?

그때 마치 기다렸다는 듯이 하늘 높이 붉은 신호탄이 솟아올랐다.

"……!"

"여의대 구조 요청 신호탄!"

"어서 가죠. 저는 먼저 갈 테니 뒤따라오길!"

그녀는 그를 남겨두고 바람처럼 몸을 솟구쳐 신호탄이 터진 곳을 향해 순식간에 사라져 버렸다.

"그냥 가버리다니!"

장내에 홀로 남은 현어운은 주변의 끔찍한 시체들을 재차 확인하고는 몸서리치고 말았다. 사지가 잘린 시체가 유난히 그의 시야를 괴롭혔다. 그만큼 그의 마음에는 서서히 슬픔과 분노가 자리잡아 갔다.

"호보, 빈 매… 잊지 않을게. 잊지 않을게."

그는 결연한 표정으로 허리춤에서 도끼를 꺼내 들었다.

"실력이 안 되는 건 알지만… 부끄럽게 행동하지는 않겠다."

장내의 상황은 일방적이었다. 겸성무와 염산혈, 그리고 몇몇 신록희의 무사들이 살아남은 무림제왕성의 무사들을 두 번 죽이는 작업을 하고 있었다. 폭발의 힘은 실로 대단하여 장내에 모여 있던 자들 중 벽력탄의 근처에 있는 자들은 대부분 죽거나 몸이 짓이겨진 채 행동 불능이 되어버렸고, 그나마 멀리 떨어져 있던 자들은 심각한 부상을 입은 채 의식을 잃고 쓰러져 있었다. 특히 벽력탄의 정면에 있던 방을진은 어디로 갔는지 알 수도 없었다.

결론은 신록회 무사들의 공격에 제대로 대항하지도 못한 채 죽음을
맞이하고 있다는 것이었다. 눈 하나 깜빡하지 않고 쓰러진 자들의 사
지를 하나하나 잘라 죽이는 겸성무를 보면 한 팔을 잃은 후 더욱 잔인
해진 것 같아 보였다.

실로 살인을 술 마시듯 즐기는 자였는지 입가에 슬슬 맺혀가는 미소
가 섬뜩했다. 심지어는 근처에 있던 신록희의 무사들마저 두려움에 떨
며 슬며시 다른 곳으로 피할 정도였다.

"큭큭큭! 역시 잔인함으로 치자면 내가 못 따라간다니까!"

염산혈이 못 말린다는 표정으로 싱글거리면서도 자신 역시 철추를
날려 머리를 부수는 작업을 멈추지 않고 있었다.

아마 다른 곳에서도 이런 폭발 후 잔당들을 확실하게 처리하고 있을
것이다. 벽력탄을 사용했다는 흔적을 지우기는 힘들겠지만 그래도 생
존자를 단 한 명도 남기지 않는 것이 그들의 목적이었다. 그렇게 된다
면 자신들이 벽력탄을 사용했다는 사실을 알아내는 데 적지 않은 시간
이 필요하게 될 것이다.

이리저리 움직이며 쓰러진 자들을 재차 죽이는 잔인한 짓을 벌이던
염산혈은 어디선가 미약하게 느껴지는 숨소리와 신음 소리에 잔인한
미소를 지었다. 어디엔가 여인이 숨어 있는 듯했는데 그 정체에 대한
예감이 좋았기 때문이다.

그는 거침없이 걸음을 옮겨 수풀 근처에 있는 바위 뒤로 향했다.

"큭큭큭, 역시!"

그의 예감은 적중했다. 바위 뒤의 잘 보이지 않는 작은 공간에 전신
이 그을린 방을진이 숨을 헐떡이며 있었고, 그 옆에 한 사내가 엎드린
채 정신을 잃고 있었던 것이다. 염산혈은 모르겠지만 그는 파멸잔검이

었다.

"하악… 하악……!"

숨을 쉴 때마다 입에서 피를 게워내는 것이 생명에 지장을 줄 만큼 심각한 내상을 입은 것이 분명했다. 파멸잔검은 죽었는지 살았는지 알 수 없었고, 방을진 역시 가만히 놔두면 얼마 있지 않아 죽을 것 같은 모습이었다.

"그, 그런 폭탄을… 우욱……!"

"크크크! 생각지도 못했지? 아마 너를 보낸 무제도 생각하지 못했을 거다. 으하하하! 어떻게 해줄까? 그냥 죽여줄까, 아니면 강간하며 죽여 줄까? 아니면 시간을 해줄까? 흐흐흐흐!"

끔찍한 말을 서슴없이 해대는 것을 보면 영락없는 극악 마두였다. 표정에서 진심을 읽은 방을진은 숨을 할딱이면서도 원독에 찬 눈빛을 보내는 걸 잊지 않았다.

"고, 곧… 그, 그들이… 우욱!"

"아아, 그만 말해라. 크크, 그러다 죽으면 내가 재미없게 시간을 해 야 하잖아? 크크크!"

"죽여… 버리… 아악!"

짝!

염산혈의 가차없는 손찌검에 방을진은 입과 코에서 피를 뿜으며 옆 으로 쓰러져 버렸다.

"으아악!"

"살려줘!"

"어허헝! 살려줘!"

바위 건너편에서는 겸성무에 의한 잔인한 확인 사살이 이루어지고

있었고, 그에 따라 공포심에 물든 무사들이 애원에 찬 호소를 하고 있
었다. 하지만 비명은 여전히 주변에 퍼지고 있었고, 그 비명과 울음에
영향을 받은 것인지 아니면 스스로의 욕정을 이기지 못함인지 염산혈
의 눈빛이 서서히 광기로 물들어갔다.

"호호호……!"

쫙! 찌익!

"악!"

방을진의 타다 만 옷을 어렵지 않게 찢어버리자 그녀의 나신이 드러
났다. 폭발의 화기에 의해 군데군데 화상을 입긴 했지만 멀쩡한 몸은
대조적으로 빛이 날 만큼 유혹적이었다.

"좋아, 내가 이런 맛에 산다니까! 큭큭!"

그가 허리를 숙여 그녀의 양다리를 잡아 벌렸다. 방을진은 이제 지
독한 고통에 반항할 힘조차도 없었다. 그저 빨리 죽여주길 빌 뿐이었
다.

'아니! 안 돼! 난 아직 죽을 수 없어! 제발… 여의대……!'

"크헉……!"

바지를 내려 흉물스런 물건을 꺼내던 염산혈이 돌연 두 눈을 크게
뜬 채 전신을 부들부들 떨었다. 그의 목 앞으로 검이 꿰뚫린 채 나와
있었던 것이다. 때문에 소리조차 제대로 지르지 못한 염산혈은 그 자
리에 그대로 쓰러져 버렸다.

염산혈이 서 있었던 자리를 대신한 자는 바로 남궁명욱이었다. 그
역시 전신이 화염으로 그을린 상태였지만 폭발의 범위에서 어느 정도
피했던지 몸을 가눌 수는 있는 듯했다. 하지만 창백한 표정은 얕지 않
은 내상을 입었음을 보여주었다.

"내가 이렇게 기습하는 건 네가 처음이자 마지막이라 맹세하겠다, 염산혈."

검의 피를 털어낸 남궁명욱은 방을진의 나신을 보고 잠시 멈칫했지만 이내 자신의 상의를 벗어 그녀에게 건네주었다. 그리고는 내상약을 꺼내 그녀의 입에 넣어주었다. 이것이 꺼져 가는 그녀의 목숨을 연장시켜 줄 것이다.

"판단을 잘하셨습니다. 방금 보낸 신호탄으로 그가 올 것이니 살아나갈 수 있을 것입니다."

"마검대원들은… 그리고 마검대주는……?"

남궁명욱은 쓰러져 있는 파멸잔검의 목에 손가락을 가져가 보았다. 그런 다음 몸을 뉘어 숨을 쉬는지 확인해 본 뒤 고개를 젓는다.

"이미 죽었습니다. 다른 자들은 지금 겸성무와 신록희의 무사들에게 죽임을 당하고 있습니다. 우리도 곧 들킬 것이니 도망가야 하는데……."

아무래도 힘들 것 같았다. 겸성무와 지척에 있는 데다 그녀의 내상이 너무 심각했기 때문에 다른 곳으로 이동하려면 매우 천천히 움직여야 했다. 그러다가는 시간이 문제일 뿐 겸성무에게 발각될 것이 뻔했다. 더구나 겸성무의 무공은 평상시 그의 무공으로도 승리를 장담할 수 없는데 지금 상태에서 만난다면 패배할 것이 분명했다.

'별수없이 조선영과 광마, 그리고 유림이 오기를 기다려야겠구나. 광마 그가 저 많은 자들을 상대할 수 있을까?'

아무래도 오늘은 대흉의 날임이 분명했다. 저들이 저런 폭탄을 가지고 있을 줄은 꿈에도 몰랐으며, 더더구나 저런 폭탄이 존재한다는 것은 상상도 하지 못했다. 그리고 이렇게 그것의 흉험함을 직접 겪기까지

했으니 남궁명욱조차도 은근히 두려움이 밀려왔다.

'어서……!'

"으아악!"

"크헉!"

겸성무는 마치 무언가에 홀린 듯 부상자들의 사지를 가르며 재차 죽이고 있었다. 전신은 피로 흠뻑 젖어 있었고, 그의 낫은 혈겸이 된 지 오래였다. 그가 이렇듯 예전보다 더욱 지독하게 살인에 빠진 것은 연곤현에서의 일 때문이었다.

임무는 성공했지만 찜찜한 성공이었다. 녹면쌍마가 알 수 없는 처참한 죽음을 당했고 자신은 정체를 모를 자에게 단 일 수에 팔을 잃고 도주해 버린 것이다. 그리고 청겸장은 그자에게 흔적도 없이 소멸되어 버렸다.

본당에서는 조사 후 독패삼류의 하나인 시귀류가 그들의 정체일 가능성이 높다고 했다. 시귀류는 아주 지독한 자들인데다 미친 자들이기에 절대적으로 조심해야 한다며, 백팔채주의 일인자에게 자중하라는 명까지 들은 상태였다.

하나 자존심이 너무 상했다. 천하의 겸성무가 시귀류 무공의 일수에 도망칠 수밖에 없었고, 그것도 모자라 자신을 쫓아올 것을 두려워하며 활동을 줄이라는 명령까지 들어야 하다니.

그의 손에 힘이 더욱 들어갔고, 상대의 사지는 여지없이 잘려 나갔다.

"으아악!"

"적이다!"

그때 뒤에서 신록회 무사들의 외침이 들려왔다. 살기를 뿜은 눈 그대로 뒤를 돌아보니 한 여인이 무사들 가운데로 뛰어들어 미친 듯이 칼춤을 추고 있었다. 이리 돌고 저리 돌며 화려한 검무인 양 흔치 않은 예도를 휘두르는 그녀의 모습이 아름다웠지만 겸성무에게는 죽여야 할 하나의 고깃덩어리로밖에 보이지 않았다. 머리 속에서 수십, 수백 가지의 살인 방법이 떠올랐지만 결론은 하나, 사지를 자르는 것이다. 몇 십 년간이나 고수해 온 살인법을 바꿀 리가 없었다.

"으아악!"

그녀에게 몸을 날리려던 겸성무는 그제야 염산혈이 보이지 않는 것을 알아챘다.

"염산혈, 어디 있는가?"

내공을 실어 외쳤지만 대답이 없다. 한 번 더 외쳤지만 대답이 없자 그는 염산혈이 잘못되었을 것이란 예감이 불현듯 들었다.

"무슨 일을 해도 제대로 되는 일이 없군."

그의 눈에서는 연곤현의 일과 겹쳐 분노와 살기가 한꺼번에 솟구쳤다. 일단 저 건방지게 춤을 추는 여자부터 해결할 생각이었다.

그녀에게로 몸을 날려 아무 말 없이 낫을 휘둘렀다. 겸선폭석의 수법이 그녀의 등을 향했다. 적중하면 그녀의 등살이 사방으로 비산하리라.

하지만 이미 보고 있었다는 듯 우측에 있는 무사의 허리를 오른쪽으로 회전하며 두 동강 내는 기세 그대로 돌면서 검을 횡으로 휘두른다. 이미 검에는 푸른 검기가 맺혀 있었다.

카캉!

둘의 접전에서 일단 우위가 드러났다. 겸성무의 내공이 더욱 깊었기에 그녀가 한 발 뒤로 물러나고 만 것이다.

그러나 그녀는 뒤로 물러나는 기세를 거스르지 않고 그대로 검과 몸을 회전시켜 뒤에 있던 자의 목을 베어버렸다. 목을 베고 다시 그 기세를 역으로 돌려 겸성무를 향해 다가갔다. 끊김이 없고 힘을 역행하지 않으면서 화려하고 강하며, 빈틈이 있는 듯하면서도 보이지 않았다.

"좋군."

쉽게 이기지 못할 것 같은 생각에 겸성무는 진심으로 상대를 칭찬한 뒤 이번엔 겸산추망의 수법을 시전했다. 낫이 사방으로 흩어지며 그녀의 전신을 잘라 버릴 듯 위협적이다.

하지만 그녀의 몸과 검이 함께 움직이며 일일이 겸을 모두 막아갔다. 단순하지만 결코 쉽지 않은 수법임에도 그녀는 당연한 일인 양 해내고 있었다.

하나 모두 막았음에도 내공의 우위에서 밀려 그녀는 입가에 가는 핏줄기를 그리며 뒤로 밀려 나갔다. 그래도 그녀는 그 여세를 빌어 다시 근처에 서 있는 무사들의 목을 베어버렸다. 끊임이 없는 움직임과 공방에 겸성무는 눈살을 찌푸렸다.

"모두 물러나라!"

겸성무의 명령에 무사들이 허겁지겁 뒤로 물러났다. 이제는 무사들의 애꿎은 목을 베지 못할 것이라 생각하며 겸성무는 겸강을 일으켰다.

그 모습에 조선영이 흠칫 놀란 표정이었다. 그녀로서도 겸성무의 무공이 강하다는 소리는 수차례 들어왔지만 겸강을 일으킬 정도로 강할 줄은 몰랐던 것이다.

겸강을 일으킨 겸성무는 낫을 어깨 위치로 들어올렸다. 마치 낫의 뾰족한 부분을 찍어 내리려는 듯한 특이한 자세였다. 바로 패도적이고 잔인한 겸혈(鎌血)이란 초식의 기수식이었다.

조선영도 다시 검을 검집에 넣으며 몸을 최대한 숙였다. 일격필살의 기세가 몸에서 솟아오르자 겸성무는 실로 오랜만에 전신을 맴도는 긴장감을 맛볼 수 있었다.

"좋군."

그의 입가에 서늘한 미소가 맺힌다 싶은 순간 번개같이 앞으로 튀어 나가면서 겸으로 여덟 개의 위치를 점했다. 겸강의 짙푸른 기운이 무엇이든 뚫어버릴 듯이 잔인하다.

조선영은 그의 겸이 자신의 앞에까지 다가오는 것을 보고 전신의 내공을 검에 집중시킨 후 빛살처럼 발검했다.

채채챙! 까강!

"……!"

발검한 검에서 서늘한 검강이 솟구치며 겸과 부딪쳤지만 놀랍게도 겸은 검강에 구멍을 내어버리고 검마저 구멍 내어 부수더니 이내 그녀의 몸을 위협했다. 방어의 형(形)이 전혀 없는 잔인한 초식에 조선영이 놀랄 틈도 없이 겸은 부서진 검을 헤집고 들어가 그녀의 팔과 다리에 깊숙이 박혔다 빠져나왔다. 그녀가 위기의 순간 몸을 뒤로 날렸기 때문에 실제로 깊이 들어가지는 않았지만 행동이 힘들 정도로 부상을 입게 된 것은 분명했다.

"잘 피했군."

조선영은 비틀거리면서도 자리에서 일어나려 했으나 겸에 찔린 다리에 힘이 들어가질 않았다. 짜릿한 고통이 전신을 울렸지만 조선영은 고통 서린 신음 한 번 흘리지 않았다. 그저 입술을 꽉 깨문 채 부서진 검에 의지해 끝까지 몸을 일으키려 했다.

"……."

겸성무의 눈이 또다시 잔인해졌다. 이제는 사지를 끊어버릴 차례였던 것이다.

그때 길이 열린 곳으로 누군가가 빠르게 다가오고 있었다. 경공술이 아니라 단순한 뜀박질이 존재감을 약화시켰지만 어쨌든 조선영의 옆까지 온 자는 바로 현어운이었다. 조선영을 일견한 뒤 겸성무를 노려본 그는 손에 쥐고 있던 도끼를 더욱 억세게 쥐었다.

"저자가… 사지를 잘라 사람을 죽이는 자입니까?"

그의 물음에 조선영이 고개를 끄덕였다.

"당신… 연곤현에 온 적이 있소?"

현어운은 혹시나 하는 마음에 물었고, 겸성무는 의외로 순순히 대답했다.

"연곤현의 생존자인가? 의외로군."

"…네, 네가… 호보를 죽였구나!"

"누군지 모른다. 다만 모두를 죽였을 뿐이다."

그가 무감각하게 대답하자 현어운은 순간 가슴이 싸늘해지는 것을 느꼈다. 사람을 죽이는 것에 대해 아무런 감정이 없다는 것이 그에게는 너무나 생소한 일인 것이다.

"너, 너는 왜 아무런 죄도 없는 자를 죽이지? 왜 의미없는 살인을 하냐구! 씨발! 네가 사람이냐?!"

"우습군. 의미있는 살인이든 의미없는 살인이든 살인이란 점은 똑같다. 그리고 그런 쓸데없는 이야기는 그만 하지. 살인 자체가 나에게는 인생이란 말로 끝을 내겠다."

"……!"

그의 놀라운 말에 현어운은 아무 말도 할 수가 없었다. 살인이 인생이라는 말을 도무지 이해할 수가 없었다.

"사람이… 어떻게… 사람이 그럴 수가 있단 말이냐!"

현어운은 발악적으로 도끼를 들어 그에게 달려갔다. 이렇게라도 하지 않으면 죽은 호보와 단리채빈, 그리고 많은 사람들을 볼 면목이 없었다.

"안 돼!"

조선영이 위험을 알렸지만 현어운의 귀에 들리지 않았다.

그의 어처구니없는 공격 모습에 겸성무는 잠시 어이없다는 표정을 지었지만 이내 냉정하게 돌아와 그의 사지를 자를 준비를 했다. 그가 가까이 다가오자 겸성무는 낫을 휘두르려 했지만 그의 도끼가 돌연 시야에서 사라져 버리자 그는 어떤 위험한 느낌에 본능적으로 허리를 뒤로 젖혔다.

"……?!"

눈으로 보지 못할 정도로 빠르게 도끼가 자신의 머리가 있던 자리를 스쳐 지나간 것이다. 그것으로 끝이 아니었다. 현어운의 도끼에는 내력이 없었지만 겸성무의 눈으로도 볼 수 없을 정도로 여기저기를 베어 갔고 겸성무는 순간 당황하여 이리저리 피할 수밖에 없었다. 보이지 않았지만 이렇게 피하는 것만으로도 겸성무의 능력을 능히 짐작할 수 있으리라.

수십 번 도끼가 초섬유성수로 겸성무의 몸 여기저기를 베어갔지만 도무지 적중하지 못하자 현어운은 걱정이 될 수밖에 없었다. 아직 더 휘두를 체력은 되었지만 맞히지 못하면 결국 자신이 쓰러질 것임이 자명했기 때문이다.

그가 겸성무의 허리를 베어갈 때였다. 돌연 겸성무의 낫이 기묘하게
뒤틀리더니 현어운의 도끼를 가볍게 막아버렸다. 손아귀가 끊어질 것
같은 충격에 현어운은 뒤로 비틀거릴 수밖에 없었다. 겸성무는 내력을
이용했음에도 생각지 못한 큰 반발력을 받았지만 싸늘하게 웃을 뿐이
었다.

"재미있군."

서격!

"으악!"

그의 낫이 번쩍이자 현어운의 옆구리에서 피가 주르륵 흘러나왔다.
고통스런 외침과 함께 현어운은 급히 뒤로 몇 발자국 물러났다.

"……?"

겸성무는 순간 이상한 느낌을 받았지만 별생각없이 다시 그를 공격
해 갔다. 현어운은 고통을 억지로 참으며 그의 머리를 향해 도끼를 내
려 베었다. 다른 사람이 본다면 전혀 보이지 않는 손놀림이었지만 이
미 익숙해진 겸성무에게는 아무것도 아닌 공격이었다.

챙! 서격!

"크윽!"

도끼가 다시 낫에 막히자 뒤로 밀려났으며 그 틈을 놓치지 않고 겸
성무의 낫이 현어운의 어깨를 베었다.

"……?"

겸성무는 또다시 이상한 느낌을 받았지만 역시 그를 죽여야겠다는
생각에 넘겨 버리고 다시 공격해 갔다. 현어운은 많은 피를 흘리면서
도 그에게 죽은 자들의 복수를 해야겠다는 일념으로 도끼를 휘둘렀다.
분명 의미없는 공격임이 확실했지만 이렇게라도 해야 그의 마음에 맺

힌 무언가가 풀릴 것 같았다.

챙! 서걱!

"으으윽!"

현어운은 이번에는 허벅지를 베이며 뒤로 급히 물러나고 말았다.

"…이건……?"

세 번의 공격을 하면서 받은 똑같은 느낌의 정체를 그는 이제야 알 수 있었다.

"흐흐흐, 이거 재미있군. 공격을 받는 순간 치명상을 피하다니! 난 분명 치명상을 내기 위해 공격했는데, 네가 죽지 않을 뿐만 아니라 자리에 서 있을 수 있었던 이유가 바로 그것이었군!"

겸성무는 꽤나 놀란 표정을 하고 있었다. 현어운이 보인 반응은 하루 이틀 수련해서 얻을 수 있는 움직임이 아니었다. 초절정고수는 되어야만 자신의 몸을 본능적으로 방어하기 위한 움직임을 낼 수 있는 것이다. 자신도 상대의 검이 자신의 목을 벨려는 순간 움직여 치명상이 아닌 경상으로 바꿀 수 있는 움직임을 내지는 못한다.

"이익!"

현어운은 누군가와 결투를 해본 적이 없는 자였다. 평소라면 그렇지 않겠지만 복수를 해야겠다는 생각에 쉽게 평상심을 잃었고, 고통스런 와중에도 도끼를 들고 그에게 달려갔다.

혼신의 힘이 담긴 일격이었다. 그가 항상 하던 자세. 두 손으로 나무를 찍는 자세 그대로 그의 가슴을 찍어갔다. 자세가 우스꽝스럽기 짝이 없었기에 겸성무는 속으로 비웃으며 늘 하던 식으로 낫으로 도끼를 막았다.

까아앙!

“으읍?!”

현어운이 강한 반발력과 함께 뒤로 물러났고, 겸성무 또한 이전과는 다른 엄청난 반발력을 느끼며 뒤로 두 걸음을 물러날 수밖에 없었다.

“재미있군.”

이런 하수에게 두 걸음이나 물러난 것은 그에게는 자존심이 크게 상하는 일이었다. 날카로운 살기를 내뿜으며 그에게 다가가 낫을 휘둘렀다.

“으아아악!”

사지를 찢으려 했지만 놀랍게도 현어운은 잘릴 중요 부위를 모두 피하고 단지 깊게 베일 뿐이었다. 그 모습을 본 겸성무는 슬슬 짜증이 솟구쳐 올랐다. 이대로 가다가는 한참을 베어 과다 출혈로 죽여야 하는 상황이 올지도 모르는 것이다. 그것은 그의 살인 방법에 크게 어긋나는 것이었다. 사지를 잘라야 한다.

현어운은 방금 전의 공격으로 큰 부상을 입고 사지에서 피를 쏟으며 바닥에 쓰러져 버렸기 때문에 그의 바람은 곧 이루어질 수 있을 듯했다.

“멈춰라, 겸성무!”

“오늘은 방해자가 많군.”

뒤에서 들려오는 소리에 겸성무는 천천히 몸을 돌렸다. 그의 삼 장 앞에 한 사내가 서 있었다. 창백한 표정이 내상을 입은 것임을 알 수 있었지만 눈빛만큼은 강렬하기 그지없었다. 겸성무는 오늘 본 자들 중에서 그가 가장 강한 자임을 느꼈다.

“누구냐?”

“여의대주, 전 백명부 소속 창기대주인 남궁명욱이다.”

"창기대주…… . 좋군."

창기대라 함은 백명부의 무력의 상징이었고, 창기대주라 함은 그 상징 중의 으뜸이었다. 그만큼 남궁명욱의 무공이 강하다는 의미이리라.

하나 남궁명욱의 마음은 그렇게 편하지가 않았다. 평상시라면 모르겠으나 폭탄의 여력에 휘말려 큰 내상을 입고 말았다. 지금 상태로 싸워봤자 질 것은 자명했지만 광마와 전유림이 올 때까지 시간을 벌어야 했다. 과연 두 사람이 온다고 상황이 변할 수 있을지는 모르겠지만, 지금 자신들에게 남은 희망은 두 사람뿐이었다.

검을 빼 든 남궁명욱은 최대한 시간을 끌기 위해 겸성무의 주변을 서성거렸다. 여의대의 존재에 대해 잘 모르는 그로서는 두 사람이 올 것이란 사실도 몰랐기 때문에 자신이 생각하던 것을 물었다.

"염산혈은 어떻게 되었지?"

"자신의 악업에 대한 대가를 받았다. 너 또한 그렇게 될 것이다."

"경솔하게 날뛰더니 그렇게 죽는군."

동료의 죽음에도 겸성무는 평상시와 다름없었다.

"오지 않으면 내가 간다. 핫!"

겸성무의 낫이 겸산추망의 초식을 일으키며 흩어진다. 겸기가 담겨 날카롭기 짝이 없는 낫이었지만 남궁명욱은 한 치의 흔들림도 없이 창궁무한검(蒼穹無限劍)을 시전했다. 이름만큼이나 그의 성격에 딱 맞는 검법으로 공명정대하고 웅장하며 일말의 흐트러짐도 용납하지 않는 검법이었다. 남궁세가의 성명절기 중 하나로 남궁명욱이 대성하였으며 가장 자신있는 검법이기도 했다.

치열한 격전이 시작되었다. 지금 이들의 싸움은 이곳에서 가장 강한 자들의 싸움이기도 했지만, 싸움의 승패와는 상관없이 무림제왕성과 신록희의 전투는 확실하게 결론이 난 상태였다. 신록희는 벽력탄이라는 생각지도 못한 무기를 들고 나와 압도적인 승리를 이끈 것이다.

지금의 싸움은 겸성무에게는 단순히 살인을 위한 흥밋거리였고, 남궁명욱에게는 마지막 남은 희망에 기대하는 절실함이었다.

반 각도 되지 않아 백 초가 넘는 공수가 오고 갔다. 겸성무는 상대가 겸혈을 써도 어렵지 않게 상대하자 역시 창기대주임을 느꼈다. 그것은 남궁명욱도 마찬가지로 겸성무가 아직 최선을 다하는 것도 아닌데 이렇게 상대하기 벅참에 신록희가 새삼 무수한 고수들로 넘침을 느꼈다.

어느 순간 겸성무의 겸에서 다시 짙푸른 겸강이 솟아올랐다. 남궁명욱 또한 어렵지 않게 검강을 뿜어내어 그의 낫을 상대해 갔다.

다시 십 합이 넘는 공수가 오가도 여전히 결판이 나질 않자 초조해지는 것은 오히려 남궁명욱이었다. 시간을 끌면 된다고 생각했지만 상대의 무공이 만만치 않아 내공의 소모가 예상보다 심했던 것이다. 내상을 입은 그로서는 치명적인 문제였다.

'이렇게 가다가는 내공이 고갈되어 패배하겠군.'

남궁명욱은 어떻게든 겸성무에게 큰 상처를 남기고 싶었다. 거리상으로 보았을 때 슬슬 두 사람이 도착할 시간이 되었던 것이다. 그전에 겸성무에게 큰 상처를 남기면 자신들이 살아 나갈 확률이 높아질 수 있다.

"창궁풍멸환(蒼穹風滅煥)!"

그가 사용할 수 있는 가장 강한 공격 중의 하나였다. 검을 회전시키며 수십의 위(位)를 점하자 정말 불꽃을 멸하는 무시무시한 검풍이 일어났다. 검풍 사이로 번뜩이는 검강이 얼마나 흉험한 위력을 담고 있는지 능히 짐작케 해주었다.

겸성무는 상대의 강력한 검에도 놀라지 않고 차분하게 겸천멸혼(鎌天滅魂)의 수법으로 상대해 갔다. 검강과 겸강이 난무하고 돌풍이 휘몰아쳤다. 두 무기에서 발하는 강기들이 부딪치자 마치 벽력탄이 터지는 것마냥 주위가 시끄러운 소리와 함께 심하게 울렸다.

날카로운 예기들의 여력을 견디지 못하고 신록희의 무사들은 뒤로 멀찌감치 물러난 상태였고 현어운은 온몸이 따가운 고통도 잊고 멍한 표정으로 그들을 보고 있었다. 피가 많이 흘러내려 어지럽기도 했고 자신의 무력함으로 마음도 아팠지만, 그것을 잊게 할 정도로 이들은 강했다.

'나도 그때 저렇게 강했을까?'

당연히 기억나지 않으니 알 수 없다. 다만 엄청난 수련을 해왔던 것만은 알 수 있었다.

'나도 강했다면 빈 매, 호보, 군동 모두를 잃지 않았을 거야.'

그는 또다시 덧없는 후회를 했다.

'잊지 않을게.'

현어운은 자리에서 힘겹게 일어났다. 그리고는 예기들이 비산하는 격전장으로 걸어간다.

"가지 마요! 위험합니다!"

자리에 주저앉아 싸움을 지켜보던 조선영이 그를 막으려 했지만 다리에 힘이 들어가질 않아 일어날 수가 없었다. 현어운의 알 수 없는 행동에 답답함을 느낀 그녀는 억지로 내공을 일으켜 자리에서 일어났지만 이미 그는 격전지의 한가운데로 들어간 상태였다.

"어운! 멀리 떨어지게!"

남궁명욱이 놀라 외쳤지만 현어운은 마치 넋 나간 사람처럼 그의 말을 듣지 못한 것 같았다.

현어운이 도끼를 머리 위로 치켜들고 아주 기가 막힌 순간을 포착하여 겸성무를 향해 뛰어들었다. 그때가 남궁명욱이 겸성무를 향해 공격하는 순간인지라 영락없이 합공하는 모습이 되어버렸다.

하지만 겸성무는 결코 당황하지 않고 몸을 뒤로 날려 초섬유성수를 시전하는 현어운의 도끼 날을 손으로 잡아버렸다. 손바닥에서 피가 사방으로 튀었지만 겸성무는 태연하게 도끼를 당겨 남궁명욱을 향해 밀어버렸다. 자신도 모르게 겸성무의 힘에 이끌려 버린 현어운은 남궁명욱의 검강에 속절없이 꿰뚫리기 직전이었다. 실로 겸성무의 대처가 적절하고 빨랐다.

"크읏!"

남궁명욱은 급히 내공을 회수하며 검을 물리려 했지만 너무나 갑작스럽게 발생한 일이라 검을 완전히 빗나가게 할 수는 없었다.

"으윽!"

내공을 약하게나마 담은 검날이 현어운의 배를 그대로 갈라 버렸다. 현어운이 피를 흠뻑 쏟아내며 그 자리에 주저앉아 버리자 남궁명욱은 자신의 동료를 베어버렸다는 충격에 잠시 아무것도 생각할 수 없었다.

"크윽!"

그때를 놓치지 않고 겸성무는 곧바로 겸혈을 시전하여 남궁명욱의 여덟 군데 사혈을 찍으려 했지만 가까스로 피해 죽음만은 면할 수 있었다. 하나 낫의 끝으로 깊숙이 찔려 피를 뿜으며 자리에 주저앉고 말았다. 낫으로 찍는 것은 살 안쪽으로 깊이 들어가 심하면 뼈마저 구멍을 내어버리기 때문에 실로 잔인하고 강한 수법이라 할 수 있었다.

"와아아!"

신록희의 고수들이 겸성무의 승리에 환호성을 내질렀다. 무림제왕성에 대해 실로 통쾌한 승리를 얻어냈기 때문이다.

"신록희가 무림제왕성을 이겼다!"

마치 무림제왕성을 점령한 것마냥 그들은 기뻐했다. 겸성무 또한 오랜만에 이룬 승리에 가벼운 미소를 매달고 있었다.

"재미있었다."

겸성무는 자리에 주저앉아 일어나질 못하는 남궁명욱을 향해 다가갔다. 이제 사지를 베어 죽여야 했다.

"용서 못해……! 잊지 못한다……!"

그때 현어운이 마치 죽지 않는 불사신마냥 그의 뒤에서 일어났다. 움켜쥔 배에서는 쉴 새 없이 피가 흐르고 있었지만 현어운의 두 눈에서는 지독한 분노가 줄기줄기 뻗고 있었다. 떠올리면 떠올릴수록 잊을 수 없고 슬프다. 마음이 찢어질 듯 고통스러워 몸의 고통 따위는 아무것도 아니었다.

"너부터 죽여주지."

겸성무는 망설임없이 신형을 돌려 현어운을 향해 낫을 휘둘렀다. 그때 마침 공교롭게도 현어운이 피를 너무 많이 흘려 힘이 모조리 빠져버렸는지 그대로 뒤로 쓰러져 버렸다. 덕분에 그의 낫이 허공만을 베어버리게 되자 조금은 어이없는 그였다.

"운이 좋군."

일단 죽이기로 했으니 먼저 죽일 요량에 다시 낫을 치켜들었다.

"사, 사, 살려줘!"

그때 신록희 무사들이 좌우로 갈라져 길이 나 있는 곳에서 한 사내가 피 범벅이 된 채 달려오고 있었다. 한쪽 팔이 뭉개져 있었고 옆구리는 무언가에 의해 맞은 듯 통통 부어 있어 끔찍해 보였다. 무엇보다 사내의 얼굴에 나타난 공포감이 적나라했다.

"아, 악마가, 악마가! 크헉!"

정신을 차리지 못한 채 겸성무의 앞에까지 다가가 무릎 꿇고 애원하던 사내는 겸성무의 잔인한 손속에 남은 팔다리가 잘리며 목숨을 잃고 말았다. 이런 자들이 있으면 무사들의 사기에 큰 영향을 미치기 때문에 겸성무는 망설임없이 그를 죽인 것이다.

"크아악!"

콰콰쾅!

"끄악!"

"괴물이다!"

"크하하하!"

비명 가운데에서 세상을 향해 포효하는 것만 같은 광소가 울려 퍼졌다. 하늘로 사람 신체의 일부분이었던 것들이 솟아오르고 피바람이 회오리쳤다. 때로는 사람 자체가 높이 솟아올라 바닥에 내팽개쳐졌고, 그럴 때마다 모여 있던 무사들이 정신없이 뒤로 물러나고 있었다.

광마, 그가 미친 듯이 웃으며 거검을 휘두르고 있었다. 그가 한 번 휘두를 때마다 대여섯 명의 무사가 허무하게 목숨을 잃었고, 그 상황이 눈 깜짝할 사이에 이루어져 순식간에 백여 명에 달하는 무사들이 죽자 사람들은 정신을 차리지 못하고 뒤로 물러날 수밖에 없었다.

광마의 다른 한 손에는 피가 뚝뚝 떨어져 지금이라도 펄떡일 것 같은 근육질의 팔 하나가 들려 있었다. 그것마저 그에게는 무기로 쓰이는지 무자비하게 주위를 향해 휘둘렀다. 그 끔찍한 장면에 질린 무사들은 팔에서 뿜어져 나오는 피를 맞으며 두려움을 지우지 못하고 뒤로 물러났다.

“으하하하! 죽어라! 모두 죽어라!”

일정한 초식도 내공도 없다. 오로지 힘과 거검만으로 사람들을 이렇듯 무차별적으로 학살하는 그의 가공할 무위 앞에 신록희의 무사들은 승리했다는 기쁨마저도 모두 잊어버린 상태였다.

“저건 대체……?”

겸성무는 두 눈을 크게 뜨고 광마의 행태를 지켜보고 있었다. 갑작스럽게 나타나 순식간에 무사들을 학살하고 있으니 어지간한 그도 잠시 정신을 차리지 못한 것이다. 그때 그의 앞으로 한 여인이 나타났다.

“겸성무라 했나? 제법 센가 보지?”

전유림은 태연하게 그를 향해 걸어갔다.

“괜찮아, 어운?”

“…….”

현어운은 아무 말도 하지 않고 있었다. 상처에서 흐른 많은 피 때문에 정신도 없었거니와 뭐가 서러운지 하염없이 눈물을 흘리고 있었던 것이다.

“왜 울고 그래? 울지 마, 내가 저놈 패줄 테니까.”

“우습군.”

겸성무는 누굴 먼저 죽여야 하나 고민했지만 결론은 간단했다. 일단 팔팔하게 살아 있는 것부터 죽여놔야 이 어이없는 상황에 속이 시원할 것만 같았다.

‘대체 염왕패왕은 무얼 하고 있는 건가?’

“여의대원, 연곤현 당호관 출신이다. 네놈의 그 유치한 낮질도 오늘부로 끝이다.”

“당호관……?”

겸성무의 눈빛이 심상치 않게 빛난다. 당호관의 사람이라면 밤에 모조리 죽였다 생각했거늘 아직 생존자가 있는 것이 의아했다. 하지만 그날 출타로 없었던 사람이 있었을 것이라 생각하면 수긍이 간다. 누워서 울고 있는 애송이도 그렇고, 저 이상한 소녀도 그렇지만 상황이 확실하지 않다. 그럴 때는 죽이는 것만이 가장 확실한 방법이리라.

“죽여주지, 확실하게.”

겸성무의 낯에 겹기가 실린다.

“죽여…….”

누워 있던 현어운이 돌연 흐느끼며 중얼거린다.

“죽여! 죽여야 해!”

“조용히 해. 싸우는 데 정신 사나우니까.”

전유림이 눈살을 찌푸리며 말했지만 현어운은 아무것도 들리지 않는 모양이었다.

“저놈이! 저놈이 빈 매와 호보를 죽였어! 네 아버지도 죽였단 말이다! 죽여야 해! 으아아!”

“……?!”

현어운은 소리를 지르며 자리에서 일어나기 위해 안간힘을 썼다. 그의 비명은 우렁찼지만 주변에서 들려오는 공포에 찬 비명에 묻혀 버렸다.

주변에는 광마의 압도적인 무공으로 신록희의 무사들이 폭풍처럼 이리저리 휩쓸리고 있었다. 이런 식으로 가다가는 한 사람의 무위로 인해 물러나야 하는 어이없는 일이 벌어질지도 몰랐다.

이 황당한 상황에 겸성무는 어떻게 해야 하나 고민할 수밖에 없었다. 염산혈은 죽었으며 염왕패왕은 어디로 갔는지 보이질 않는다. 결국 해결책은 단 하나, 저 여자 같지 않은 소녀를 죽이고 날뛰는 미친놈도 죽이는 것이다.

"그, 그게 무슨 말이지? 아버지가 죽다니?"

"말 그대로다. 당호관의 사람들은 모조리 내가 죽였다."

그의 말에 전유림은 믿을 수 없다는 듯한 표정으로 몸을 부르르 떨었다.

"그게 무슨 뚱딴지같은 소리야? 난데없이 잘 지내다가 네 마누라랑 호보, 아버지 모두가 죽었다니? 너, 피를 너무 많이 흘렸다. 잠 좀 자고, 겸성무 너도 낫을 갈면서 정신 차리는 것이 어때? 사람을 너무 많이 죽이다 보니 정신이 좀 나갔나 보지?"

"으아아아! 죽여 버리겠어! 으흐흐흑……!"

현어운의 평소 같지 않은 처절한 외침에 전유림은 그제야 그의 말이 거짓이 아닐지도 모른다는 생각이 들었다. 하지만 그것은 너무나 끔찍한 상황이 아닐 수 없었다.

"시끄럽군."

그를 먼저 죽이려 함인지 겸성무의 낫이 일어서려고 안간힘을 쓰는 현어운의 몸을 향해 날아갔다.

퍼어엉!

"크흑!"

겸성무는 자신의 전신을 울리는 큰 충격을 참지 못하고 피를 쏟으며 뒤로 뒹굴어 버렸다. 시선을 돌린 그사이 전유림의 장풍에 적중된 것이다.

자리에서 벌떡 일어난 겸성무는 입가의 피를 훔친 뒤 서늘하게 웃었다.

"그 딸인가 보지? 그 독특한 장력은 아비와 똑같군."

"…진짜……?"

전유림은 그의 말을 듣고 현어운의 말이 헛소리가 아님을 알았다.

"왜? 왜?!"

"자세한 것은 죽어서 저 애송이에게 들어라."

겸성무의 몸이 빨라졌다. 신록희의 무사들을 죽이는 광마의 웃음소리는 여전히 하늘을 찌르고 비명 소리 역시 그에 못지않았기 때문이다. 한 사람에게 치명적인 피해를 입는 어이없는 상황이 일어나기 전에 자신이 해결해야 했다.

겸강이 뿜어져 나와 그녀의 전신을 노렸지만 이미 지독한 독기가 뿜어져 나오는 전유림은 그냥 맞아주지 않았다.

"아니, 난 네놈에게서 반드시 들어야겠다!"

그녀의 몸이 날렵하게 뒤로 재주를 넘는다. 그렇지만 겸성무의 신형 역시 죽 늘어지듯 그녀에게 다가가 겸산추망의 수법으로 그녀의 전신을 베어버린다.

카캉!

그녀의 장풍이 재주를 넘는 와중에서도 터져 나와 부딪쳤고 겸성무는 그 충격으로 뒤로 물러났다. 일단 그녀는 충격의 여력으로 거리를 다시 둘 수 있었지만 곧바로 그에게 뛰어들어 갔다. 수 개월간 전투에서 익혀온 실전 박투술이 그의 몸에 사정없이 퍼부어졌다.

"하앗! 하앗!"

주먹이 그의 얼굴을 치는가 하면 곧바로 무릎이 솟아올라 그의 복부를 노리고, 그러는가 싶으면 몸을 돌리며 팔꿈치로 다시 머리를 노린

다. 늑대처럼 잔인하고 재빠른 살인기였지만 겸성무 또한 무림에서 잔
뼈가 굵은 노마두답게 한 번도 맞는 일 없이 모두 피해내었다.

그리고 약간의 거리를 두더니 겸혈의 초식으로 그녀의 전신 여덟 군
데의 사혈을 순식간에 찍어갔다.

카캉! 퍼펑!

이번에는 두 번의 장풍이 뿜어져 나가더니 하나의 장풍은 낫을, 하
나의 장풍은 놀랍게도 휘어서 겸성무의 몸을 다시 적중시켰다.

"으윽!"

"큭!"

하지만 겸혈의 초식을 완전히 피하지 못한 전유림은 옆구리에 깊은
상처를 입고 말았다. 겸성무 또한 장풍에 연거푸 두 번이나 맞아 가볍
지 않은 내상을 입고 말았다.

'저 형체도 없고 느낌도 없는 장력은 대체 무엇이란 말인가?'

피를 닦아내며 간신히 자리에서 일어난 겸성무는 가슴이 뻐근했지
만 참을 수는 있었다.

"하앗!"

전유림 또한 자신의 상처와 고통 따위는 상관없다는 듯 빠르게 다가
와 낮게 몸을 날려 쌍주흉타(雙肘胸打)의 수법으로 그의 가슴을 팔꿈치
로 내려쳤다. 워낙 순식간에 접근하여 낫을 사용할 빌미를 얻지 못한
겸성무는 철판교의 수법으로 황급히 뒤로 물러날 수밖에 없었다.

그런 그를 따라 달려가 원앙퇴로 가슴을 내려치려는 그때 겸성무의
몸이 꼴사납게 옆으로 뒹굴면서 낫이 다시 한 번 휘둘러졌다.

자존심을 버린 한 수였지만 효과는 있었다. 그의 날카로운 낫에 전
유림의 왼팔에 깊은 상처를 내버린 것이다.

"겨우 이 정도냐, 이 자식아!"

하지만 전유림은 고통에 굴하지 않고 재차 장풍을 날렸다. 손을 내밀자 산들바람이 그녀의 손에서 흘러나왔고, 그것은 곧 태풍이 되어 겸성무의 몸을 날리려 했다. 하지만 겸성무는 마치 기다렸다는 듯이 누워 있는 자세에서 겸을 쥔 손으로 바닥에 쳐 몸을 하늘로 솟구치게 해 장풍을 피했다. 여러 차례 당한 장풍이었으니 이제 익숙해질 때도 된 모양이었다.

몸을 솟구친 기세 그대로 그녀를 향해 내려오며 그는 절초인 겸천멸혼의 수법으로 낫을 휘둘렀다. 수많은 겸강이 사방으로 흩날리며 날아가는 겸은 닿아버리는 모든 것을 소멸시켜 버리겠다는 듯 흉포하기 그지없었다.

때마침 전유림의 안색도 그리 편하지 못했다. 무리한 장풍의 시전으로 서서히 한계에 도달한 것이다. 하루에 스무 번 정도 쓰는 것이 한계인데, 이곳으로 오기 전에 수차례 시전했으니 벌써 한계에 도달할 법도 했다.

"한 번만 더! 씨발!"

전유림은 벌써부터 닥쳐오는 겸강의 예기로 인해 입가에 피를 흘리면서도 결코 주눅 들지 않았다. 지금의 기세라면 이번 공수에서 자신이 질 가능성이 높았다. 그래도 해야 한다. 현어운의 말마따나 저놈은 자신의 아버지를 죽인 불구대천지원수이니까.

그녀의 손이 앞으로 내밀어졌다.

"……"

이렇게 그녀에게 말하고 나면 시원할 줄 알았는데 현어운은 더욱 슬펐다. 차라리 끝까지 말하지 않았더라면, 그래서 자신이 무림의 잔악함을 이기지 못하고 한 줌의 흙으로 돌아가고 난 뒤에 알았더라면 차라리 마음 편했을지도 모른다.

"난 왜……."

머리가 점점 멍해진다. 정신을 잃기 직전임이 분명했다.

"괜찮아요……?"

조선영의 말이 마치 꿈결인 양 들려왔다. 주위의 지독한 소음도 웽웽거리며 일그러지고 있었다.

"으……."

─죽여줘!

─위선자!

"그만……."

─팍! 팍! 팍!

그의 마음속에 도끼를 베는 순간이 떠오른다. 모든 것을 잊을 수 있는 순간.

그런데 이상했다. 마음으로 떠올렸을 뿐인데 이쪽과 그쪽의 경계가 보였다. 아스라이 먼 곳이면서도 그립기만 한 고향같이 따뜻한 그곳의 경계.

─이매망량의 기억은 짙은 안개 저편으로…….

"이매… 망량……."

"뭐라고요? 괜찮나요? 정신을 잃으면 안 됩니다. 겨우 그 정도로 나약한 사람이었다면 실망이군요. 방금 전의 모습은 정말 사내다웠습니다. 그 모습 그대로를 유지하세요."

조선영의 입에서 영원히 나오지 않을 것만 같던 칭찬이 쏟아져 나왔지만 그저 멍할 뿐이다.

―어떻게 그렇게 잘할 수 있지, 넌? 이매망량은 무기를 쥐는 순간 그 정도가 약해질 수밖에 없는데 오직 너는 무기를 쥐어도 가장 이매망량에 가까운 상태를 유지해. 신기한 놈!

얼굴이 보이지 않지만 말투로 보아 이호였다. 가장 강한 무공을 가지고 있었고 자신 다음으로 이매망량에 가장 가까웠던 친구.

―이매망량은 한없는 자유를 향한 끝없는 갈구……! 이매망량은 무공이 아니라 자유다! 자유로워져라! 한없이 이 세계에 가까워져라! 이 세계에 가까워진다면 저 세계와도 가까운 것이다!

자유를 향한 갈망. 이 세계와 하나가 되는 길. 그것은 오로지 마음으로만이 할 수 있는 건 아니었다. 이 세계를 사랑하고 그 세계를 갈망하며 끊임없이 자유를 원한다.

―그냥 되는 것은 아니다. 너희들의 몸 상태는 이미 이매망량이 되기 위한 충분한 준비가 되어 있다. 그러니 오직 할 것은 마음속으로 외치면 된다. '나는 자유롭고 싶다!'.

―하하하하! 그런 게 어디 있어요? 그럼 다 이매망량이 되게?

―말했지 않느냐? 너희들은 몸은 이 세계와 하나가 되기 위한 준비가 되어 있다고. 마음이 원하면 몸이 따라갈 것이다. 단, 너희들의 몸이 어떤지를 알고 저 세계와 이 세계의 경계가 어떤지를 알며 너희들의 마음이 진실로 자유로운지를 알아야겠지. 그래서 이매망량은 무공이 아니다. 기적이며 하늘의 축복이다. 이매망량을 무공으로, 살수의 법으로 만든 우리 인간은 어리석은 것이지.

'나는… 자유롭고 싶다……. 모든 속박에서… 벗어나고 싶다.'

"……!"

그 순간 그는 그립고도 한없는 충만감을 맛보고 있었다. 그리고 이 세계와 저 세계의 경계에서 한없이 자유로운 자신을 느꼈다. 세계가 느려지고, 그래서 개구쟁이처럼 이리저리 뛰어다니고 싶었지만 그는 자신이 처한 상황을 알고 있었다.

'이것이 이매망량! 자유를 향한 갈망이다!'

그때 전유림과 겸성무의 최후의 공방이 오가고 있었다. 겸성무를 보았지만 분노도 느껴지지 않는다. 오직 자유로움과 충만감, 그리고 그리움뿐이다. 바닥에 있는 도끼를 주워야겠다 생각한 순간 이미 도끼는 자신의 손에 쥐어져 있었다. 그 순간 그의 몸이 하마터면 폭발할 것만 같은 고통에 이매망량이 풀릴 뻔했지만 이내 원래대로 돌아왔다.

'이것이 무기를 쥐기 싫어하는 이매망량의 속성이다!'

그와 겸성무와의 거리는 팔 장. 이미 그는 그곳으로 가 있었다.

"앗?!"

조선영은 그의 상체를 일으키려다 깜짝 놀라고 말았다. 갑자기 그의 몸이 자신의 시야에서 감쪽같이 사라져 버렸기 때문이다. 하늘로 증발해 버렸다는 말이 이때만큼 어울리는 것도 없으리라.

"이, 이게 대체……?!"

그때 마침 전유림과 겸성무의 마지막 공방이 오고 가는 중이었다. 일촉즉발의 상황. 겸성무의 낫이 천지를 뒤덮으며 전유림의 전신을 찢어발기려는 듯 사나웠다.

"크악!"

그때 놀랍게도 겸성무의 하나 남은 팔이 이유도 없이 피를 뿜으며 잘려 나갔다. 주인을 잃은 팔이 하늘 높이 숫구치다 땅에 떨어져 부르르 떨었다. 못다 시전한 겸천멸혼을 아쉬워함이리라.

그리고 전유림의 혼신의 힘을 다한 마지막 장풍이 뿜어져 나가 저항력을 잃은 겸성무의 배를 그대로 뚫어버렸다.

"으아악!"

땅에 처박힌 겸성무는 그대로 목숨을 잃고 말았다. 그리고 그의 옆에 현어운의 몸이 갑자기 나타나더니 자리에 쓰러진 채로 움직일 줄을 몰랐다.

"……!"

이 상황을 모두 지켜본 조선영과 남궁명욱은 멍한 표정으로 죽어 있는 겸성무와 옆에 쓰러져 있는 현어운을 바라보고 있을 뿐이었다. 대체 무슨 일이 일어났었는지 도무지 모르겠다는 표정이었다.

여전히 광마는 광소를 지으며 무자비한 살육을 자행하고 있었으며, 신록희 무사들은 아무런 명령도 내려지지 않자 하나둘 장내를 이탈하기 시작했다.

"채주님이 죽었다!"

"염왕패왕 채주님도 도주했다! 모두 피해!"

겸성무의 죽음을 본 이들은 광마의 무시무시한 무공에 대한 공포와 더해져 걷잡을 수 없는 사태로 이어졌다. 무림제왕성에 압도적인 승리를 얻었음에도 광마의 무공과 겸성무의 죽음에 너나 할 것 없이 도주하기 시작한 것이다.

어느새 앞으로 걸어 나온 방을진과 남궁명욱, 그리고 조선영은 착잡한 심정으로 그 모습을 바라볼 수밖에 없었다. 이제 어느 쪽의 승리도 아니었다. 벽력탄으로 인해 엄청난 피해를 입었으며 뛰어난 무인이었던 마검대주가 죽었다. 그리고 방을진도 언제 회복될지 모를 큰 부상을 입었고, 여의대원도 광마를 제외하고는 모두가 심한 부상을 입었다. 착잡하지 않을 수 없을 것이다.

'결국 이 싸움은 광마에 의해 패배가 무승부로 되어버렸군. 성주께서는 여의대를 창설하신 효과를 본 셈이구나. 광마의 무공, 그리고……'

방금 전에 보았던 현어운의 믿지 못할 상황. 몸이 완전히 사라지더니 아무도 모르게 겸성무의 팔을 잘라 버린 것이다. 아마 성주는 현어운의 그러한 능력을 알고 있었을지도 모른다고 생각하며 남궁명욱은 두 눈을 감았다. 너무 피곤했다.

第七章

그녀는 아프다

　　이매망량이 되었을 때 같은 이매망량은 서로의 존재를 미약하게나마 느낄
수 있다. 같은 부류끼리는 잘 통한다는 것이 적당한 비유가 될 것이다. 하지
만 간혹 친구들 누구도 나의 기척을 느끼지 못할 정도로 완벽한 이매망량을
이룰 때가 있었다. 완벽한 이매망량, 그것은 완벽한 자유이다. 몸으로 느끼고
마음으로 느끼는 것이기 때문에 항상 같은 정도의 이매망량을 이룰 수는 없
다. 그렇지만 나는 마음속으로 항상 갈망했다. 완벽한 자유를……!

그가 정신을 차리게 된 것은 은은한 흔들림 때문이었다. 어머니의 등만큼 포근한 것은 아니었지만 나름대로 푹신한 느낌에 눈을 뜬 것이다.

"물…….."

"여기."

무뚝뚝한 여인의 목소리와 함께 현어운의 얼굴에 물이 그대로 흘러내렸다.

"……."

물이 흘러내려 옷 속으로 들어갈 때까지 현어운은 잠시 상황을 파악하지 못했다.

"입에다 넣어줘."

"알아서 핥아 먹어. 나도 힘없어."

목이 심하게 말랐기 때문에 그는 혀를 내밀어 입 옆으로 흘러내리는 물을 마구 핥아 먹었다.

그런 모습을 남궁명욱과 광마, 그리고 조선영이 말없이 지켜보고 있었는데 남궁명욱은 끝내 참지 못하고 피식 웃으며 물었다.

"괜찮은가?"

"네……. 여긴 어디죠?"

"하남성 평정산(平頂山)을 막 지나쳤네. 우리는 어제 대양 지부에서 하루의 요양을 마친 후 이렇게 고급 마차를 타고 무림제왕성으로 복귀 중이지."

"넌 사 일을 연달아 자다 이제 일어난 거야."

"오래 잤네. 악몽도 안 꾸었으니 다행인가……."

"헛소리."

"다 끝난 거야?"

"그래, 살아남은 자는 우리와 낭인무사대원 삼십 명뿐이다."

전유림의 말에 남궁명욱과 누워 있는 방을진의 표정이 어두워졌다. 이렇게 큰 패배는 무림제왕성 역사상 처음 있는 일일 것이다. 그만큼 벽력탄의 위력은 압도적이었고, 겸성무의 무공도 놀라웠다.

설령 겸성무를 죽였다고 해도 광마가 아니었다면 이곳에 있는 모두가 죽었을지도 모르는 일이다.

광마는 전유림과 길을 달리해 염왕패왕의 팔을 잘라 버리고 패주시킨 후 미친 듯이 신록희의 무사들을 죽여 공포감을 안겨주는 방식으로 모두 도망가게 만들었다. 그것이 광마가 의도한 것이든 아닌든 간에, 결론적으로 그의 도움이 절대적이었다는 사실은 바뀔 수 없었다.

"그런데 그 무시무시한 폭발은 대체 무엇 때문이었습니까?"

그에 대한 답은 남궁명욱이 했다.

"확실하지는 않지만 폭탄이다. 구슬 형태로 된 폭탄이 어떤 무림문파에 의해서 제조된다는 말을 들은 적이 있지. 그런데 너무 오래된 이야기인데다 전설적으로만 내려와서 믿지 않았어. 구슬만한 크기의 폭탄 하나가 수백 명은 죽일 수 있다고 하더군."

"그게 말이나 돼? 어떻게 작은 구슬 하나 따위가 그렇게 많은 사람들을 죽일 수 있지?"

"적절한 비유는 아니지만 황궁에서 쓰는 공성용 포탄을 작게 하여 그 포탄 안에 수백을 죽일 수 있는 엄청난 불꽃이 담겨 있는 것이라 보면 된다."

"……."

한낱 구슬만한 크기의 폭탄으로 인해 너무나 많은 자들이 죽어버렸다. 이루 말할 수 없는 아픔이 가슴을 저민다.

"배는 괜찮아? 내장이 튀어나올 정도로 베였다."

전유림의 말에 현어운은 자신의 배를 살짝 만져 보았다. 약간 쓰라린 것을 제외하고는 활동에 큰 문제가 없을 듯했다. 혹시나 해서 배에 힘을 조금 주었지만 큰 문제가 없었다.

'이상하군. 이매망량 때문인가?'

이매망량은 자신도 잘 모르는 많은 효력이 있었다. 아마 빠른 치유 능력 또한 그중의 하나가 아닐까 생각하며 고개를 끄덕여 보였다.

"이상하게 괜찮네? 움직여도 큰 문제가 없을 것 같아."

"잘됐군. 나랑 같이 갈 데가 있었는데 말이야."

전유림의 뜬금없는 말에 현어운은 조금 불안해졌다.

"어, 어딜?"

"연곤현."

"……."

"같이 가줄 거지?"

"우, 우린 아직 임무가 끝나지 않았어. 무림제왕성에 도착해서 보고도 해야 하고……."

"그딴 것 상관없어. 여기 여의대주가 알아서 해결해 줄 거야. 위대한 여의대주니까 말이야."

"……."

그래도 현어운은 연곤현에 다시 가고 싶은 마음이 없었다. 갔다가 마음이 약해져 다시 돌아오지 못할 것 같았기 때문이다. 그리고 전유림이 텅 비어버린 당호관을 보고 어떤 반응을 보일지 몰라 두려웠다.

"난 그래도 쉽게 복수했으니 행복한 년이군. 그때 너답지 않게 큰 도움을 줘서 고맙다."

"나답지 않다니……."

"가자."

그녀는 마부에게 소리쳐 마차를 멈추게 했다. 덕분에 마차 옆에서 걸음을 같이하던 스무 명의 무사들 또한 멈출 수밖에 없었다.

"정말 갈 것인가? 하지만 어운의 말대로 우리는 아직 임무가 끝나지 않았다. 무림제왕성에 도착할 때까지는 함부로 이탈하는 것을 허락할 수 없다."

남궁명욱의 완고한 말에도 전유림은 전혀 상관하지 않았다.

"허락 안 해도 돼. 난 가면 되니까."

"유림!"

"갈라진 배에서 또 한 번 피가 흐르고 싶진 않겠지?"

남궁명욱의 외침을 무시한 그녀의 말에 현어운은 할 수 없이 자리에서 일어났다. 두 사람이 마차에서 내리자 남궁명욱은 난처한 표정을 지었지만 무력을 써 막을 생각은 없어 보였다.

"고향에 갔다가 복귀하지. 임무 완수 휴가라고 생각해."

"하아……."

그들이 가버리자 조선영이 두 눈을 뜨고 남궁명욱을 보았다.

"현 공자가 은근슬쩍 도망갔군요. 물어볼 것이 많이 있었는데."

"언젠간 알게 되지 않겠소. 누구나 비밀은 있는 법이니… 그저 잘 다녀오길 빌 뿐이오. 은원 관계의 문제 같은데 잘 풀어내고 오길."

현어운과 전유림은 십 일 후 연곤현으로 들어서고 있었다. 연곤현으로 들어서면서 불안한 눈을 한 것은 현어운뿐만이 아니라 전유림도 마찬가지였다. 아직도 아버지와 식솔들 모두가 죽었다는 사실이 제대로 실감이 나지 않는 그녀로서는 이제 실상에 부딪치게 되자 마음이 떨리고 있는 것이다.

"이제 왔으니 그냥 가자."

현어운의 어이없는 말에 전유림이 그의 팔을 꽉 잡았다.

"아악! 아파!"

"그냥 들어갈까, 부수고 들어갈까?"

"그, 그, 그냥 들어가! 아파!"

두 사람은 다시 걸음을 옮겼다. 몇 개월이 지났음에도 연곤현의 모습은 너무나 익숙하고 정겨웠다. 하지만 두 사람은 무거운 마음으로 들어설 수밖에 없었다.

“넌 네 집이나 가봐, 난 당호관에 갈 테니. 일각 후에 섬수원으로 갈 테니 기다려.”

“그래⋯⋯.”

이곳으로 오면서 현어운이 아는 모든 사실을 이미 그녀에게 말한 상태였다. 섬수원으로 간다는 말은 곧 그녀 아버지의 무덤을 옮기겠다는 의미였다.

섬수원에 도착한 현어운은 자신의 몸이 예전과는 달리 아주 날아갈 듯 가벼운 것을 새삼 느낄 수 있었다. 여의대원들과 헤어진 후 이곳에 도착할 때까지 힘들다는 생각을 전혀 해본 적이 없었다는 것 하나로도 그의 몸상태를 대변해 주었다.

‘이매망량 때문이겠지⋯⋯. 휴, 다시 난 기억하고 말았다.’

전유림과 함께 있으면서 그에 대한 생각을 하지 않았으며 다행히 전유림도 그에 대해 묻지 않았다. 그래서 자신도 떠올리지 않고 있었지만 혼자가 되니 어쩔 수 없이 생각이 나고 말았다. 이매망량을 이루기 위해 했던 수많은 수련들, 그리고 절대적인 자유를 찾던 자신의 몸부림. 이매망량이 되는 기억을 떠올린 것이다.

“그런데 아직도 기억나지 않는 게 있어. 대체 뭐지? 무섭기도 하고 절실하기도 하고⋯ 무언가가 남았어, 분명.”

기억나지 않는 건 기억나지 않는 대로 있는 것이 좋다. 무섭다는 느낌이 드는 것이라면 분명 위험한 것이리라. 이매망량을 이룬 것만 해도 이제 세상에서 자신을 어떻게 할 수 있는 자가 없는데 굳이 다른 것을 기억해 낼 필요는 없었다.

무덤가로 간 현어운은 몇 개월 사이에 무덤을 뒤덮은 풀을 보고 가슴이 아려왔다. 자신이 두고두고 보살펴야 하거늘, 그 책임을 지지 못했기 때문이다. 그는 별생각없이 도끼를 들어 키 높이만큼 자란 잡초들을 자르기 시작했다. 빨리 벨 생각에 초섬유성수를 사용하려던 그는 순간 자신의 도끼에서 솟아나는 푸른 기운에 깜짝 놀라 징그러운 무언가를 던지듯 저 멀리 던져 버렸다.

"대, 대, 대체 그게 왜……? 아!"

그는 자신의 멍청함을 질책했다. 이매망량을 이룰 수 있으니 이제 내공도 되찾은 상태였다. 물론 다른 사람들은 자신의 내공 흐름을 결코 느낄 수 없을 것이다. 이매망량의 영향을 받았기 때문인데, 무공을 익혔다는 사실도 알지 못할 정도로 은밀하여 자신조차 그것을 인식하지 못했다.

"하지만 난 이매망량만 알지 무공은 기억이 나지 않아. 앗! 그러고 보니 내가 기억하지 못하는 위험한 게 무공이 아닐까?"

그럴 가능성이 높았다. 자신이 내공을 사용하는 경우는 두 가지로, 하나는 이매망량에 들어갈 때와 유지할 때이고, 다른 하나는 무공을 사용할 때이리라. 그리고 그는 자신의 내공으로 검기나 부기(斧氣) 같은 걸 만들 줄 모른다. 그런데 지금 자신도 모르게 부기가 나왔다면 자신이 이전에 알고 있던 무공 때문이 아니리라.

"그럼 사일체……?"

그는 바닥에 던져진 이 빠진 도끼를 들었다. 마음을 가라앉히고 초섬유성수의 구결을 떠올리며 기를 운용해 보았다. 분명한 것은 육기가 단전으로 모인 뒤 십이기로 나뉘어지지 않는다는 것이다. 그런데 거기까지임에도 도끼에서 짙푸른 기운이 뿜어져 나왔다. 방금 전의 부기와는 또 다른 느낌의 것이다.

"이건… 부강(斧罡)?!"

그가 아는 바로는 분명 부강이었다. 더욱 놀라운 것은 부강을 시전하고 있음에도 전혀 힘이 들지 않는다는 것이다. 보통 아무리 절정무인이라도 자신이 가장 잘 사용하는 무기에 기를 넣고 강을 형성하는 것이 고작이었다. 익숙하지 않은 다른 형태의 무기에 원래의 무기처럼 기를 넣고 강을 형성하기란 보통 어려운 일이 아니었다.

"난 예전에도 도끼를 사용했었나?"

살수가 도끼라니 정말 어울리지 않았다. 살수는 암기와 독, 은신술, 독 바른 단검 등을 사용하는 것이 일반적이지 않은가?

"그것도 아니라면 그럼 난 천재?"

그건 분명 과대망상일 것이다. 알 수 없는 것은 깊이 생각하지 않는 그였기에 곧 그 생각을 지워 버렸다. 그저 풀을 베기 쉽게 되었다 생각하며 나무를 베듯 얼마 지나지 않아 그 많던 풀을 모두 베었다.

"후! 사일체라는 게 이런 거였군. 그런데 갑자기 사일체를 이루다니… 이매망량과 초섬유성수의 공통점이 상승 작용을 일으킨 것일까?"

초섬유성수에서 말하는 자연과의 일체는 이매망량에서 말하는 이쪽과 그쪽의 경계로의 돌입이란 의미와 어찌 보면 비슷하다 할 수 있었다. 하지만 섣불리 확신할 수 없기에 그저 자신의 상황을 받아들일 뿐이었다.

"빈 매, 내가 왔소. 잘 지냈소?"

그는 두 번 절한 뒤 아련한 눈빛으로 무덤을 바라보며 현세에 없는 그녀에게 말을 걸었다.

"아직도 실감이 나진 않는데… 다행인 건 아직도 내가 당신을 사랑하고 있다는 것이오."

한동안 말없이 무덤만 바라보다 어느 순간 자신도 모르게 눈물을 흘렸다. 소리없는 눈물이니 그동안 울던 모습과는 사뭇 다르다. 그만큼 이제 아픔에 조금 적응했다는 의미이리라.

"혼자서 청승 떠네."

언제 왔는지 전유림이 그의 뒤에서 이죽거렸지만 현어운은 아무 말도 하지 않았다. 고개를 돌려 그녀를 보니 두 눈이 퉁퉁 부어 있다. 피식 웃을 수밖에 없다.

"너도 우냐?"

"안 울었어. 내가 울 일이 있나?"

"그래도 귀여운 구석이 있네? 하하!"

"…무덤이나 옮기자. 이런 냄새 나는 곳은 아버지가 싫어해."

"내, 냄새 나다니? 이게……?"

두 사람은 티격태격하면서도 전웅의 무덤을 옮기기 시작했다. 이미 한 줌의 흙으로 돌아간 그였기에 시신이 남았을 리가 없지만 다행히도 썩은 냄새를 풍기는 천 조각만은 남아 있었다.

조심스럽게 보자기에 싸 당호관으로 간 그녀와 현어운은 한 시진 동안 두 개의 무덤을 당호관 안에 만들었다. 하나는 전웅의 무덤이었고 다른 하나는 식솔들의 합동 무덤이었다. 그들에게 절을 하고 염을 한 뒤 두 사람은 전유림의 방이 있던 건물 안으로 들어갔다. 몇 개월째 방치되어 있었기에 거미줄이 여기저기 쳐져 있고 분위기는 황량하기 짝이 없었다.

"슬픔을 빨리 극복하는 걸 보면 나보다 낫네, 유림이 네가."

"당연하지. 너보다 못한 사람이 어디 있겠냐?"

"……."

"아버지가… 아무 말씀도 남기지 않으시던?"

“일찍도 물어보네.”

“그래? 난 늦게 물어보는 건 줄 알았는데 다행이군.”

“…그거 농담이지?”

“대답이나 해.”

“나보고 장풍을 배우라고 하셨다.”

“…유언이 뭐 그따위냐?”

“그, 그따위라니? 얼마나 장엄한 순간이었는데…….”

“장엄하기도 했겠다. 그래, 배울 생각은 있어? 전에 배우고 싶다고 했으니 대답은 굳이 할 필요 없겠네. 그럼 지금 배우자.”

“뭐? 왜 갑자기……?”

“갑자기라니? 네가 아버지의 유언을 들은 지가 몇 개월은 됐는데 아직 장풍의 구결 한 자도 모르고 수련법 하나도 모르잖아? 그게 인간으로서 할 짓은 아니지. 오늘 무슨 일이 있어도 두 가지 수련법 중 하나는 익혀야 해.”

그녀는 곧바로 자리에서 일어나 빛이 바랜 탁자와 의자를 구석으로 몰아넣었다. 그리고는 태극권과 비슷한 기수식을 취하더니 천천히 움직이기 시작했다.

예전에 전웅이 하던 수련법과 거의 같은 움직임임을 그는 기억해 냈다. 물 흐르듯 자연스럽고 바람에 흔들리는 버드나무가지처럼 부드럽다. 세상의 원리인 원을 끊임없이, 그리고 진리의 끝으로 향하는 양손의 움직임이 유구하다. 질풍처럼 원을 그리고 번개처럼 팔이 뻗어 나간다. 그런가 하면 세상이 정지한 듯 답답할 정도로 천천히 뻗었던 팔을 가슴으로 모으며 발을 끌어 모은다. 강과 유, 동과 정이 하나로 어우러진 멋진 움직임임은 분명했다.

'아름답다!'

현어운은 그녀가 그토록 아름답다는 생각을 단언코 오늘 처음 하게 되었다. 머리칼이 흩날리며 소매가 펄럭이는 소녀의 모습은 누가 봐도 춤을 추는 선녀의 자태였다.

"야, 입가에 침 흐른다. 내가 예쁜 건 아는데 좀 참아라, 추하니까."

"……."

할 말이 없다. 침을 닦는 그에게 전유림의 충격적인 말이 들려왔다.

"다 외웠냐?"

"…아니."

"두 번 더 할 텐데 그때까지 다 못 외우면 몇 대 맞고 다시 시작하자."

"…꼬, 꼭 그래야 해? 천천히 시간을 두고 장기적으로 익히면 안 될까?"

"무림인들은 이런 말을 자주 해."

"무슨?"

"시한부 인생 같은 무림인들에게 여유란 사치일 뿐이다."

"……."

결국 열 대를 얻어터지고 난 후 한 번 더 시전하는 것을 보고 어설프게 따라 할 때 돌연 누군가의 기척이 들려왔다.

"계십니까?"

"사람도 살지 않는 이곳에 누구냐? 귀신이면 물러가고 사람이면 꺼져라!"

전유림의 말에 밖에 있던 사내는 황당함에 잠시 말이 없다가 간신히 말을 꺼냈다.

“전 무림제왕성에서 왔습니다. 여의대주님의 명령을 전달하기 위함입니다.”

“그럼 꺼져라!”

“……”

“하, 한 달 안으로 복귀하라는 명입니다. 새로운 여의대원이 들어올 것 같다면서 현재 심사 중이니 영입식 안으로 돌아와야 한다고 했습니다.”

황당하면서도 기분이 나빠진 사내는 그렇게 말하고는 말없이 사라져 버렸다. 그녀의 말대로 꺼져 준 것이다.

“사람을 상대할 때 그게 뭐야? 너무 예의가 없잖아.”

“예의는 너한테 하는 것만으로 충분해.”

‘나한테 예의를 차렸었냐? 처음 안 사실이다.’

생각뿐 당연히 입 밖으로는 꺼내지 않았다.

“오늘 내로 다 익히고 내일 바로 출발하자. 혹시 여기에 남고 싶으면 남아도 돼, 그건 네 일이니까.”

“아니, 나도 복귀하겠어.”

“그래.”

현어운은 아직 그녀에게 당당해지지 못했다고 생각했기 때문에 그런 결정을 내렸다. 더구나 전유림을 보살펴 달라는 전웅의 유지도 있었다. 그때는 그 말을 지키기란 불가능했지만 이제는 어느 정도 될 것이다. 아무도 자신이 얼마나 강해졌는지를 모르지만 자신은 이제 어느 정도 알 수 있었다. 이매망량이 되는 것만으로도 죽일 수 없는 사람이 없을 것이고 누구도 자신을 어찌할 수 없다.

돌연 마음속에서 자만감이 불끈불끈 솟아오른다.

'흐흐! 귀영무혼일살 현어운이다! 비무를 신청한다, 전유림! 그간 괴롭힘당한 복수를 하겠다!'

"뭐야, 그 표정은? 굉장히 재수없어. 눈 깔아."

"……."

"그러고 보니 흑정을 살펴본다는 것을 잊고 있었군. 출발은 이틀 뒤로 미루자."

제왕부주 막심은 처음으로 올려야 하는 대패의 소식에 난감하기 이를 데 없었다. 물론 성주는 이미 알고 있겠지만 무제가 성주로 등극한 이후 이렇게 크게 패한 적은 전무했기에 어떤 반응을 보일지가 걱정이었다. 물론 황정 지부의 패배도 있었지만, 그것은 이번의 전투와는 다른 성질의 것이었기에 이번이 처음 맛본 큰 패배라 할 수 있었다.

하지만 덕분에 우려하고 있던 그것이 실제함을 알 수 있었고, 이제 성주는 그 둘의 행적지에 대한 모든 정보력을 기울일 것이다.

"호북성 양중 지부로 떠났던 전력이 패하고 현재 하남성 대양 지부로 이동 중입니다. 양중 지부는 신록희에 의해 몰살당했습니다."

무제에게 부복을 한 뒤 조심스럽게 말을 꺼내자 의외로 담담한 말이 나온다. 항상 그러했지만 오늘도 변함없는 모습이었다.

"피해 인원은?"

"전멸에 가깝습니다. 여의대원 전원 생존, 흑맥부 부지부장 생존, 그 외 낭인무사대 서른두 명 생존입니다. 나머지는 모두 실종되거나 사망 처리되었습니다."

"벽력탄을 사용한 것이 확실한가?"

"저의 소견으로는 확실합니다."

“세 개의 벽력탄이라……. 강수를 두었군.”

“그렇습니다. 이번 전투는 벽력탄의 진정한 위력을 알아보기 위함이었을 겁니다.”

“벽력신천문(霹靂神天門)의 존재가 확실해졌다.”

“그렇습니다.”

“무슨 수를 써서라도 찾아라. 시간은 얼마가 걸려도 상관없다.”

무제는 이 말을 여의대를 창설하기 전에도 했었다. 그만큼 혈명강시와 벽력탄의 존재는 엄청난 것이었기에 무제가 그토록 신경을 쓰는 것이리라. 세력의 판도를 바꿀 정도로 위협적인 존재들.

“존명!”

애초 계획한 대로 여의대가 그들을 맡게 될 것이다.

삼 주가 조금 더 지나서 무림제왕성에 도착한 두 사람은 신분패를 보인 뒤 곧장 여의대로 향했다. 여의대로 들어가 남궁명욱에게 보고를 마치자 그가 곧바로 내일 있을 새 대원의 영입식에 대해 말했다.

“마침 딱 맞게 돌아왔다. 내일 아침에 새로 올 자에 대한 영입식이 있을 예정이야. 새로 올 여의대원은 만위령(萬偉玲)이란 여인으로, 나이는 서른 살이고 약 한 달 반 전에 낭인무사대원으로 들어왔다. 명천성에서 그녀의 무엇을 보고 여의대원으로 뽑았는지는 모르지만, 일단 표면적으로는 비도술이 뛰어나다고 한다. 서른 살이니 다들 늦게 들어왔다고 텃세 부리지 말고 예우를 해주도록.”

“아줌마군.”

전유림은 그 한마디와 함께 자리에 풀썩 주저앉았다. 딱히 할 일이 없는 것이다. 아버지의 죽음에 대한 충격은 이미 싹 잊은 듯 태연한 표정이다.

그 모습에 왠지 모를 안도감을 느낀 현어운은 자신도 무얼 할까 생각하다 곧장 모태강을 보러 갔다.

"네? 하남성(河南省)으로 갔다고요?"

"그렇소. 금탁의 움직임이 심상치 않다고 하여 하남성으로 갔소. 아마 그곳에서 금탁과의 전투를 벌이지 않겠소?"

모태강과 조원들이 항상 훈련을 하던 곳에 오니 그들은 없고 다른 낭인들이 훈련을 하고 있었다. 그래서 그들에게 모태강의 행방에 대해 묻자 한 사람이 알고 있었는지 대답해 주었다.

"언제 돌아오는지 아십니까?"

"글쎄? 보통 한곳으로 이동하면 웬만해서는 다른 곳으로 이동하지 않소. 거의 그곳에서 뼈를 묻지."

"음, 고맙습니다."

그는 큰 아쉬움을 느끼며 자리에서 벗어났다. 성격이 괴상하긴 해도 누구보다 올바른 사람이며 강한 사람인 것에서 큰 정을 느끼고 있었다. 오막우 역시 이곳에서 전투와 훈련을 통해 끝까지 살아남은 같은 조원으로서 모태강 못지않은 정을 느끼고 있는 자였다. 전유림과 함께 자신이 친하게 지내고 있는 자는 그 두 사람이 전부였는데 두 사람 모두 돌아오지 않을 먼길을 떠났다. 하지만 자신은 지금 당장은 하남성으로 갈 일이 없었다.

"휴우… 나도 이제 여의대에서 하루종일 죽치고 앉아 있어야 하나?"

그랬다가는 전유림에게 장풍이나 익히라고 채찍질당할지도 모른다. 그날 당호관에서 밤새도록 장풍 수련법을 익힌 것을 생각하면 치가 떨릴 정도이다. 그래도 어떻게 어떻게 해서 태극권과 비슷한 그 수련법을 다 익히긴 했지만 다른 수련법과 구결을 암기하는 것이 아직 남았으니 불안하기 짝이 없었다.

"그래도 외워야지… 약속을 했으면 해야 하지 않겠어?"

현어운은 또 이리저리 성 외부를 맴돌다 성 내부로 들어갔다. 성 내부 모두를 돌아다닐 수는 없었지만 일부 지역은 모두에게 개방되어 있었다. 그중 하나가 그가 예전에 잠시 신세를 졌던 활생당이었는데 그는 지금 그곳으로 가는 중이었다.

예전에 섬수원에서 일한 적도 있고 자신도 겉핥기식이나마 의술을 할 수 있다. 그런고로 활생당은 자신과 결코 무관한 곳이라 할 수 없었다. 인사나 할 겸 안으로 들어간 그는 예전보다 많은 사람들이 있음에 놀랐다.

"무슨 일로 오셨습니까?"

의녀로 보이는 백의를 입은 한 여인이 물었다.

"아, 그… 누구더라……? 여기 흰 수염에 흰옷을 입은 나이 드신 의원 분을 만나러 왔습니다."

그는 백의생사의의 이름을 모르기 때문에 그렇게 말할 수밖에 없었다. 하지만 의녀는 이곳에 있는 의원들 중 그런 모습을 한 사람은 딱 한 사람뿐이었기에 알아들을 수 있었다.

"당주님을 말씀하시는군요. 그런데 지금 당주님께서는 진료를 하신 후 휴식 중이시라 약속을 한 사람 외에는 아무도 만나지 않습니다."

"그렇군요. 죄송합니다."

그의 예의 바름이 마음에 든 듯 의녀는 살포시 웃으며 말했다.

"후에 공자께서 오셨다고 말씀드리겠습니다. 성함이……?"

"아, 아닙니다. 전에 급하게 신세를 진 적이 있어서 감사의 인사를 드리기 위함이었으니 제 이름을 알 리가 없습니다. 후에 당주님께서 한가하실 때 한 번 더 뵈러 오겠습니다. 그럼……."

현어운은 민망함에 이름을 밝히지 않고 그냥 나와 버렸다. 이곳에 온 이유는 어디까지나 무료함과 조금의 연관성 때문이었으니 차라리 안 만나는 게 나을지도 몰랐다. 자신을 기억할 리도 없거니와 만나서 무슨 말을 하겠는가?

"그러고 보면… 그때 조 소저가 상처 입었을 때 봉합술을 한번 해주어야 했는데… 아쉽군. 다음에 여의대원 중 다친 사람이 있으면 반드시……."

상처 봉합술은 꼭 한 번 해보고 싶었다. 하나 상처 봉합술이야말로 의원이 명의로 거듭나기 위한 필수 능력임을 그는 알기나 할까?

"봉합술? 네놈이 무슨 봉합술을 들먹이는 것이냐? 의술을 좀 하나 보지?"

"헉!"

그는 깜짝 놀라 소리가 들린 우측으로 고개를 돌렸다. 그곳에는 웬 늙은 거지 하나가 자신을 바라보고 있었다. 퀘퀘한 냄새가 슬슬 풍기는 것이 영락없는 거지였다.

"아! 어, 어르신이군요."

"낄낄, 이 어르신의 얼굴을 기억하는 것을 보니 아주 꽝은 아니구나. 나는 개방의 태상장로로 만정개 겸요헌이다. 만정개 어르신이라고 부르거라."

그도 개방이 무엇인지 알고 태상장로가 무엇인지 알기에 깜짝 놀라며 허리를 숙여 예를 취했다.

"네, 만정개 어르신."

"으하하하! 실로 마음에 드는구나!"

사실 만정개 어르신이라고 존칭받는 일이 별로 없었기 때문에 이렇게 기뻐하는 것이다. 그는 익살맞은 말투와 농을 자주 내뱉는 것과는 별개로 정과 협을 매우 중요시하며 이에 대해 매우 완고했기에 아무나와 사이좋게 지내는 사람이 아니었다. 또 그의 신분에 나이 어린 소협들과 쉽게 친분을 가지기도 힘들었다. 또 그러고 싶어도 마음에 드는 자들이 없었으니, 이런 존칭을 들어본 적이 그다지 없을 수밖에.

"이곳에는 웬 일이냐? 또 다친 것이냐?"

"아닙니다. 그냥……."

"그냥 여기 왔다고? 하긴… 내 듣기로 여의대가 지지리도 하릴없는 곳이라 들었지. 훈련도 없고 딱히 싸울 때를 제외하곤 일도 없는 곳이니 하루종일 여의대에 죽치고 있든지 이렇게 싸돌아다닐 수밖에 없겠지. 들어가자. 온 김에 한추 그 늙은이나 보고 가."

"네? 그, 그분이 누구신지요?"

"전에 보았던 그 늙은이다. 활생당주이지."

안으로 들어간 두 사람은 현어운이 방금 보았던 의녀에게 기별을 넣었다. 의녀는 현어운이 개방의 태상장로와 알고 지내는 사이임을 몰랐던지 꽤나 놀란 눈치였다.

어쨌든 전에 본 활생당의 뒤뜰로 들어간 두 사람은 그곳에서 정원을 보며 휴식을 취하는 백의생사의를 볼 수 있었다.

"아무튼 늙으면 남는 건 만사태평에 지겨운 취향뿐이라니까."

"그래, 왔구먼. 호오, 그새 저 젊은이랑 친해진 건가?"

"앞에서 만난 것뿐이야."

“그래, 몸은 괜찮나? 한 달 전의 싸움에서 엄청난 피해를 입었다고 들었네. 듣기론 그 폭탄도 터졌다는 말을 들었는데?”

“벽력탄이지. 염병, 그 저주받은 전설의 무기가 진짜로 있을 줄 누가 알았겠나?”

“그, 그게 벽력탄이란 것이었습니까?”

오히려 직접 겪은 자신보다 더 잘 아는 듯하자 체면 불구하고 물었다.

“벽력신천문이란 곳이 있지. 삼백 년 전쯤 그 신비 문파에 대한 말이 처음 나왔을 거야. 무공도 무공 나름대로 강하거니와 무엇보다 네가 겪은 그 벽력탄이란 것을 만들 수 있는 곳이기도 하지. 그걸 백 개만 가지고 있다고 생각해 봐라. 아마 중원의 문파란 문파는 모조리 박살날 게다. 끔찍하지. 그걸 신록희가 가지고 있다는 말은 아주 심각한 것이야. 신록희가 그간 한 짓거리를 보면 결코 정의 구현이니 그런 건 아닐 것이니까.”

“성주께서 어련히 알아서 하시겠나? 그나저나 용케 살아 돌아왔구먼. 거지의 용호풍운장 한 방에 기절까지 하는 사람이 말이야. 허허허!”

“예끼! 내 용호풍운장 한 방이면 죽는 사람이 중원의 구 할은 될 게야!”

“하하! 용케 살아났습니다. 다 다른 대원들 덕분이죠.”

“아무리 운 좋게 살아났다고 해도 그걸 직접 보지 못한 우리를 포함한 다른 자들은 결코 그렇게 생각하지 않아. 운도 실력의 일부이지. 그 끔찍한 전투에서 살아나온 것을 보면 제법 실력이 있다는 소릴 들어도 무방해.”

“감사합니다, 만정개 어르신.”

“응? 호칭이 왜 그런가? 이보게, 자네. 거지한테 그런 존칭을 쓸 필요는 없네.”

“흥! 나 정도면 그런 존칭을 받아도 되지 무슨 불만이 그리 많은가?”

“흠… 그나저나 여의대가 전원 살아 있다는 말은 그만큼 실력이 뛰어난 자들을 모았다는 말이 되겠군. 게다가 생존 능력 또한 높다는 말이 되겠고.”

백의생사의의 말에 검요헌이 고개를 끄덕였다.

“무슨 꿍꿍이가 있는지 도무지 모르겠단 말이야?”

“음… 젊은이, 자네는 어떤 생각을 가지고 있나?”

“네? 무슨 말씀이신지……?”

“이럴 줄 알았다. 내 네놈이 생긴 것부터 생각없이 살 것이라 생각했지. 저 개기름 늙은이 말은 여의대가 어떤 목적을 가지고 새롭게 개편되었냐는 의미야!”

그의 호통에 움찔하던 현어운은 괜히 이곳에 왔다는 생각을 하면서 대답했다.

“그, 그야 중요 인물의 구조, 탈환, 파괴 공작 등을…….”

“줄줄 읊는구먼, 줄줄 읊어. 무제는 결코 정파인이 아니다.”

“네?”

“극단적으로 말하면 쓰나, 거지 늙은이. 그렇다고 성주는 마도인도 아니지.”

“그렇군요.”

현어운은 정사에 대한 개념이 없었기 때문에 그러려니 하고 대답했지만 두 사람은 이상한 표정으로 그를 바라보았다.

"정말 생각이 없는 건가? 허참, 이런 놈은 또 처음이네. 현어운이라 했지? 앞으로 현 소제라 부르겠다. 현 소제, 무제는 결코 아무 이유 없이 순수한 의미로만 여의대를 만든 게 아니라는 것이지."

현 소제라고 부른다는 것은 결코 간단한 의미가 아니었지만 현어운은 예전에 섬수신의와 이런 비슷한 관계를 가져왔기 때문에 깊게 생각하지 않았다.

"그럼 다른 의미가 있다는 말인가요? 그게 무엇입니까?"

"우리도 몰라서 너의 생각을 물어본 것 아니냐, 이 바보야!"

검요헌은 그의 답답함에 다시 호통을 쳤다.

"으이구… 예전에 내 첫째 제자만큼이나 답답하구먼. 이봐, 한추. 아무래도 이 녀석은 아닌 것 같아. 아무리 봐도 적합한 인물이 아냐."

"흠… 그래도 마음이 순수하건만……."

"마음만으로 되겠나? 인성이야 참으로 마음에 들지만 능력이 안 되면 부담만 주는 꼴이 되는 거야!"

"무슨 말씀을 하시는지……?"

현어운은 그들의 뜬금없는 말에 정신을 차리지 못했다.

"그래도 무제가 직접 지명한 인물이기에 기대했는데… 바보인지 아니면 가장한 것인지… 휴우……."

"전 바보가 아닙니다!"

예전에 섬수신의에게 놀림받던 기억에 결국 발끈하며 한마디 했지만 돌아온 것은 차디찬 냉소뿐이었다.

"넌 바보가 맞아."

"……."

"무언가를 원하고 있는 것이 분명해. 내 생각이 맞다면 그는 금탁과 신록회를 일거에 쓸어버릴 무언가를 찾고 있을 것이야."

"그런 게 있을까?"

백의생사의의 물음에 검요헌은 자신있게 고개를 끄덕였다.

"암, 있고말고."

"그게 무엇인가?"

"예를 들자면 벽력탄이지. 벽력탄을 신록회에게서 어떤 방법을 써서라도 탈취하는 것일세. 혹은 벽력신천문을 찾아 여의대로 하여금 잠입시켜 벽력탄을 모조리 빼돌리는 방법 같은 것 말이야. 만약 벽력탄이 무림제왕성의 손에 들어온다면, 앞으로 무림은 백 년은 더 넘게 무제와 그 후손의 세상이 되겠지."

"으음… 하지만 벽력탄은 금기된 무기야. 나타났다는 것으로도 문제이지만 사용한다면 무림 전체가 등을 돌릴 걸세. 성주가 과연 그것을 감당하려 할까?"

"자, 잠깐만요. 벼, 벽력탄을 무림제왕성이 탈취한다니요? 그게 정말 말이 되는 것입니까? 어떻게 사람이 그렇게 비인간적인 무기를 사용할 생각을 할 수 있는지……."

"내가 말했잖아, 무제는 정파인도 마도인도 아니라고. 그저 무림제왕성을 최고로 만들 수 있으면 수단과 방법을 가리지 않는 정치꾼과도 같아. 그것도 아주 고단수의. 또한 개세 절학의 무공을 소지하고 있지. 당금의 현실은 그의 세상임을 부정할 수는 없어. 또 그가 없으면 당장 일어날 엄청난 피의 폭풍을 무시할 수도 없지. 그래서 내가 가만히 있는 거야."

"허허허! 거지가 가만히 안 있는다면 어떻게 할 건가? 전 중원의 거지들을 풀어서 어떻게라도 할 속셈인가 보지?"

그의 농에도 검요헌은 아무 말도 하지 않았다. 그저 심술맞은 표정으로 그를 노려볼 뿐이었다.

"만약 네가 그런 명령을 받게 된다면 어떻게 할 것 같은가?"

"잘 모르겠습니다. 그런 명령을 내린다면… 받아들이지 않고 싶군요."

"이런 데서는 완고하니 마음에 드는군. 그런데 말이야, 다른 자들은 너처럼 그렇지 않을 수도 있어."

"네?"

"다른 여의대원들 말이야. 명령에 절대 복종하는 여의대주도 그렇고, 해동마녀 또한 만만치 않지. 광마, 그 미친놈이야 내가 본대로라면 살인만 할 수 있다면 어디든 갈 것이지. 투장괴녀는 나도 잘 모르겠다만 그 세 사람은 네가 가지 않는다고 변할 게 없는 자들이다."

"하하하! 설마 그런 명령을 내리겠습니까?"

"설마가 사람 잡는다지, 이놈아?!"

"그때는… 제가 어떻게든 막아보죠."

"잘도 막겠다, 네놈이."

그의 말에 믿음을 가지는 표정은 아니었지만, 그래도 그의 대답이 둘 모두의 마음에 든 듯한 눈빛이었다.

"우리는 잠시 남아서 할 이야기가 있으니 너는 이제 나가보거라."

검요헌의 축객령에 현어운은 인사한 뒤 곧장 나가 버렸다. 그도 이곳에서 어려운 이야기를 더 이상 하고 싶지 않은 것이다.

"자네 생각이 과연 맞을까?"

"맞아. 무제는 무황 못지않게 피도 눈물도 없으면서 심기는 오히려 아비를 뛰어넘어. 자기 딸을 전장으로 몰아넣은 뒤 뒤통수 쳐서 죽인 것만 봐도 확실해.”

검요헌은 무제와 측근 외에는 아무도 모르는 사실을 잘 알고 있는 듯했다.

“음… 성주가 정말 그렇게 했다고 믿고 싶지는 않아.”

“나도 그런 심정이지만 무황의 핏줄이라면 충분히 그럴 수 있어. 그런 것을 보면 그가 벽력탄을 회수하라는 명을 내리지 못할 것도 없지.”

“그렇게 된다면…….”

“무림은 끝이다. 아니, 사실 모르겠어. 무황, 무제의 존재 자체가 이미 혼돈 그 자체거든. 있어서도 안 될 존재였지만 지금에서는 있어도 없어서도 안 될 존재가 되어버렸어. 무제가 없으면 자유로운 세상이 되겠지만 그를 위해 상상도 하지 못할 피가 흐르겠지. 하나 확실한 것은 벽력탄이 무림제왕성의 손에 넘어온다면 끔찍한 일이 벌어진다는 것이야. 엄청난 피를 흘릴 것이고, 우리는 또 한 번 눈물을 삼켜야 되겠지. 몇십 년 전 무황이 나타났을 때처럼.”

그의 심각한 말에 백의생사의는 아무 말도 하지 못했다.

“승룡회(乘龍會)가 움직이려면 아직 멀었어. 요원한 일이지. 어쩌면 영원히 가라앉아 잠룡회(潛龍會)가 되어야 할지도 몰라.”

“허허, 잠룡회라……. 이름은 참 좋구먼.”

“낄낄! 나쁘지는 않지?”

두 사람은 무거운 가슴을 농으로 던져 버리려는 듯 가볍게 미소 지었다. 하지만 자신들의 어깨에 매달린 무거운 짐을 벗어던질 수는 없음을 너무나 잘 알고 있었다.

“허억! 헉! 헉!”

“아음……!”

질펀한 소리가 방 안을 가득 메웠다. 사내의 울부짖음이 거칠어질수록 여인의 교성도 갈수록 높아갔다. 뜨거운 열기가 겨울에 가까워진 차가운 밤을 잔뜩 데워놓고 있었다.

“좋아! 아아!”

여인의 목소리는 열락에 젖어 있어 확연하지 않지만 무척이나 아름다웠다. 땀을 흘리며 붉은 입술을 혀로 적시는 여인. 곧 입이 일그러지더니 그녀의 등이 활처럼 휘며 두 사람은 절정을 맞이한다.

“으윽!”

“하아……!”

열락의 끝은 허무였다. 두 사람 모두 그것을 확연히 느끼고 있었다. 정(情)이 빠진 열락은 그저 그 순간만 뜨거울 뿐이다.

사내는 곧 그녀의 몸에서 떨어져 침상 옆으로 누웠다. 가쁜 숨을 몰아쉬더니 이내 일어나 옷을 입었다. 어깨에 달린 금색 천이 그의 신분을 보여주었다. 낭인무사대의 금의급 무사였다.

“내일 일이 있어 먼저 가보겠다.”

“…….”

그가 나갈 때까지도 여인은 아무 말이 없었다. 잠이 든 것인지 깊은 생각에 빠진 것인지 두 눈을 감은 채였다. 백옥 같은 피부와 어려 보이는 얼굴은 이십 초반의 나이로 착각할 수도 있겠지만, 그녀의 실제 나이는 올해로 서른이었다.

얼굴이 딱히 아름다운 것은 아니지만 귀여운 면이 있어 남자들이 많이 따랐다. 사귐성 있는 성격에 솔직한 언행이 그에 한몫했는데, 그 사내도 자신의 그런 면에 끌려 다가왔다.

'하지만 사내자식들은 다 똑같지.'

가지고 나면 버린다. 사내들은 끈기가 없다. 빨리 불타올랐다 빨리 식어버리고는 언제 그랬냐는 듯 냉정해진다.

'너도 똑같아.'

그는 방금 나간 금의급 낭인무사를 향해 가볍게 조롱했지만 이런 비웃음이 실은 자신에게도 향함을 그녀는 알고 있었다.

매일 남자 없이는 살 수 없는 몸이 되어버린 지금이지만 그것은 어디까지나 몸일 뿐이었다. 그녀의 마음은 몸이 그렇게 변해갈수록 점점 더 굳어져 가고 있었다.

'그래, 나도 똑같지. 죽어 시원찮을 가운데 것 달린 새끼들과 마찬가지야.'

그녀는 자신의 눈가에 살짝 맺힌 눈물을 금침으로 살며시 찍어냈다. 눈물이 사라지고 나타난 그녀의 표정은 그야말로 눈이 부셨다. 귀여운 얼굴에 맺힌 도발적이며 유혹적인 미소는 어색하지 않고 너무나 잘 어울렸다.

그녀는 언제나 그렇게 웃으면서 사람들을 상대해 왔다. 모두 그가 자신을 버린 후부터였다. 대신 이렇게 웃으면 자신의 몸이 필요로 하는 사내들을 무한정 얻을 수가 있으니 편하기도 했다.

"호호호호……."

그녀의 나지막한 웃음이 방 안을 울렸다. 그녀를 위해 특별히 준비한 방이라고는 하지만 초라하기 그지없었다. 무림제왕성에 있는 지인의 부탁으로 이곳에 와 스스로 낭인무사대에 들어왔는데, 돌연 내일은 여의대로 가라 명한다.

위대하신 성주의 명이니 어길 마음은 없었다. 다만 무엇을 하는 곳인지는 몰라도 자신의 더러운 몸을 원하는 멋진 남자가 많기를 빌 뿐이었다.

그렇게 생각하는 그녀는 자신의 마음 한구석이 끊임없이 허전하게 비어 있음을 알고 있었다. 그 허전함은 자신이 죽을 때까지 지속되리라.

"어머? 귀엽네, 동생?"

여의대의 대기실로 만위령이 들어서자마자 한 소리가 바로 그것이었다. 그 대상은 의외로 현어운으로, 그녀의 눈빛이 자신을 향하고 있음을 안 그는 어리둥절한 표정으로 되물었다.

"나 말입니까?"

"그래, 동생이라 불러도 되겠지? 정말 귀엽구나. 호호호!"

"좋겠다, 어운. 그런데 아무리 봐도 우리보다 나이가 많은 것 같지는 않은데?"

"그렇지? 그런데 너보다는 나이 많아 보여."

현어운의 말에 전유림은 할 말이 없는지 입을 다물었다.

"당신이 현어운?"

그녀와 함께 온 명천성주 지성(智星) 제갈소하가 흥미로운 눈빛으로 그의 위아래로 살폈다.

"네."

"듣기와는 달리 아주 순하게 생기셨군요. 저번 환평구 전투에서 겸성무를 죽이는 데 큰 일조를 했다는 말을 들었어요."

명천성주는 이제 예전과는 다르게 일선에 나서지 않는다. 무황의 죽음에 간접적으로나마 관여했던 명천성과 암천성이었던 만큼 무제는 더 이상 명천성을 신임하지 않았다. 그래서 명천성주로서 뛰어난 능력을 가진 그녀임에도 무림제왕성의 주된 전력이 되지 못하고 어둠에 묻히고 만 것이다. 그나마 명천성은 그 기능의 일부나마 수행하고 있지만 암천성은 아예 사라지고 없었다.

"제가 무슨 큰일을 했다고. 저보다는 다른 대원들 덕분이었습니다."

겸성무를 들먹이는 것이 썩 기분 좋은 일은 아니었지만 일단 체면치레는 했다.

"겸손하기까지 하고. 호호호, 동생, 이름이 뭐야?"

귀여운 얼굴인데다 사근사근한 말투 때문인지 현어운은 자신도 모르게 침을 삼켰다. 그녀에게 혹해서 그런 것이 아니라 왠지 모를 불안감을 느꼈기 때문이다.

그녀의 요사스러운 분위기가 싫었던지 남궁명욱이 눈살을 찌푸리며 말했다.

"자, 명천성주님의 입회 하에 입대식을 시작하겠소. 그러니 다들 지정해 준 자리에 서길 바라오. 그리고 만 소저는 여기로 오시오."

"어머, 소저라니, 고마울 따름이에요."

"결혼하지 않은 것으로 알고 있기에 그렇게 불렀는데 혹시 마음에 안 들면 다른 호칭으로 부르겠소."

"아니에요. 제가 예쁘진 않지만 어려 보이죠. 만 소저란 호칭, 충분히 마음에 들어요. 호호호!"

그제야 여자다운 여자가 왔다는 생각을 잠시 하는 현어운이었다. 사실 대놓고 말하자면 전유림과 조선영은 일반 사내들이 생각하는 여인의 관념을 벗어난 자들이었기 때문에 여자라 볼 수 없었다.

'그만큼 편한 건 사실이었지. 아, 조 소저는 빼고. 그나저나 저 여인은 매혹적이라 위험할 것 같은데……'

더구나 자신을 바라보는 그 눈빛이 심상치 않았다. 이매망량을 기억해 내고부터는 이전보다 관찰력이 훨씬 늘었기에 그런 느낌을 받은 것이었다.

일각가량을 남궁명욱과 만위령의 추천인인 명천성주의 말을 지루하게 듣고 나서야 형식적인 절차가 끝이 났다.

"어이, 대주! 이런 거 안 하며 안 돼? 당사자도 힘들어하는 입대식은 대체 왜 하냐고? 너도 말하면서 지루해하는 표정이더만?"

전유림의 날카로운 지적에도 남궁명욱은 태연함을 유지하며 말했다.

"지킬 것은 지켜야 한다. 아무리 허례허식이라 생각될지라도 그 속에는 당위성이 포함되어 있지. 자, 이제 모두들 만 소저와 인사를 하길 바라오."

이 마음에 들지 않는 대원들에게 반드시 예의라는 것을 가르쳐 주겠다는 의지였다.

"반갑군요. 해동마녀 조선영이라고 해요."

"호호호, 반가워요, 동생. 앞으로 잘 지내면 좋겠어."

"연곤현 당호관주 전유림이다. 눈웃음은 좀 자제해 주길 바라."

"어머? 하대가 자연스럽네? 특이한 동생이야. 반가워요, 동생."

"연곤현 나무꾼 현어운입니다."

"그래, 현어운이라고? 호호호, 나무꾼이란 소개도 새롭네? 오랜만에 마음에 드는 동생을 만나 기분이 좋아. 누나가 오늘 술을 사고 싶은데……."

"아, 다, 다 같이 마시는 게 옳을 것 같습니다만?"

현어운은 그녀의 적극적인 접근에 크게 당황해하며 자신도 모르게 뒷걸음질쳤다. 몸에서 나는 냄새도 향긋할뿐더러 웃음마다 요사스러움이 넘쳤다. 조금만 더 수위를 넘으면 요녀(妖女)의 반열에 들 만했다.

"흐응, 난 동생과 단둘이 마시고 싶은데?"

"자자, 장난은 그만 하시오. 부대주와 인사를 하고 싶으면 만 소저가 직접 가서 하는 것이 빠를 것이오. 그럼 이것으로 입대식을 마치겠소. 오늘 저녁에는 만 소저가 들어온 것을 기념하는 저녁 식사가 있을 것이니 모두 필히 참석하시오. 누누이 말하지만 대원들 간의 화합이 잘 되어야 임무에 있어서 결코 실패가 없을 것이니 불참하는 일은 없길 바라오."

'불참' 이란 말에 힘을 주어 말한 뒤 남궁명욱과 명천성주는 같이 나갔고, 조선영 또한 자리에서 일어나 어디론가 가버린다. 마검대주의 죽음 이후 차기 마검대주의 후보에까지 오른 그녀였지만 많은 경쟁자들의 견제로 꽤 지쳐 보였다.

그러나 애초부터 스스로 원하던 자리가 아니었기 때문에 마검대주는 다른 자가 되었고, 그녀는 그냥 여의대에 남기로 했다. 여의대 자체에 대한 좋고 나쁨을 표현하지 않는 그녀였지만, 마검대주의 자리를 뿌리치고 이곳에 남은 것을 보면 나름대로 이 일이 마음에 드는 모양이었다.

"많이 힘든가 봐. 평소에는 항상 냉정함을 유지했는데 오늘은 마음이 좀 복잡한 듯한데?"

현어운의 아무렇지도 않은 듯 하는 말에 전유림이 고개를 갸웃거린다.

"그래? 평상시와 다름이 없던데. 괜히 그녀의 상황을 너의 감정으로 대입시키지 마."

"그, 그런가? 하지만……."

그는 분명 그런 느낌을 받았다. 평상시와는 달리 꽤 다른 모습이었다.

현어운이 그녀에게서 받은 느낌에 고심할 때 만위령은 두 눈을 감은 채 암석처럼 앉아 있는 광마의 앞에 서 있었다.

"그대가 광마인가요? 낭인무사대에서도 아주 유명하더군요. 호호호, 이렇게 만나서 반가워요."

"……."

늘 그렇듯 대답할 가치가 없는 말은 철저히 무시하는 그였다.

"당신… 술을 좋아한다고 들었는데……?"

"하지만 여자는 그다지 좋아하는 것 같진 않던데?"

전유림이 끼어든다. 오랫동안 같이 있었던 것은 아니지만 그녀가 본 광마는 술과 살인을 즐기지 여인을 탐하는 모습은 단 한 번도 본 적이 없었다.

"어머! 사내 중에 여자를 싫어하는 사내가 있을까, 동생?"

그녀는 묘하게 웃으며 광마를 향해 좀 더 다가갔다. 향긋한 향기가 광마의 코를 더욱 자극하자 광마의 눈썹이 일순간 꿈틀거렸다. 그 모습에 만위령은 더욱 짙은 미소를 짓더니 묘한 콧소리를 내었다.

"흐응… 오늘 저랑 술 어때요? 저도 당신 못지않게 술을 좋아하는데……."

“바람둥이였군. 방금 너한테도 술 같이 마시자고 그랬잖아?”

“그, 그, 그래……”

현어운은 기녀들이나 할 법한 언행을 서슴지 않고 하는 만위령을 보고 얼굴이 빨개진 상태였다. 도무지 저 여인의 정신 상태를 이해할 수 없다는 생각과 함께 시선을 돌려 버릴 때 광마의 잔혹한 음성이 들려왔다.

“냄새 나는 계집, 꺼져라! 한 번만 더 냄새를 풍겼다간… 큭큭, 술 말고 내가 좋아하는 것으로 널 대해주지.”

“호호호호!”

그녀의 목소리는 누가 들어도 시선을 빼앗을 만큼 아름다웠다. 때문에 그 목소리에서 나는 웃음소리 또한 말할 수 없이 매력적임은 어느 사내도 부정할 수 없으리라.

웃음을 그친 그녀가 마치 그의 얼굴을 쓰다듬으려는 듯 천천히 그의 얼굴을 향해 손을 내밀자 소매에서 빗살 같은 무언가가 튀어나갔다. 하나 광마는 가볍게 고개를 틀어 그것을 피했고, 날아간 그것은 벽에 깊숙이 박혔다.

“호호호, 여인을 그렇게 대하다간 이런 경우도 당할 거예요.”

광마는 아무런 반응이 없었지만 전유림과 현어운은 그녀가 그를 한 번만 더 건드린다면 그때는 무시무시한 검이 사방을 날아다닐 것임을 알았다.

“비도?”

“암습이네? 치사하긴.”

“하지만 상황이 아주 좋았어. 웬만한 사람은 피하지도 못했을 거야.”

　전유림은 차사하다 말했지만 현어운은 그와 달리 그 수법에 칭찬하였다. 그의 말에 전유림이 놀란 눈으로 그를 보았다.

　“네가 어떻게 그걸 알아? 그러고 보니 너 요즘 이상한데? 간간이 어울리지 않는 말을 하는 횟수가 늘고. 마치 뛰어난 무림인인 양 말이야. 그때 그 사건 이후 일부러 묻지 않았는데 한번 말해 볼까?”

　“뭘 말이야?”

　“네가 갑자기 낫 장수의 팔을 자르고 나타난 것 말이야.”

　“아, 그거? 이런, 나의 무공이 그새 한층 발전했군.”

　“일단 맞고 시작하자, 그럼.”

　“아, 아, 아니야! 섬수신의한테 배운 거야. 잘 안 됐는데 그날은 어떻게 하다 보니 된 것이고. 으억!”

　퍽!

　자기가 한 말은 반드시 지키는 그녀는 그가 말을 했음에도 어김없이 주먹을 그의 배에 꽂아 넣었다.

　“소 잃고 외양간 고치는 셈이지.”

　“어머, 우리 동생이 어린 소녀에게 너무 당하는 것 아니니? 남자라면 여인에게 약한 모습을 보이면 안 돼.”

　그녀가 나긋한 손으로 그의 어깨를 감싸며 말했다. 고통에 허리를 숙인 현어운을 위로하는 모습이었지만 당사자는 결코 그렇게 느낄 수가 없었다.

　“헉! 괘, 괜찮습니다! 이거 놓으세요!”

　“으응? 누나를 너무 박대하는 것 아냐? 섭섭해……..”

　“…….”

　현어운은 이 이상한 여자들 사이에 있으니 자신도 미칠 것만 같은 기분이었다.

'뭐, 이런 야한 여자가 다 있어? 그리고 유림은 여자가 아닙니다.'

"그러고 보면 여의대에는 정상적인 여자가 없군."

"어? 알고 있었구나?"

현어운은 오랜만에 옳은 소리를 하는 전유림을 반가운 눈빛으로 바라보았다.

"그래. 조선영도 그렇고, 저 만위령이란 노처녀도 그렇고 정상적이지 않아. 여인다운 맛이 없어."

"……."

"어머, 그렇게 말하는 동생도 만만치 않아 보이는걸?"

"너보단 나아."

'아니, 비슷해.'

현어운은 그 말을 차마 입 밖으로 내뱉지 못했다.

第 八 章
만독색신(萬毒色神)

　간혹 초선득의 눈빛을 보면 두려운 감정이 들곤 했다. 아마 그때가 그 비극의 시작이 아니었을까? 누구도 이루지 못한 이매망량의 끝에 가까이 이른 나의 본능은 나 자신조차 알 수 없을 정도로 정확했던 것이다. 어찌 되었든 초선득은 언제나 엄했으며, 무공을 지도할 때는 잔인하고 냉정했다. 그래, 그래서 그 당시 그를 보았을 때 여전히 두려운 마음이 남아 있었던 것이리라. 강력한 무공, 여전히 잃지 않은 이매망량에 대한 열정, 잔인한 마음, 속을 알 수 없는 깊은 심기. 그때의 그는 완벽한 자였다. 나 따위는 비교도 되지 않을 정도로. 하지만 그로 인해 나의 자유가 구속되는 것이 싫었다. 나의 이매망량을 통한 이 자유는… 나의 인생이다. 내가 나이를 잊지 않으려는 것처럼 이매망량을 통한 자유는 나 자신이 있다는 것을 알게 해주는 또 하나의 매개체였다.

"만독색신?"

"네, 신록희의 백팔채주 중 알려지지 않은 오 인 중 한 명이죠. 스스로를 그렇게 부르는데, 독공이 매우 뛰어나고 또한 별호만큼 여인을 탐하는 데 미쳐 있는 자입니다. 그가 이끄는 천오백 명의 무사로 인해 강소성 훈양 지부로도 부족해 비밀 지부까지 나서게 되었어요."

"그렇게 대단한 자입니까?"

남궁명욱과 명천성주는 여의대 건물 뒤편에서 심각한 이야기를 이어가고 있었다.

"독공이 그 전례를 찾을 수 없을 정도로 강한 자입니다. 독이란 것이 웬만한 고수도 힘들어하는데, 그는 용독술뿐만 아니라 깊이를 알 수 없는 뛰어난 독공도 익힌 자입니다. 그의 독에 중독되면 일단 싸움이 불가하다고 해요. 다양한 종류의 용독술도 문제지만 그가 익힌 독공이 뛰어나 스치기만 해도 중독이 되거나 죽으니 어려운 싸움일 수밖에요. 특히 지독한 독이라 해독하는 데 적어도 삼사 일은 걸리니 고전을 면치 못하고 있습니다. 그래서 비밀 지부에 가 있는 백명부 부지부장이 나서기로 했습니다."

"부지부장……."

원래 백명부 부지부장의 자리는 무공보다는 다른 여러 가지 능력을 같이 보고 뽑았다. 하지만 예전의 단리채빈을 지키다 사망한 마형의 일례로 인해 백명부에서는 이제 무공을 우선순위로 하여 뽑기로 했다. 그렇게 해서 창기대주인 남궁명욱과 아무런 직도 없지만 뛰어난 무공으로 각광받던 무당의 검현자(劍玄子)가 후보로 올랐었고, 남궁명욱의 양보로 그가 부지부장이 되었던 것이다. 이제 스물여덟인 젊은 나이에 남궁명욱과 우열을 가리기 힘든 뛰어난 무공을 지니고 있으니 무에 대한 재능이 매우 대단한 자라 할 수 있었다.

"오 일 뒤에 강소성 훈양으로 출발하라는 성주님의 명입니다."

그녀는 품에서 성주가 직접 쓴 명령지(命令紙)를 꺼내 그에게 건네주었다.

"성주께서는 백명부의 부지부장을 보호하고 그의 명령에 따르라 하셨습니다. 여의대 기본 방침상 기타 모든 것은 여의대주께 위임됩니다. 이번 강소성 지부의 싸움이 끝날 때까지 부지부장을 지키세요."

"……"

남궁명욱은 굳은 얼굴로 글을 읽고 고개를 끄덕였다.

"그럼 저는 가볼게요. 부디 무사 귀환하시길."

그녀는 가볍게 미소 지어 보인 후 자리를 떴다. 열여덟 살 때부터 그 천재성이 무림에 자자했으나 여인으로서 가지기 쉽지 않은 강직한 성

품으로 인해 무제를 탐탁지 않게 여겨왔으며, 이를 공공연히 타인에게
표현하기도 했다.

　제갈세가의 명성을 보아 죽이지는 않았지만 무제는 그녀를 명천성
주로 넣어버렸다. 뛰어난 머리를 가진 데다 마음에 들지도 않았으니
허울뿐인 명천성주의 자리에 넣는 것이 무제로서는 그녀를 제어시킬
가장 효과적인 방법이었을 것이다. 명천성은 무황의 암살 사건 이후
그 일부의 기능만 발휘할 뿐, 주요 기능은 잃어버린 상태였다.

　무제는 자신이 믿는 자들 외에는 결코 중용하지 않았다. 태극탈명비
동주나 제왕부주가 그에 속했고, 또 하나 더 포함시키자면 흑맥부주와
백명부주였다. 명천성은 이미 권력의 자리에서 벗어나 있었다.

　그녀의 뒷모습을 안타깝게 바라보던 남궁명욱은 이내 명령지에 적
힌 검현자의 이름을 보고 나지막이 한숨을 쉬었다.

　"검현자……. 쉬운 임무가 아니겠군."

　"강소성으로 간다고요?"

　"그렇다. 지금 곳곳에서 금탁과 신록희의 도발이 강해지고 있다. 모
두가 성주님의 여식이었던 신마녀의 죽음이 확실시되면서부터 일어난
일들이지."

　"…그녀가 그렇게 대단했어?"

　전유림이 이해할 수 없다는 표정으로 묻자 남궁명욱도 어깨를 으쓱
일 뿐이었다.

　"글쎄, 신마녀의 자질이 뛰어나긴 했지만 그것보다는 성주님의 자제
로서 가지기 힘든 생각을 하고 그것을 과감히 실천에 옮겼다는 것을
무림인들은 기억하고 있지. 그녀가 죽기 전 활동하던 오 년간 무림제

왕성에는 어떤 활력이라는 것이 있었다. 철저한 자신의 이상을 가지고 사람들을 이끌다 보니 그만큼 죽는 사람도 많았고, 신록희와 금탁과의 싸움에서 승리도 많이 이루어냈었지. 그런 점에서 신록희와 금탁이 신경을 쓸 수밖에 없었어. 그러니 그녀가 죽고 나서 금탁과 신록희의 노골적인 도발이 더욱 심해진 것이지."

"흠……."

"그녀는 사람들을 끌어들이는 어떤 힘이 있었고, 그것을 행동으로 옮기는 결단력이 있었기에 대단했지만 무림제왕성과 맞지 않은 너무 허황된 이상을 가지고 많은 사람들을 죽음의 길로 몰았다는 점에서는 폄하받고 있다."

"폄하라뇨? 그녀가 가진 것은 허황된 이상이 아닙니다!"

현어운이 벌떡 일어서며 소리쳤다. 자신의 여인이 그런 평가를 받고 있다는 것을 들으니 도저히 참을 수 없었던 것이다. 그가 왜 이렇게 과민 반응을 보이는지 잘 모르는 남궁명욱으로서는 그가 그저 그녀를 지독히 흠모했을 것이라 생각할 수밖에 없었다.

"그건 어쩔 수 없는 사실이다. 그녀의 이상으로 인해 실제로 많은 무림제왕성의 무사들이 죽었으니까. 오 년간 그녀가 이룬 업적은 대단하다 할 수 있겠지만, 결국 결론을 맺지 못한 채 허무하게 죽어버렸다."

"그녀 또한 인간입니다. 그녀가 그것을 이루기 위해 행했던 과정이 중요한 것이지 결과가 중요합니까? 그녀는 무림의 평화를 위해 싸웠어요. 그것도 성주님의 딸이라는 신분으로 과감하게 아버지의 생각을 어기면서까지."

"어운의 말이 맞지만 그것은 더 이상 논쟁할 필요가 없는 것 같다. 그녀에 대한 판단은 어디까지나 개인적인 일이니까."

“……."

“어머, 동생, 의외로 이렇게 박력도 있네? 호호호, 동생이 더욱 마음에 들어서 어쩌나?”

“그만 하세요.”

“…어머, 왜 우는 거야?”

현어운의 눈가에 맺힌 눈물을 본 만위령이 어지간히 놀란 눈빛으로 그를 바라보았지만 그는 아무런 말도 하지 않았다.

“……."

“화천신마녀를 대단히 존경했나 보군요. 하긴 그녀는 존경받을 만한 사람이었죠.”

조선영의 말에 전유림을 제외하고는 다들 그런가 보다 생각할 뿐이었다.

“그녀에 대한 이야기는 그만 하기로 하지. 강소성 훈양은 호북성 양중 지부로 가는 길만큼이나 멀다. 어운이 경공술을 쓰지 못하는 관계로 이번 역시 말을 타고 갈 것이다.”

“그럴 필요 없습니다. 경공술을 쓸 수 있으니 굳이 말을 타지 않아도 됩니다.”

현어운은 심기 불편한 표정으로 말했다. 경공을 쓰지 못한다는 말에 기분이 상한 것이 아니라 단리채빈을 일부 부정적인 시각으로 바라보고 있다는 점에 기분이 상한 것이다.

“저번 임무 시에는 경공술을 쓰지 못한다고 하지 않았는가? 한 달 반 만에 경공술을 익혔단 말인가?”

“기억난 것이라고 해두겠습니다.”

“기억나……?”

"잠깐, 어운이 무슨 기연으로 경공술을 쓰게 되었다고는 해도 내가 경공술을 쓰지 못한다는 것을 잊지 마."

전유림의 말에 현어운이 일순간 움찔한다. 그녀가 경공술을 쓰지 못한다는 것을 잠시 잊고 있었던 것이다.

"그럼 유림의 문제로 똑같이 말을 타고 가겠다. 훈양 지부로 간 뒤에 우리는 다시 말홍(沫泓)으로 간다. 말홍에 가면 훈양 지부뿐만 아니라 강소성 비밀 지부의 무사들도 와 있을 것이다."

"비밀 지부라면 검현자?"

"그렇다, 유림. 검현자가 그곳의 총책임자로 있지. 그리고 우리의 이번 임무는 총책임자인 검현자의 신변 보호 및 그의 명령을 따르는 것이네."

"우리가 왜 그의 명령을 따라야 하죠?"

"성주님의 명령이오."

조선영은 남궁명욱의 대답에 피식 웃을 뿐이었다. 그의 전형적인 대답을 익히 예상하고 있었던 것이다. 그녀의 반응에 남궁명욱은 잠시 눈썹을 찌푸렸지만 그녀의 성격을 아는 그로서는 그냥 무시해 버렸다.

"이번에 주의할 사항은 신록희의 무리들을 이끌고 있는 만독색신이라는 자이네."

"처음 듣는 이름이군요."

"백팔채주 중 드러나지 않은 오 인 중의 하나라 하더군. 용독과 독공이 매우 뛰어나 상대하기 곤란할 뿐만 아니라 색을 지독히 밝힌다는 명천성주의 말이 있었다."

"유림은 안전하겠네."

"칭찬으로 들을까?"

전유림이 별다른 표정 변화 없이 말했지만 현어운은 한기를 느낄 수 있었다.

"아, 아니야, 칭찬 아니었어."

"그럼 맞자."

그녀가 주먹을 그의 복부에 쑤셔 넣으려는 그때 조선영이 나지막이, 하지만 모두가 들리도록 말했다.

"그런데 현 공자는 이상하군요. 손만 제법 빠르다고 들었는데 그 당시 겸성무의 팔을 가르던 그때의 완벽한 은신 상태는 무엇이고, 갑자기 못한다던 경공술을 사용할 수 있다고 하니 모두가 의아해하고 있을 겁니다."

"흠……."

남궁명욱과 전유림도 내심 동의하는지 아무 말 하지 않고 그를 바라본다. 만위령도 무슨 소리인가 하고 관심을 가지는 표정이었다.

"꼭 말해야 해?"

"비밀이라면 할 수 없지만 우리를 속였다는 것은 그냥 둘 수 없는 문제다. 경공술을 쓸 수 있었음에도 쓰지 못한다 한 것과 신기에 가까운 은신으로 겸성무의 팔을 자를 수 있었음에도 그전까지의 연기는 무엇인지 해명은 해야 할 거야. 그게 같은 여의대원으로서의 예의일세."

그의 말은 구구절절이 옳아 전유림이 크게 공감하며 고개를 끄덕였다.

"옳군, 옳아. 저런 경서의 말이 이런 데는 쓸모가 있군."

현어운은 진실을 말할까 하다가 이매망량에 대한 이야기를 타인에게 해서는 안 된다는 옛 기억을 떠올리고는 가볍게 한숨을 쉬며 말했다.

"유림, 너는 알 거야, 섬수신의를."

"알지, 그 늙은이."

"섬수신의란 분에게서 절학을 이어받았습니다. 은거한 기인이셨는데, 어찌 인연이 닿아 몇몇을 익혔습니다. 원래는 익숙하지 않았는데 그 당시 겸성무와 싸움을 하면서 익숙하지 못하던 것들을 어쩌다 보니 사용할 수가 있게 되었죠. 경공술은 익숙하지 못한 것을 사용할 수 있게 되면서 자연스럽게 익히게 되었습니다."

"음… 조금 이상하지만 믿겠네."

"앞뒤가 그다지 맞지 않아 믿기 어렵군요. 익숙하지 못하던 것을 사용할 수 있게 되었다는 건 그렇다고 해도, 경공술도 그에 따라 자연스럽게 익혔다니 이해가 되지 않는군요."

"됐소, 조 소저. 저 정도의 해명이면 충분하오. 더 이상 자세히 캐묻는 것은 상대방에 대한 실례요."

"감사합니다, 대주."

부웅!

그때 갑자기 광마의 거검이 현어운의 옆구리를 향해 날아왔다. 무시무시한 파공음을 울리며 날아오는 거검에는 진득한 살기가 담겨 있었으며, 기습인지라 현어운은 꼼짝없이 당할 수밖에 없을 것처럼 보였다. 워낙 창졸지간의 일이라 거검이 지척에 왔을 때에야 모두가 알아차렸다.

"뭐야?!"

"앗?!"

현어운이 꼼짝없이 피떡이 되어 날아갈 것이란 모두의 예상을 뒤엎는 결과가 나왔다. 놀랍게도 현어운은 가벼운 깃털인 양 광마의 거검

위에 올라가 있는 것이었다.

광마가 검을 회수하려 했지만 현어운의 몸은 여전히 거검 위에서 검과 함께 움직였다. 그 놀라운 모습에 모두가 잠시 몸을 굳힐 정도였다.

하나 광마는 오히려 잔인한 미소를 지으며 팔 근육을 꿈틀거렸다. 그는 검날을 세움으로써 순식간에 현어운의 발과 떨어뜨리더니 검면으로 현어운의 전신을 그대로 후려쳤다.

부우웅—!

맞으면 전신이 으스러질 것만 같은 무시무시한 괴력이 다섯 사람에게 충분히 느껴졌다. 위기일발의 상황. 현어운의 몸이 검면에 부딪치려는 순간 공중에 떠 있던 그의 몸이 순식간에 사라지더니, 어느새 광마의 바로 앞에 나타나 초섬유성수를 시전하고 있었다.

쫘악!

"큭!"

사일체를 이룬 무시무시한 기운으로 광마의 빰을 때렸건만 오히려 고통은 현어운이 받은 듯했다. 손이 얼얼하여 마치 철판을 후려친 느낌이었다. 그때 광마의 다른 손이 그대로 현어운의 목줄을 움켜쥐려 했다.

"……?!"

"사라졌어……?"

완벽하게 사라졌다. 더구나 모두가 그의 기척을 느낄 수가 없었다. 어디에 있는지, 무엇을 하는지 도무지 예측조차 불가능할 정도로 완벽한 은신이었다. 아무리 은신이라 하더라도 지형물을 빌리지 않는 이상 불가능한 법인데 현어운은 지금 그 불가능을 가능으로 보여주고 있는 것이다.

"큭큭… 기분 나쁜 느낌이 나는군. 네놈은 역시 기분 나쁜 애송이였다."

광마는 스스로의 예감이 맞은 것에 기분이 나쁜 것인지 흡족한 것인지 모를 애매모한 표정을 짓고 있었다.

한편 현어운은 자신을 갑자기 공격한 광마에게 분노를 느꼈지만 이제는 스스로에 대한 신기함으로 그 분노가 지워진 상태였다. 이렇게 자연스럽게 스스로를 이매망량으로 바꿀 수 있는 것과 강하고 빠른 광마의 검을 여유롭게 피한 자신이 너무나 대견스러웠다. 이매망량을 기억해서는 안 된다는 격정이 지금 이 순간만큼은 없다. 한없는 자유, 어디로든 날아가고 싶은 마음뿐이다.

'좋아, 전에 호되게 당했던 것을 앙갚음해 주지!'

마치 평소의 자신이 아닌 양 마음은 광마를 향해 강한 공격을 하라고 시키고 있었다. 하지만 그가 아는 것이라고는 아직은 어설픈 초섬유성수뿐이었다. 물론 도끼로 부강을 뿜어내어 공격할 수도 있지만 같은 대원인데 그런 살수까지 사용하기는 싫었다. 그것이 광마와 그의 차이점이리라.

광마의 지척으로 간다고 생각한 순간 이미 자신의 몸은 그의 등 뒤로 와 있었고, 초섬유성수를 이용해 장을 지르고 있었다. 그의 손은 푸른 기운으로 물들어 있었지만 아무도 그 모습을 볼 수는 없었다.

"크핫!"

그때 광마가 괴이한 소리를 지르더니 몸을 틀어 현어운의 장을 피해 버렸다. 놀랄 틈도 없이 광마의 검이 자신이 있는 곳을 향해 날아오자 그는 허리를 급히 뒤로 숙여 피함과 동시에 몸을 공중에서 가볍게 회전시키며 다가가 그의 가슴을 향해 장을 내밀었다.

퍼억!

"윽!"

둔중한 타격음이 울렸지만 강철 같은 단단함에 고통은 되레 현어운이 받고 말았다. 그의 몸이 광마의 바로 앞에 나타나자 네 사람은 놀라움이 더욱 커질 수밖에 없었다.

"크크크! 겨우 그 정도 힘으로 누굴 죽이겠단 말이냐?"

부웅!

끝낼 생각이 없는지 광마가 검을 위로 치켜올려 태산을 쪼갤 듯한 위력으로 그의 전신을 내려쳤다. 하지만 어느새 현어운은 다시 사라지고 검은 애꿎은 바닥을 박살 내 버렸다.

콰쾅!

내공인지 순수한 힘인지는 모르지만 엄청난 장력과 부딪친 것처럼 바닥의 나무들이 비산할 정도로 광마의 힘은 대단했다.

"그만!"

남궁명욱이 크게 소리를 지르며 검을 뽑았다.

"그만 하라, 부대주!"

"크크! 명령 따윈 필요없다."

광마는 거검을 머리 위로 치켜든 채 가만히 서 있었다. 어디 있는지 도무지 알 수 없지만 지척에 다가오는 순간에는 무언가 감이 오는 것만으로도 광마에게는 충분했다.

"어이, 덩치! 그만 하란 소리 못 들었어? 검을 내리지 않으면 네놈 배에다 구멍을 뚫어버릴 테다!"

전유림이 자리에서 일어나 소리쳤지만 광마는 요지부동이었다. 되레 전신에서 무시무시한 살기가 뿜어져 나오고 있었다. 이전의 임무에서 신록희 무사들을 학살할 때 보여주었던 그 살기를 그대로 보여주고 있는 것이다.

"어머, 박력있군요. 호호호! 이 누나의 가슴이 두근거려! 동생의 괴이한 은신법도 너무 멋지고 말이야."

만위령은 그들이 싸우든 말든 상관없는 표정이었다.

"그만 하죠."

남궁명욱의 표정이 전에 없이 분노에 차 있는지라 현어운은 그와 삼장가량 떨어진 정면에서 모습을 보이며 말했다.

"큭큭큭, 그럴 마음은 없다."

"그만 해요! 대체 무엇 때문에 그렇게 싸우고 싶어서 안달입니까? 그렇게 사람을 괴롭히고 죽이면서 피 맛을 보면 행복합니까? 당신도 겸성무처럼 살인이 인생의 전부입니까? 그럼 이곳에서 나가세요! 무림제왕성은 적어도, 아니, 하다못해 죽은 화천신마녀 단리채빈은 자신이 죽여야 했던 사람들을 생각하며 하루하루 괴로워하던 사람이었습니다. 그런 그녀의 땀과 고뇌가 서린 이곳을 당신의 지저분한 인생관으로 더럽히지 마십시오!"

"……."

뜬금없이 단리채빈의 이야기가 나왔지만 그래도 현어운의 외침에 모두가 잠시 말이 없었다.

"재미있군, 애송이. 큭큭큭, 네놈 말대로 나는 살인이 인생의 전부이다. 하지만 뭐가 다르지, 내가 즐거워하면서 사람을 죽이는 것과 괴로워하면서 사람을 죽이는 것이? 결국은 죽는다는 것에는 다름이 없다. 괴로워하면서 죽인다고 죽는 사람이 용서라도 해줄 것 같나? 으하하하하! 아직 네놈은 애송이구나! 무림은 네놈 같은 녀석을 보고 위선자라고 한다! 크하하하!"

광마는 검을 어깨에 걸치더니 광소를 지으며 밖으로 나가 버렸다.

"광마의 말이 맞습니다. 죽는다는 데에는 변함이 없으니까요. 마치 정과 사로 무림인들의 성향을 나누어 정파인들이 사파인을 죽이는 것은 영웅 행세고, 사파인이 정파인을 죽이는 것은 악독한 짓이라 말하는 것과 같습니다."

조선영의 냉소적인 말에 남궁명욱은 아무런 표정도 짓지 않았으나 어느 정도 그녀의 말에 동의하는 눈빛이었다. 정도니 마도니 해도 사람을 죽인다는 것에 어떤 의미를 부여해도 살인일 뿐이라는 것에는 변함이 없는 것이다. 단지 사람들이 의미있는 살인에 가치를 부여하고 있을 뿐.

"그녀는 위선자가 아니야!"

현어운은 스스로 위선자라며 자학하던 단리채빈이 떠오르자 소리 내어 울고 싶었지만 사람들 앞이라 간신히 참았다. 그래도 눈가에 눈물이 맺히는 것만큼은 어쩔 수 없는 모양이었다.

"……."

소리없는 눈물의 의미를 어느 정도 아는 자는 그나마 전유림뿐이었다. 그녀는 그에게 다가가 등을 토닥이며 위로했다.

"모든 게 자기 나름의 판단일 뿐인 거야. 결국 누구의 말발이 더 세냐에 따라, 누구의 심지가 더 굳냐에 따라 결정되는 것이지. 오늘 너는 졌지만 다음에는 이기면 되잖아? 울지 마. 울지 마……."

마치 동네 꼬마가 또래 아이들에게 맞고 우는 것을 달래는 누나마냥 모습이 정겹다. 열여덟 나이의 여인이, 아니, 소녀가 청년을 달래고 있었지만 그만큼 전유림이 심적으로 성숙해 있음을 보여주는 것이었다.

“현실적이지만 멋진 말이군.”

남궁명욱은 가볍게 웃으며 밖으로 걸음을 옮겼다. 진심이 담긴 말이었다.

보름이 조금 안 되어 훈양 지부에 도착한 그들은 하루를 쉬고 다시 말홍으로 향했다. 말홍에는 무림제왕성의 무사들을 위해 급조된 조악한 장원이 그들을 반기고 있었다.

'이매망량이 부족한 느낌이야. 왜 예전보다 많이 약화된 것이지? 지금 내가 사용하고 있는 것이 진짜 이매망량일까?'

현어운은 이곳으로 오는 내내 두 가지 생각에 시달려야 했다. 하나는 광마와 가진 약간의 싸움에서 느꼈던 이매망량의 불완전함이었고, 다른 하나는 전유림이 가르쳐 준 장풍의 구결이었다.

원치는 않았지만 일단 기억해 냈으니 요긴하게 쓰겠다고 마음을 고쳐먹은 그로서는 자신의 이매망량이 예전과는 달리 무언가 부족하다는 것을 알게 되자 고민하지 않을 수 없었다. 일단 그가 내린 잠정적인 결론은 아직 자신이 예전만큼 완벽히 그쪽 세계와 이쪽 세계의 일치를 이루지 못하고 있다는 것이다. 오 년이나 잊고 지내던 것을 단 한 번으로 완벽하게 이룰 수는 없다는 게 그의 생각이었다.

이것은 그렇다고 쳐도 전유림이 강제적으로 외우게 하는 장풍의 구결은 정말 고통 그 자체였다. 기억력이 좋지 않은 현어운을 위해 태어났다던 쉰여덟 자의 초섬유성수 구결도 외우는 데만 일주일이 걸렸다. 그런 그가 오백팔십오 개나 되는 장풍의 구결을 어느 세월에 익히겠는가?

전유림도 익히 그의 기억력을 알고 있는지 차근차근히 가르쳐 주고 있긴 하지만 두 달 내로 익히지 못하면 상종을 않겠다고 협박을 하니 그로서는 힘들 수밖에 없었다. 이곳으로 오는 내내 말을 타면서 구결을 암기해야 했으니 당연히 고통스러웠으리라. 게다가 객잔에서 쉴 만하면 불러내어 전에 가르쳤던 장풍의 수련법을 검사했다.

훈양 지부로 떠나던 첫날 머물던 객잔에서 장풍의 수련법을 제대로 기억하지 못해 우물쭈물하다가 그녀의 주먹에 얼마나 많이 맞았던가? 피할 수 있었음에도 맞은 것은 모두 스스로의 무능력을 자책해서였다.

'일단 관주님의 유언이었고 내가 약속했으니 무슨 일이 있더라도, 얼마가 걸리더라도 익혀야겠지.'

"무슨 생각을 그렇게 해, 동생?"

장원 안으로 들어가던 현어운에게 만위령이 바짝 붙었다. 이곳으로 오는 내내 그에게 들러붙어 은근히 색심을 발동시키려던 그녀였지만 현어운은 마치 결벽증이라도 있는 양 그녀를 피해왔다. 역시나 이번에도 그녀와 몇 걸음 떨어지면서 말했다.

"별일 아닙니다. 앞으로 무엇을 하나 생각하고 있었습니다."

그래도 그녀와 사이가 나빠지는 것은 싫은지 애써 웃음 짓고 있는 그였다.

"흐응… 오는 내내 이러더라? 나랑 있고 싶지 않은 거야, 동생?"

"그, 그런 건 아닙니다."

"그럼 누님이라고 불러봐."

"아씨, 속이 울렁거리잖아. 그만 해."

전유림이 짜증난다는 표정으로 만위령을 탓했지만 처음부터 안면몰수였던 만위령은 그녀의 말을 무시했다.

"누님이라고 부르면 앞으로 이렇게 들러붙지는 않을게. 호호호!"

하지만 현어운은 그녀의 말에 전혀 믿음이 가지 않았다.

한편 계속 현어운에게 들러붙어 귀찮게 하자 결국 전유림이 그녀의 어깨에 손을 얹고 말한다.

"이봐, 색녀. 어운은 나의 제자다. 그러니 귀찮게 하지 마."

"어떻게 우리 현 동생이 남자 같은 전 동생의 제자가 될 수 있지?"

"나의 절기를 전수받고 있으니 당연히 나의 제자이지."

"어머! 그래도 제자의 사생활은 존중해 줘야지?"

"제자의 사생활에 간섭을 가할 수 있는 게 바로 스승이야."

전유림의 말에 잠시 할 말을 잃은 그녀였지만 곧 전유림을 무시하고 다시 현어운에게 다가가 말을 건다.

"……."

전유림이 짜증이 잔뜩 서린 표정으로 다시 그녀에게 다가가려 할 때 누군가의 외침이 들려왔다.

"지부장님께서 나오십니다!"

현어운은 자신의 주변을 둘러보았다. 어느새 자신들은 사람들이 많이 모여 있는 연병장에 와 있었다. 연병장에는 천 명은 넘을 듯한 낭인 무사대, 창기대와 정천대의 무사들이 함께 도열해 있었다. 그들의 모습은 예전에 현어운이 무림제왕성에서 도열했을 때보다 더욱 엄중하고 힘이 느껴졌다. 소수 정예라는 느낌이 들 정도로 그들에게서는 진지함이 뿜어져 나왔다.

"대단해……."

현어운은 그들의 모습을 보며 감탄했지만 다른 다섯은 그저 담담한 표정으로 지켜볼 뿐이었다. 얼마 지나지 않아 지부장이라 칭한 자가 연병장의 단상 위로 나타났다.

'검현자……!'

남궁명욱은 편치 못한 표정으로 그를 보았다. 검현자의 깐깐함과 칠파일방만을 최고로 여기는 어긋난 자존심이 그에게는 너무나 불편했다. 더구나 직위마저 높으니 모두를 아래로 내려다보는 자만심 또한 남달라 과연 무당파 출신의 도인이 맞는지 의심스러울 지경이었다.

'세태가 이러니 소림이나 무당이나 너나 할 것 없이 본분을 망각하는구나!'

하지만 자신이 속한 오대세가 또한 그에 못지않게 세태에 편승하여 흐르고 있음을 그는 알고 있었다. 그렇게 때문에 그는 노골적으로 검현자를 탓하지 못했다.

"이틀 뒤에 있을 신록희와의 싸움에서 우리는 반드시 승리할 것이다!"

검현자의 수많은 단점을 보완하는 것이라면 도장 출신의 인물답지 않은 뛰어난 용병술과 부하들을 사로잡는 위엄이었다.

"만독색신은 용독과 독공만을 조심하면 크게 문제되지 않는 자이다! 그리고 우리는 오늘! 만독색신의 용독술을 무력하게 만들 자들과 함께 하고 있다!"

그의 말에 도열해 있던 무사들이 웅성거리기 시작했다. 벌써 한 달째 지루한 힘 겨루기를 하고 있었는데, 신록희 무사들의 무공이 만만치 않은 것도 있지만 무엇보다 만독색신의 독이 문제였다. 그로 인해 신록희 무사들에게 밀리는 실정이라 당연히 주변 마을을 제대로 지키지 못할 수밖에 없다. 결국 지금 말흥 근처의 백성들 중 반반한 여자는 물론이거니와 치마만 걸친 처자는 모조리 납치당해 만독색신에게 치욕을 당하고 있는 실정이었다.

이런 상태를 타개시켜 줄 자들이 왔다고 했으니 그들이 놀라지 않을
수 없는 것이다.

남궁명욱은 검현자의 말에 불안감을 느꼈다. 그 대상이 자신들일 것
같은 예감이 들었기 때문이다.

"여의대의 여섯 분은 이곳으로 와주시겠소?"

그의 말에 현어운은 왜 자신들을 지목하나 싶어 일행을 둘러보았지
만 다들 표정의 변화가 없었기에 그들의 생각을 읽을 수가 없었다.

"나가자."

남궁명욱이 앞으로 걸어나가자 일행 모두가 그의 뒤를 따랐다. 수많
은 무리들의 시선을 받으니 현어운은 죽을 맛이었지만 꾹 참고 단상
옆으로 가 섰다.

"반갑소, 부지부장."

남궁명욱의 평대에 검현자는 잠시 눈썹을 찌푸렸지만 이제 자신에
게 존대를 하지 않아도 되는 위치에 있음을 알고는 표정을 풀었다.

"이렇게 와주어서 고맙소, 여의대주. 그대들의 지난 활약을 익히 들
어서 알고 있소. 그 치열한 혈전에서 유일하게 살아 돌아왔으니 과연
여의대라 할 수 있겠소. 그 당시 임무를 완벽히 수행했으니, 이번에도
그대들의 임무를 무사히 이루어주길 바라오."

남궁명욱은 말하는 검현자의 눈에 조롱기가 서려 있음을 볼 수 있었
다. 특히 완벽한 수행이란 말에 강조를 가하는 것이 칭찬이 아니라 명
백한 비꼼이었으나 남궁명욱은 자리가 자리인지라 내색하지 않았다.

"여의대의 임무를 충실히 행하겠소."

그의 말에 검현자는 비릿하게 웃으며 다시 도열해 있는 무사들을 향
해 시선을 돌려 외쳤다.

"바로 여의대가 그 일을 해결할 것이다! 성주님께서는 바로 오늘 같은 일을 대비하여 여의대를 창설하셨다! 여의대는 주요 인물의 보호, 적진에 있는 중요 문서 및 물건의 탈취, 적진 혼란 등의 임무를 지니고 있다! 이번에 여의대가 온 것은 나를 보호하는 목적도 있지만, 한편으로는 만독색신으로부터 해독약을 탈취하기 위함도 있다! 이틀 후의 전투에서 무림제왕성의 무사들은 독에 대한 걱정 없이 마음껏 전투할 수 있을 것이다!"

그의 외침에 남궁명욱은 눈살을 찌푸리며 말했다.

"부지부장, 지금 이런 공적인 자리에서 그런 말을 하는 것은 옳지가 않소. 적의 간세가 숨어 있을 수도 있고 엿듣고 있을지도 모르는 상황에서 그런 말을 한다는 것이 말이 되오?"

"대가리가 나쁜 거겠지."

전유림이 툭 내뱉자 그들의 옆에 있던 세 사람 중 한 사내가 분노한 얼굴로 그녀에게 다가왔다. 다른 두 사람처럼 도복을 입고 있는 것은 아니었지만 단상 바로 옆에 서 있는 것을 보니 이곳에서 꽤 높은 직위를 가지고 있는 자 같았다.

"감히 일개 대원이 지부장께 망발을 하다니! 윗사람에게 불손하게 대하는 것도 큰 죄임을 모르느냐!"

하지만 전유림은 콧방귀도 뀌지 않는다.

"윗사람? 내 윗사람은 아무도 없어."

"이, 이 여자가……."

"그냥 이년이라고 그래. 왜 체통 차리고 그래? 어울리지 않게."

"호호호! 전 동생은 정말 화끈한데?"

"두 사람 다 그만 하시오!"

남궁명욱의 외침에 두 사람은 딴청을 부렸다. 남궁명욱은 한숨을 쉬고는 검현자에게 포권을 취하며 사과했다.

"대원들의 성정이 자유분방하여 일어난 일이니 이해하여 주시오. 내가 대신 사과드리오."

"사과까지 할 필요는 없소. 여의대가 어떤 곳인지, 어떤 자들이 있는지는 나도 어느 정도 알고 있었으니까. 투장괴녀의 소문은 낭인무사대 사이에서도 소문이 자자하여 내 진작에 알아봤소. 하나 이번 임무에서도 그녀의 놀라운 입담과 실력을 발휘할 수 있을지 모르겠소."

"여의대원인 투장괴녀 전유림은 무공 실력이 뛰어날 뿐만 아니라 전투 중 상황 판단 또한 뛰어나며, 행동하는 데 있어서 거침이 없소. 그렇기 때문에 이번의 임무도 어렵지 않게 해낼 것이오."

남궁명욱은 전유림이 발광하기 전에 미리 선을 그어버렸다. 검현자가 자신들이 할 일을 이렇게 공개 석상에서 말한 의도는 알 수 없지만 성주가 그의 명령에 따르라고 했기에 거절할 명분은 없었다.

"대주의 말대로 잘되길 나도 바라오. 그럼 나머지 이야기는 잠시 후에 이어서 하지."

검현자의 말은 반각가량 계속 이어졌다. 내일 있을 전투에서 반드시 승리해야 한다는 말과 이천 명에 달하는 무사들의 편성에 대한 개략적인 이야기였다.

한편 이야기를 듣는 내내 현어운의 표정이 좋지가 않았다. 간혹 코를 킁킁거리는 것이 무슨 냄새를 맡는 것 같았지만 전유림은 다르게 본 모양이었다.

"표정이 왜 그래? 화장실이라도 가고 싶은가 보군."

전유림의 물음에 현어운은 가볍게 고개를 저었다.

"뭔가 기분 나쁜 냄새가 나. 피 냄새 같기도 하고… 지독한 비린내 같기도 해. 무엇이든 사람을 흥분시키는 묘한 냄새야. 대체 뭘까?"

"어머, 동생. 내 몸에서 풍기는 사향 냄새를 맡았구나? 의외로 코가 민감하네?"

만위령이 마음에 든다는 표정으로 싱글거렸지만 현어운은 아무 대답도 하지 않았다. 하나 여전히 표정이 찡그러져 있어 평상시의 그가 아닌 것 같았다.

"미안하군."

전유림이 자신의 엉덩이 뒤로 손을 휘저으며 한 말이었다.

"……."

"이번 임무는 탐탁지 않지만 거절할 명분이 없네. 지부장이 공개 석상에서 말을 해 적들이 이미 알고 있을 가능성이 농후하지만, 오히려 그것을 허를 찌를 수 있는 기회로 삼을 수밖에. 만독색신의 특징에 대한 자세한 설명은 후에 하고, 우선 우리가 해야 할 일은 만독색신의 독을 무력화시킬 수 있는 해독제를 찾아내는 것이 일차고 납치된 평범한 여인들을 구출해야 하는 것이 이차다. 일차를 반드시 이루어야만 내일 전투에서 최대한 희생을 줄일 수 있다고 하지만 우리의 임무가 성공할 수 있을지는 장담할 수가 없다."

"해보지도 않고 그런 말을 하다니 대주답지 않군요."

조선영의 말에 남궁명욱은 고개를 저으며 말했다.

"이번의 임무는 가만히 생각해 보면 말이 되지 않소. 전투 중에 무작위적으로 살포하는 독이라 신록회 무사들의 중독을 막기 위해 그들에게 해독약을 복용시켰을 것이라는 말에는 동의하지만 그 해독제는 당연히 만독색신이 가지고 있을 것이 자명한 일. 그런데 우리에게 해독제를 탈취해 오라는 말인즉, 만독색신을 죽이고 가져오라는 말이나 다름없지 않소? 더구나 그 많은 해독제를 어떻게 가져온단 말이오? 이천 명에 달하는 모두에게 해독제를 준다고 생각한다면 어불성설이오."

"분명 대주의 말대로 억지스러운 면이 있군요."

만위령의 말에 전유림이 대뜸 말을 꺼냈다.

"그럼 굳이 그것을 할 필요가 있어? 그냥 돌아가자."

"그럴 수는 없다, 유림."

"왜?"

"성주님의 명이기 때문이다."

"부지부장이란 돌대가리가 내린 명이야."

"성주님은 그를 보호함과 동시에 그의 명을 따르라고 하셨다. 그러니 돌아간다는 말은 어불성설이다."

"진짜 융통성 더럽게 없네!"

"나와 유림, 그리고 만 소저가 한 조를 이룬다. 그리고 부대주와 어운, 조 소저가 한 조를 이루어 이번 임무를 실행할 것이다. 나를 포함한 조는 만독색신에게서 해독제를 탈취할 임무를 실행하고, 부대주를 포함한 조는 대기하며 지부장에게서 무슨 일이 생길 때를 대비한다."

"대주, 그것으로는 부족해요."

"무슨 말이오, 만 소저?"

"우리 또한 신호탄을 각자 하나씩 들고 나갈 필요가 있어요. 뻔히 보이는 잠입이라 어떤 위험이 도사리고 있는지 알 수 없기 때문에 대기조의 도움을 받을 필요가 있어요."

"그럼 저희 대기조 셋 중에서 적어도 한 명은, 아니, 두 명은 신호탄이 보일 만한 거리에서 대기해야 한다는 말이군요."

조선영의 지적에 만위령은 고개를 끄덕였다.

"그렇죠. 지금 당장 지부장이 위험한 것은 아니죠. 한 사람만 남겨도 충분히 보호의 임무를 하는 것이기 때문에 괜찮을 거예요. 그리고 왜 부대주를 포함시키지 않죠? 만독색신이 얼마나 강한지는 모르겠지만, 부대주라면 충분히 상대할 수 있을 것이라 생각되는데요."

그녀는 그들과 함께한 지 얼마 되지 않았지만 정확히 개개인의 능력을 꿰뚫어 보고 있었다.

"……."

하지만 그녀의 물음에 아무도 대답하지 않았다. 광마에게 이렇게 하라고 해봤자 무시당할 것이 뻔하기 때문에 애초에 출동조로 편입시키지 않은 남궁명욱이었다. 그 사실을 만위령을 제외하고는 모두가 알고 있었다.

"흐응… 대충 알겠군요."

비상한 두뇌를 지닌 그녀였기에 충분히 상황을 추측할 수 있었다.

"내 생각에는 난전(亂戰)에 강하다는 광마와 조 동생을 대기시켰으면 하는군요. 그리고 우리 현 동생이 만약의 일을 대비해 여기에 남아 있는 걸로 하죠?"

"좋소. 만 소저의 의견대로 실행하겠소. 출발은 반 시진 뒤로 하겠네. 난 지금 의논한 모든 사항을 지부장에게 알리고 올 테니 각자 준비하도록."

"넌 아까부터 뭘 그렇게 생각하는 거야?"

심각한 표정을 짓고 있는 현어운에게 전유림이 쏘아붙인다. 하지만 현어운은 그에 대답하지 않고 자신이 할 일에 대해 물었다.

"난 그냥 여기에서 계속 대기하면 되는 거야?"

"호호호! 그래, 동생. 이 누나가 편한 임무를 맡겼으니 임무가 끝나면 누나와 술자리를 가지는 것이 어때?"

"다 같이 마셔요. 왜 자꾸 나랑 같이 마시겠다는 겁니까?"

"어머, 알면서 모르는 척 시치미 떼긴? 호호호!"

"……."

"몰랐냐, 어운? 저 색녀가 널 잡아먹으려고 그런 거야."

'모를 리가 있냐!'

다섯 사람이 말홍으로 향한 지 이 다경이 흐르자 현어운은 슬슬 따분해지기 시작했다. 그래도 지금은 임무 중이기 때문에 자리 이동은 하지 않기로 했다. 커다란 원창(圓窓)이 있어 갑자기 신호탄이 터져도 알기 쉬울 정도로 밖이 훤히 보였다.

"임무 중이라 잠을 잘 수도 없는 노릇이고. 음? 누가……?"

그가 지루한 시간을 무얼 하며 보내나 고민하고 있을 때 누군가가 이곳으로 다가오는 것을 느낄 수 있었다. 이매망량을 깨달은 순간부터는 실력 좋은 무림인이나 다름없게 된 그였다.

"안에 있는가?"

"누구십니까?"

그는 목소리를 듣고 누구인지 이미 알아차렸지만 짐짓 모르는 척했다.

"지부장, 검현자일세."

"아! 들어오십시오."

문이 열리며 회색 빛 도복을 입고 허리춤에 검을 찬 이십대 후반의 젊은 사내가 들어왔다. 나이 차가 그렇게 많이 나는 편은 아니었지만 두 사람을 비교하면 마치 삼촌과 조카의 모습과도 같았다.

그가 들어오자마자 현어운은 심장이 두근거림과 동시에 코에서 나는 짙은 냄새로 자신도 모르게 헛바람을 들이키고 말았다.

'이 냄새……!'

분명 연병장에서 맡은 냄새였다. 그는 몇 번의 경험을 통해 자신이 남보다 매우 예민하고도 본능적인 후각을 지니고 있음을 스스로 알게 되었다. 정확히 말하자면 후각이라기보다는 후각으로 여겨지는 육감이라 할 수 있겠지만, 어쨌든 현어운 자신은 후각으로 알고 있었다.

'남을 흥분시키는 괴이한 냄새다…….'

"어쩐 일이십니까?"

"자네가 현어운이란 말인가?"

"네, 그렇습니다."

"아직 별호가 없는 것이 신기하군. 그래, 성주께서 직접 자네를 지목해서 여의대로 들어왔다는 데 사실인가?"

묘하게 내려다보는 시선이 남의 기분을 상하게 했다. 선천적인 오만함이든지, 혹은 무한한 자신감을 통해 얻은 오만함이든지 간에 기분이 나쁜 건 변함없었다.

'확, 한 대 쥐어 패고 싶군.'

도인이란 자가 이렇듯 오만한 표정을 하고 있으니 배알이 꼴렸지만 그래도 직급이 높은 자라 그에게는 너무도 익숙한 약간의 비굴함을 자연스럽게 내보냈다. 심한 비굴함은 상대방의 잔인한 본성을 일깨우는 반면 이런 약간의 비굴함은 상대방을 기분 좋게 한다는 걸 그는 잘 알고 있었다.

"하하, 저도 어찌 된 영문인지는 모르지만 그렇게 되었습니다."

"성주님의 안목을 내 믿어 의심치는 않지만 자네는 여의대라는 중한 임무를 지닌 곳에 들어갈 만한 실력을 지니고 있는 것 같지는 않네."

"그, 그렇습니까……."

알고는 있었지만 막상 직접적으로 그 말을 들으니 기분이 좋지 않았다. 그래도 이매망량을 이룬 지금은 예전과는 다르게 자신의 몫을 할 수 있다 생각하니 기분이 다시 괜찮아졌다.

"소문으로는 겸성무의 팔을 잘랐다고 하는데, 사실인가?"

"아, 운이 좋았습니다."

"그래도 겸성무의 팔을 잘랐으니 아예 자기 몫을 하지 못하는 것은 아니군."

검현자는 자신의 오만한 성격상 겸성무를 그다지 높게 보지 않는 듯했다. 아무리 겸성무의 무공에 대한 소문이 무성하다고는 해도 검현자에게 소문이란 부풀리고 과장된 것으로밖에 여겨지지 않았다.

검현자는 순박하게 생긴 외모와 자신을 대하는 어눌한 자세를 보고 이미 그 인물됨을 판단해 버린 듯했다. 아무리 무당파의 뛰어난 무공을 지닌 자라 해도 현어운의 진실된 모습을 보기란 불가능할 것이다.

'대체 여기에 뭐 하러 온 거야? 그 말 하려고 여기까지 온 거냐?'

"자네가 굳이 대기하는 임무에 신경 쓰지 않아도 되네. 이곳 임시 장원은 겉보기에는 허름해도 경계가 매우 튼튼해 나에게 무슨 일이 생길 일은 전혀 없으니까 말이야. 그러니 임무를 하러 간 여의대원들이 올 때까지만이라도 편하게 지내게."

"아, 신경 써주셔서 감사합니다."

“그럼 쉬게나.”

검현자는 자리에서 일어나 밖으로 나갔다. 회랑을 걸으면서 잠시 현어운이 있는 방을 뒤돌아본 검현자는 도인의 인물답지 않은 음산한 미소를 지어 보였다.

‘무제는 무슨 이유로 그를 여의대원으로 뽑았는가? 아무리 봐도 무공은 형편없다. 하지만 조심하는 것이 좋겠지. 내일이 되면 곧 이곳도…….’

한편 현어운은 그가 이곳에 와서는 기분 나쁜 말 몇 마디를 하고서는 편히 쉬라는 어이없는 말을 남기고 간 것을 이상하게 생각하고 있었다.

“대체 왜 온 거야?”

무엇보다 사람을 묘하게 흥분시키는 것만 같은 그 냄새에 기분이 나쁘다.

“가만, 보자……. 사람을 흥분시키는 냄새? 그런 약이 있나……?”

과거의 기억을 떠올려 보지만 딱히 기억나는 것이라고는 춘약뿐이었다. 그렇다고 춘약을 몸에 뿌리고 다닌다는 것은 말도 되지 않는다. 사향으로 생각할 수도 있지만 사향 냄새는 그도 알기 때문에 분명 그것은 아니었다.

냄새를 맡는다는 것은 분명 위험을 알리는 신호일 것이다. 예전이라면 모르겠지만 이매망량의 능력을 되찾은 이상 이 위험 신호를 그냥 넘길 수는 없었다.

“휴우, 그래도 일단 내 임무에 충실하자. 다른 대원들이 고생하는데 나만 다른 짓을 할 수는 없지. 그들이 돌아오고 나서 조사해 봐야겠구나.”

그가 이런 저런 생각을 하다 결국은 얼마 전에 광마와 싸울 때 아무런 타격을 입히지 못했던 자신의 무공을 생각하며 고심하였다. 그때 또다시 누군가가 이곳으로 오고 있는 것을 느꼈다.

"또 누구야?"

발걸음 소리가 선명한 것이 전혀 자신을 숨길 기색이 없어 보였다. 이 저녁에 누가 자신에게 볼일이 있어 오는가 의아해할 때 상대편의 목소리가 들려왔다.

"잠시 실례해도 되겠소, 현 대협?"

"누구십니까?"

"비밀 지부의 부지부장인 엽채라 하오."

'부지부장?'

"들어오십시오."

허락이 떨어지자 곧바로 문이 열리며 한 사내가 들어왔다.

"어……?"

그 사내는 오후에 도열식이 있을 때 전유림과 잠시 말다툼을 한 자였다.

"흐흠, 잠시 앉아도 되겠소?"

"아, 그러십시오."

사내는 마치 무언가를 단단히 따지러 온 모양인 듯 그다지 우호적인 표정이 아니었다. 덕분에 살짝 긴장한 현어운이었지만 설마 무슨 일이 있으랴 생각했다.

"무슨 일로 오셨습니까?"

"흠, 우선 벌써 그 명성이 자자한 여의대가 이곳까지 와준 것에 대해 인사를 올리겠소."

"저희들의 임무이니 당연한 것이지요."

"한데… 여의대에 어찌 투장괴녀 같은 여인이 있는지 나는 알 수가 없구려. 여의대원들이 하나같이 대하기 어려우며 뛰어난 무공을 지녔다는 소문은 익히 들어 알고 있었지만, 오후에 지부장께 한 소리는 정말 도가 지나쳤소."

"음……."

현어운은 그의 말에 동의하고 싶었지만 그래도 팔은 안으로 굽는다고 어떻게든 그녀의 변호를 해주고 싶었다.

'그런데 그 말을 왜 나한테 하는 거야? 하려면 대주님한테 하는 게 맞지 않나? 결국 또 내가 만만해 보여서 그런 것 아냐?'

괜한 피해 의식까지 생기니 기분이 조금 나빠졌지만 일단 이야기를 더 들어보기로 했다. 그런데 그가 재차 입을 열려는 그때 그의 귓가로 누군가의 전음 소리가 들려왔다.

"현 대협, 내 말을 잘 들으시오. 난 당신 앞에 있는 엽채요. 주변 상황 상 이렇게라도 정보를 주어야 하니 부디 평소처럼 행동하시길 바라오."

현어운은 놀라움을 진정시켰지만 겉으로는 다른 말을 하면서 전음으로 다른 말을 저렇게 자연스럽게 할 수 있는지 신기해했다.

"본 성에서의 지시도 있고 해서 정확한 정보를 줄 수는 없으나 이것만은 말해 줄 수가 있소. 이곳 말홍 지부에 납치된 여인이 있으며, 검현자는 신용하지 못할 자라는 것을. 현 대협이 계속 이곳에 머문다면, 신변의 안전이 어떻게 될지 모르지만 결정은 그대에게 맡기겠소. 여의대원이라면 충분히 위험을 헤쳐 나갈 수 있으리라는 상부의 결정이 내려왔으니 말이오."

검현자가 믿을 만한 자가 아니라는 사실은 정말 놀라웠지만 엽채의 입에서는 줄곧 전유림의 비례(非禮)를 탓하고 있었다.

"그녀가 지부장께 사과를 하지 않는다면 나는 즉시 여의대주님께 이 문제에 대해 심각하게 이야기할 것이오. 내가 현 대협에게 먼저 이 말을 하는 것은 굳이 말하지 않아도 알 것이오. 조용히 처리하면 되는 문제를 굳이 크게 만들 필요는 없지 않겠소? 지부장님은 도인인지라 굳이 세속의 예에 얽매이지 않으시지만, 주변에 있는 우리들은 결코 쉬이 넘길 수 있는 문제가 아니외다. 체면이 있으며 기강이 있거늘, 여의대주도 아닌 여의대원이 그런 막말을 했다는 것은 정녕 심각한 문제일 것이오."

"아……."

현어운은 상대방이 입으로 말하면서 다른 내용의 전음을 구사하는 신기에 놀라 잠시 멍한 표정으로 아무 대답도 하지 못했다. 하지만 이내 자신의 실책을 깨닫고는 급히 고개를 끄덕이며 말했다.

"아, 알겠습니다, 부지부장님. 사실 저도 그 애가 심했다 생각하고 있었으니 제가 잘 타일러서 조용히 문제를 해결하도록 하겠습니다."

"흐흠, 잘 알아들으셨다니 다행이오. 여의대원이 어느 곳에도 속하지 않는 독립적인 구성이지만 그런 만큼 서로 간의 예의는 지켜야 하지 않겠소?"

"맞습니다. 아직 그녀의 나이가 꽉 차지 않아 세상의 예의를 잘 모릅니다. 걱정 마시고 돌아가 쉬십시오. 임무를 마치고 돌아오면 제가 꼭 말하겠습니다."

"흐흠, 현 대협의 인상이 참으로 순박하여 말이 잘 통할 것이라 생각했었소. 그럼 믿고 돌아가리다."

"오늘밤 내로 도망을 가든지 상대를 하든지 결정해야 할 것이오. 그들은 위험하니 신중히 판단하시오."

엽채는 마지막 당부를 한 뒤 검현자 못지않은 오만한 얼굴을 한 채 방을 떠났다.

"……."

현어운은 과연 그의 말을 믿어야 할지 말아야 할지 도통 갈피를 잡을 수 없어 굳은 기색을 펴지 못하고 있었다. 그 표정은 실로 적절하여 설령 누가 본다 하더라도 엽채가 남긴 말 때문에 심기가 상한 것으로 여길 만했다.

'젠장! 어찌 됐든 내가 만만하다는 거잖아?'

자신의 결정은 둘째치더라도 결론은 그러했다.

무림제왕성 제왕부의 제왕패천각. 신비함 일색인 그곳의 태사의에는 늘 그렇듯 무제가 앉아 있었다. 그리고 그의 앞에는 거구의 사내가 공손히 부복해 있었다.

검은색 귀면탈을 얼굴에 쓴 사내는 육 척은 족히 넘는 큰 키에 근육으로 뭉쳐진 몸을 지닌 자였다. 이런 신체를 한 사내라면 응당 패기 넘치는 기운을 하고 있으리라 생각하겠지만, 이자는 그와 달리 허허로운 기운이 맴돌고 있어 사뭇 특이해 보였다.

"다시 말해 보라."

"혈명강시 제조의 흔적을 찾았습니다."

생각보다 훨씬 빨리 찾았다고 생각했지만 결코 내색하지는 않았다.

"우연이 겹쳐서 생각보다 빨리 찾을 수 있었습니다."

사내의 신분은 태극탈명비동의 수장이었다. 이름도 별호도 없이 오직 태극탈명비동주라 불리는 사내. 항간의 소문으로 태극탈명비동의 무인들은 무제가 직접 무공을 사사하고 내공을 기르기 위한 영약을 전해주어 극강의 무공을 익혔다고 알려져 있었다. 그런 곳의 수장인 태극탈명비동주의 무공이 얼마나 강한지는 무제를 제외하고는 아무도 모를 것이다.

"말하라."

"황정 지부장의 딸이었던 반서연이 실종된 후 그를 사모하던 충호찬이란 무림인이 그녀의 흔적을 끈질기게 추적하고 있었습니다. 그러다 어떤 단서를 잡았는지 누군가를 뒤쫓다 오히려 역으로 위협을 받게 되었습니다. 그 장면을 본 성의 밀정이 우연한 기회에 목격하게 되었고, 충호찬이 죽은 후 그자를 몰래 뒤쫓다 살아 있는 사람을 납치해 옮기는 장면을 발견하게 되었습니다. 그 당시에는 위치만 확인한 후 보고가 들어왔고, 다시 찾았을 때는 없어진 후였습니다."

"지금은?"

"추적 중입니다. 그들은 납치한 혈명강시의 재료들을 복잡한 경로를 통해서 혹여 있을지 모르는 추적자들을 교란시킨 뒤 최종 목적지로 갈 것이라는 결론을 내렸습니다."

"자네의 결론인가, 명천성주의 결론인가?"

"둘 모두의 결론입니다."

무제는 명천성주를 중용하지 않는다고 했는데 비밀스런 일에 그녀가 거론되었다는 것이 이상하다.

"그들이 추적을 눈치챘을 가능성은?"

"약 삼 할 정도입니다."

"추적은 언제 끝이 날 것 같은가?"

"확실하지는 않으나 수에 밝은 명천성주는 그 기간을 석 달로 잡고 있습니다. 그만큼 금탁에서도 이 일에 엄청난 신중을 가하고 있다는 말이 됩니다.”

“그렇겠지.”

당연한 일일 것이다. 혈명강시를 제조하는 데 그런 신중함과 투자가 없다면 결코 이루기는 힘들다.

“혈명강시의 원류를 아는가?”

무제는 이런 질문을 잘하는 사람이 아니었기에 귀면탈 뒤의 그는 놀란 표정이었다.

“네. 성주님께서 저에게 말씀하시길, 독패삼류 중 시귀류는 죽음을 관장하는 자들로서 그들이 사용할 수 있는 가장 강한 죽음의 전사가 바로 혈명강시라고 하였습니다.”

“시귀류는 혈명강시의 제조법을 잃어버렸다. 하지만 그로 인해 더욱 강해졌다. 그렇다고 혈명강시의 무서움을 간과해서는 안 된다.”

“…….”

“우리의 목적을 잊어서는 안 될 것이다.”

“네, 명심하겠습니다.”

“나가보라.”

“존명.”

그가 나가고도 무제는 아무 말 없이 일각여를 그렇게 앉아 있었다. 침묵이 답답해질 정도로 깊어질 때쯤 밖에서 기척이 들려왔다.

“제왕부주입니다, 성주님.”

“들어오라.”

막심이 안으로 들어와 성주에게 행하는 예를 취했다.

“진척 상황은?”

"약 칠 할 정도입니다."

"더디군."

"죄송합니다. 일 년 내에 반드시 완수하겠습니다."

"오래 걸려도 상관없다. 모두 색출할 수만 있으면 된다."

"그런데 지금 여의대가 파견 나가 있는 훈양 지부에 문제가 있습니다."

"……."

"백명성 부지부장이 천검(天劍)의 열여덟 후예 중 하나였음을 이제야 알아냈습니다. 속히 대책을 세워야 할 것으로 보여집니다."

"됐다. 여의대에서 그 일을 해결하지 못한다면, 앞으로의 일도 해결할 수 있는 능력을 가진 것이라 보기 힘들다. 그럴 바에는 여의대의 존재 자체가 필요없다. 지켜만 보라."

"존명!"

"혈명강시의 흔적을 발견할 때쯤 금탁에 대한 대대적인 공세에 들어간다."

"…존명!"

막심은 그의 말에 크게 놀라고 말았다. 여태껏 침묵을 고수하던 무제가 드디어 금탁에 대한 공격에 들어간다고 했으니 곧 무림은 엄청난 피바람이 불 것이다. 만약 자신이 하고 있는 일이 완수된다면 또 한 번 더 피바람이 부니, 무림은 이제 무제의 기상에 두려움에 떨 수밖에 없으리라.

"하나 그 후에 신록회에 대한 공세가 우려됩니다."

그의 조심스러운 말에 무제는 추호의 흔들림도 없이 말했다.

"제왕부주는 무림제왕성을 어찌 생각하나?"

그의 질문에 막심은 흠칫 놀랐지만 곧바로 자신있게 대답한다.

"무림제왕성은 꺼지지 않는 무림의 불꽃입니다."

"맞다. 그렇기에 어떤 세력이 도발해도 본 성은 절대 흔들리지 않는다. 설령 신록회와 금탁이 같이 손을 잡는다 해도 그것은 불꽃 앞의 반딧불일 뿐이다."

"제가 잠시 허언을 했습니다. 죄송합니다."

막심은 자신의 죄를 사하기 위해 무제를 향해 부복했다.

"일어나라."

"존명!"

"제왕부주는 열여덟 후예를 비롯한 신록회의 첩자 모두를 알아내는데 이제 총력을 가하라. 벽력신천문에 대한 건은 태극탈명비동주에게 넘겼으니 그 일에만 전념하면 될 것이다."

"존명!"

막심은 가슴속에서 어떤 알지 못할 희열이 솟아오르는 것을 느꼈다. 몇십 년의 세월이 흐르면서 무림제왕성은 이제 덩치만 큰 집단으로 전락하였으며, 무제의 등극 이후 무림의 혼란은 더욱 가중되었다는 평가는 이제 곧 확실하게 뒤바뀔 것이다. 무림제왕성이 예전의 전성기를 다시 구가하게 될 것임을 그는 확신했다.

『파검가』 3권에 계속…

청 어 람 신 무 협 판 타 지 소 설

『초일』,『건곤권』으로 유명해진 작가 백준의 신작!!

송백(松百) / 백준 지음

그녀의 검끝… 그 검끝에 닿은 그의 목젖… 목젖에 맺힌 붉은 피 한 방울.
그리고 그 피 한 방울이 흘러… 닿아버린 반쪽의 승룡패…….

"당신… 누구?"

"너를 위해 살아왔다."

"…저의 과거는… 아무것도 없어요"

『초일』의 끈끈함, 『건곤권』의 시원화끈함!

이번 작품 『송백(松百)』에
작가 백준의 모든 것을 걸었다!

FANTASTIC
ORIENTAL
HEROES

청 어 람 신 무 협 판 타 지 소 설

2005년 고무판(WWW.GOMUFAN.COM)
「장르문학 대상」최고의 영예, 대상(大賞) 수상작!

한칼에 세상이 갈라지고,
한걸음에 무림이 격동친다!

『좌검우도전』
(左劍右刀傳)

좌검우도전(左劍右刀傳) / 이령 지음

강한 자(强漢者)가 뿜어내는 거대한 힘과
강인한 매력에 빠져든다!

"너는 반드시 힘을 가져야 한다. 네 의지로… 세상을 뒤엎어 버려라."

"강자를 약자로 만들고, 명예를 똥칠하고, 돈을 빼앗아라.
협의도(俠義道)가, 마도(魔道)가 얼마나 더러운 것인지 알려주어라."

"오냐, 아무것에도 얽매이지 말고 네 마음대로 세상을 휘저어라.
너의 이름은 수강호(讐江湖)가 아니더냐? 강호를 향해 마음껏 복수하거라!
유오독존(唯吾獨尊)! 그것이 나의 소원이다."